Machen wir's uns erst mal nett

Bibo Loebnau

Machen wir's uns erst mal nett

Ein ganz besonderer Campingroman

Weltbild

Besuchen Sie uns im Internet:
www.weltbild.de

Genehmigte Lizenzausgabe für Weltbild GmbH & Co. KG,
Ohmstraße 8a, 86199 Augsburg
Copyright der Originalausgabe © 2025 by Wilhelm Heyne Verlag, München,
in der Penguin Random House Verlagsgruppe GmbH,
Neumarkter Str. 28, 81673 München
Umschlaggestaltung: www.buerosued.de
Umschlagmotiv: www.buerosued.de
Satz: Datagroup int. SRL, Timisoara
Druck und Bindung: CPI Moravia Books s.r.o., Pohorelice
Printed in the EU
ISBN 978-3-98507-450-1

1

Sonnabend

»Dschalla, lass den Matthias jetzt!« Das fröhliche Kindergeschrei vom See übertönte den lauten Ruf der älteren Frau, die ihren prallen, erhitzten Körper mühsam aus der tiefen Sonnenliege im Schatten der hohen Kiefern wuchtete und versuchte, die beiden Kinder auf sich aufmerksam zu machen. Doch das Mädchen im hüfttiefen Wasser drückte ihren jüngeren Bruder lachend wieder runter. Sobald der aus den dunklen Fluten auftauchte, quietschte er vor Vergnügen, ruderte wild mit den Armen und bespritzte seine Gegnerin. Es machte ihm offensichtlich Spaß, mit seiner Schwester zu rangeln. Jetzt verfolgte sie ihn kreischend durchs flache Wasser, wobei ihre vielen kleinen schwarzen Zöpfe auf und ab hüpften, als sie ihn erneut erwischte und mit ihm untertauchte. Breitbeinig, mit in die Hüfte gestützter Faust, stand die Frau im rotgeblümten Badeanzug inzwischen vorne am Ufer, schützte ihre Augen mit der flachen Hand vor der gleißenden Sonne und rief energisch: »Dschalla, Matthias! Los, ihr beiden, raus da jetzt. Ihr habt ja schon ganz blaue Lippen. Gibt auch gleich Mittag!«

Das Mädchen sah sich irritiert um und ließ seinen Bruder los. Der auftauchende Junge erkannte seine Chance und spritzte seiner Schwester einen kräftigen Schwall Wasser mitten ins Gesicht. Sie schrie auf, doch bevor sie sich wieder auf ihn stürzen konnte, stoppte ein endgültiges »Schluss jetzt!« vom Ufer das ausgelassene Spiel.

»Ach, nun lass die beiden doch, Sybille«, mischte sich Gunnar Witte von seinem Liegestuhl aus mit gemütlicher Brummstimme ein. Seine Frau Agnes neben ihm nickte zustimmend und schob ihre Sonnenbrille in die graue Dauerwelle. Beide waren über siebzig und genossen das lebhafte Treiben vor ihren Stammplätzen am See. Im flachen Wasser planschte und paddelte ein gutes Dutzend Kinder mit bunten Schwimmhilfen und Luftmatratzen. Der Nichtschwimmerbereich war durch eine lange Kette aus roten und weißen Kugeln vom Rest des großen Waldsees abgetrennt. Mittendrin rangelten die beiden dunkelhäutigen Geschwister, die ihre Urenkel waren. Sybille Gerber, die stämmige Frau, deren Sonnenbrand perfekt mit ihrem roten Badeanzug harmonierte, war ihre Tochter.

Agnes Witte stimmte ihrem Mann zu: »Die haben doch gerade so einen Spaß.«

»Nur noch fünf Minuten, Oma«, bettelte der Junge Sybille prompt an.

Die gab schulterzuckend nach. »Na, gut. Fünf Minuten! Aber dann rubbel ich euch kräftig ab.« Sie musste lachen, als beide Kinder »Juhu!« brüllten und das Mädchen mit einem Hechtsprung abtauchte. Ihr Bruder quietschte vergnügt, als sie ihm die Füße wegzog.

»Die kriegen einfach nicht genug.« Sybille lächelte ihren alten Eltern zu. »Aber wir sollten dann mal langsam … Ich hab Hunger.« Sie machte ihrem Mann Tobias, der das Geschehen von seiner Liege weiter oben beobachtete, Zeichen, dass er ihre Sachen zusammenpacken sollte. Auch Gunnar Witte und seine Frau erhoben sich schwerfällig von ihren Liegestühlen.

»Oh, ist ja schon Zwölwe durch«, stellte Agnes beim

Blick auf die Uhr kopfschüttelnd fest. »Jetzt wird's aber Zeit.«

Sie machte sich mit Tobias und ihrem Mann auf den Weg zu ihrem Stellplatz. Der lag, umrahmt von anderen Wohnwagen mit kleinen Gärtchen, seit bald fünfzig Jahren ein Stückchen oberhalb der Zeltwiese, mit freiem Blick auf den See. Agnes und Gunnar Witte hatten damals zu den ersten Vereinsmitgliedern des *Campingparadieses am Waldsee e.V.* gehört, die sich im brandenburgischen Dorf Seelinchen, gut eine Stunde südlich von Berlin, ihr beschauliches Feriendomizil eingerichtet hatten. Angefangen hatte alles mit bescheidenen Zelten, bis daraus nach und nach ein großer, idyllischer Campingplatz mit vielen fest stehenden Wohnwagen wurde, den die Dauercamper von Frühjahr bis Herbst rege nutzten.

Irgendwann hatte ihre Tochter Sybille samt Schwiegersohn Tobias einen eigenen Wagen danebengestellt. Und schließlich kam ein dritter dazu, damit genügend Schlafplätze für deren Kinder vorhanden waren. Der inzwischen dreißigjährige Sven und seine zwei Jahre jüngere Schwester Katja kamen regelmäßig mit ihren Partnern und den vier Urenkeln nach Seelinchen.

An diesem heißen Juli-Wochenende mitten in den Schulferien war die gesamte Großfamilie auf dem Campingplatz versammelt. Neben den Wohnwagen stapelten sich zwei aufgeblasene SUP-Boards, ein Schlauchboot und jede Menge Spielzeug für die Kinder.

Zum gemeinsamen Mittagessen rückte Katja mit Unterstützung ihrer Söhne Tarek und Karim gerade die Tische unter dem Vorzelt zurecht und stellte die zahlreichen Klappstühle auf. Ihr Mann Murat stand am Grill und wendete ein gutes Dutzend appetitlich duftender Fleischstücke.

»Heute gibt's Kebab«, begrüßte er seinen Schwiegervater Tobias, als der mit Agnes und Gunnar Witte durch den schmalen, von dunkelroten Kletterrosen umrankten, schmiedeeisernen Bogen den Stellplatz betrat.

In dem knapp dreißig Quadratmeter kleinen Vorgarten war nach all den Jahren jeder nicht genutzte Zentimeter mit Keramikschwänen, Blumentöpfen, Lichtgirlanden und anderem buntem Nippes liebevoll kitschig dekoriert.

»Hoffentlich gibt das keinen Ärger«, brummte Gunnar und begutachtete kritisch die dünnen Rauchschwaden, die in die Kronen der hohen Kiefern aufstiegen. »Du weißt doch, dass eigentlich nur unten am Grillplatz mit offenem Feuer hantiert werden darf.«

Sein Schwiegerenkel zwinkerte ihm fröhlich zu. »Ja, aber das hier ist ein Elektrogrill. Hab ich heute aus Berlin mitgebracht. Clever, was?«, sagte er und fügte hinzu: »Der war im Angebot.«

»Auf jeden Fall riecht es lecker«, meinte Gunnar versöhnlich und klopfte seinem Schwiegerenkel anerkennend auf die Schulter, bevor er in den Wohnwagen ging.

»Wo stecken denn Mama und die Kinder?«, rief ihm Sven nach, der gerade, eine große Salatschüssel vor sich hertragend, das Gärtchen durch das hintere Tor betrat, gefolgt von seiner Frau Amandla, die sich zwei Klappstühle unter den Arm geklemmt hatte.

»Die kommen sicher gleich. Jala und Matayo waren wie immer kaum aus dem Wasser zu kriegen«, erklärte Agnes Witte lächelnd und verschwand ebenfalls im Campingwagen.

Die beiden Kinder, warm eingepackt in große Badelaken, hüpften auf dem Weg nach Hause an der Hand ihrer Oma Sybille vorbei an den Stellplätzen der Nachbarn. Der Wohnwagen der Wagners aus Berlin-Mitte war verschlossen, wie so oft in letzter Zeit. Die kamen nur noch unregelmäßig auf den Campingplatz. Immer dabei war dann der zwölfjährige Severin, seit der hässlichen Scheidung kam er entweder mit Mutter oder Vater. Sybille Gerber dachte an die Streitereien seiner Eltern, die jede Übergabe wie ein Naturgesetz begleiteten, und bedauerte den Jungen. Wie viel besser hatten es da ihre beiden aufgekratzten Enkel, die sie ungestüm weiterzogen.

Von dem kinderlosen Ehepaar Elke und Horst Müller, im Wohnwagen daneben, war wie immer nichts zu sehen, doch Sybille Gerber war sich sicher, dass die beiden schweigsamen Alten hinter ihrer hohen Hecke alles genau im Blick hatten. Ganz bewusst schaute sie in deren Richtung.

»Einmal Stasi, immer Stasi«, murmelte sie abfällig und ging hoch erhobenen Hauptes vorbei.

Neugierig beäugte sie das verwilderte Grundstück der verrückten Kreuzberger mit ihrem bunten VW-Bulli, doch auch von dem Pärchen war noch nichts zu sehen.

Die sind heute aber spät dran, dachte Sybille Gerber und inspizierte den gepflegten Vorgarten daneben.

Vor dem reichlich angejahrten Wohnwagen mit dem orange-roten Vorzelt von Brigitte Fehrer regte sich in der Mittagszeit wie üblich nichts. Wahrscheinlich war die umtriebige Rentnerin zum Essen bei einer ihrer Freundinnen, die verstreut auf dem weitläufigen Campingplatz residierten, oder machte ein Nickerchen.

Schließlich kamen Sybille und ihre Enkel am perfekt gepflegten Stellplatz von Monika und Ulli Reimann vorbei. Deren Wohnwagen, ausgerüstet mit allen Schikanen, war erst wenige Jahre alt und wurde ständig auf Hochglanz poliert. Drei in die Böschung gegrabene Stufen führten zum geschlossenen Gartentor zwischen niedrigen, akkurat beschnittenen Buchsbaumhecken. Der einzige Zierrat, der im makellosen Vorgärtchen von unten zu sehen war, war eine Metallskulptur, die, laut Monika Reimann, einen Flamingo darstellte und von einem sehr bekannten Künstler stammte. Sybille fand, dass der komische Vogel wie eine zu groß geratene Krähe aussah. Die Reimanns waren in den Vierzigern und saßen wie immer pünktlich seit zwölf Uhr unterm Vorzelt beim Mittagessen. Deren Leben verlief nach einem festen Plan. Ihr Tisch war mit weißer Damastdecke und Porzellan gedeckt. Billiges Plastikgeschirr und Camping-Klappstühle waren ihrer Meinung nach nur etwas für Proleten, und damit weit unter ihrem Niveau.

Sybille Gerber fand die Reimanns zu etepetete, dennoch grüßte sie im Vorübergehen laut rüber: »Mahlzeit!«

»Guten Tag, Frau Gerber«, erwiderte Ulli Reimann reserviert und ergänzte, mit Blick auf die beiden quirligen Kinder, die an ihrer Oma zerrten: »Ach, da ist ja scheinbar wieder die ganze bunte Großfamilie angereist ...«

»Ja, alle da! Sind ja Ferien«, antwortete Sybille.

»Wie schön ...« Monika Reimann lachte schmallippig auf. »Da wird es bei Ihnen mit den vielen Kindern sicher wieder lebhaft zugehen ... Ach, übrigens ...« Sie deutete auf die dünne Rauchfahne, die ein Stückchen weiter sanft zwischen den Kiefern aufstieg. »Ist das bei

Ihnen? Wir machen uns etwas Sorgen.« Sie räusperte sich und suchte nach den passenden Worten. »Kann es sein, dass Ihr, äh, arabischer Schwiegersohn nicht weiß, dass nur unten am See gegrillt werden darf? Offenes Feuer ist ansonsten ja laut Campingplatzordnung streng verboten. Nicht, dass uns das stören würde, aber melden müssen wir es schon. Wegen der Trockenheit und der Waldbrandgefahr. Sie verstehen ...?«

Sybille Gerber sah kurz in die angezeigte Richtung und meinte dann lässig achselzuckend: »Ich guck gleich mal.« Mit Blick auf Monika Reimann fügte sie hinzu: »Und der Murat ist übrigens Berliner. Aus Steglitz, um genau zu sein. Seine Großeltern sind irgendwann aus der Türkei nach Deutschland gekommen, falls Sie das mit *arabisch* meinen.« Selbstbewusst reckte sie den Busen vor.

»Oh, ich wollte keineswegs ...«, versuchte Monika Reimann sich zu rechtfertigen, wurde jedoch von Sybilles kurz angebundenem »Also denn, Mahlzeit!« unterbrochen.

Typisch Wessis, dachte sie. Ihre Enkel fest an der Hand, marschierte sie weiter und umrundete fünf igluförmige Zweimannzelte, die auf der Wiese direkt vor dem Stellplatz der Reimanns standen. Dort hatte es sich eine Gruppe Jugendlicher mit Bier und Chips bequem gemacht. Aus einer Box wummerten leise treibende Bässe. Diese Kurzzeitcamper würden vermutlich eher die Ruhe der Reimanns stören als ihre Familie, dachte Sybille schadenfroh. Schließlich erreichte sie ihr persönliches Wohnwagenidyll.

Der vierjährige Junge stürmte aufgeregt auf seine Mutter zu und verkündete schon von Weitem: »Mama, wir haben Fische gesehen!«

»Nicht so wild, Matayo«, ermahnte Amandla ihn amüsiert, als er ihre Beine umklammerte und unbedingt seine Abenteuer loswerden wollte. »Das kannst du mir gleich alles in Ruhe erzählen. Jetzt hilf mir erst mal beim Aufdecken. Das Essen ist gleich fertig. Jala, holst du noch ein paar Gläser?« Als ihre siebenjährige Tochter den Wohnwagen ansteuerte, wandte Amandla sich zu ihrer Schwiegermutter um. »Na, waren sie einigermaßen brav?«

»Natürlich!«, bestätigte Sybille Gerber.

»Danke, dass du auf die beiden Rabauken aufgepasst hast. Wir haben in der Zeit noch den letzten Auftrag in der Agentur geschafft. Ab sofort haben Sven und ich Urlaub!« Sie reckte die Arme triumphierend in die Höhe.

»Oh, bei euch riecht's aber gut!«, ertönte die tiefe Stimme des Campingplatzwarts Eberhard Baumann von hinten. Die Arme locker auf seinem ansehnlichen Bierbauch über den ausgebeulten Shorts verschränkt, stand er abwartend am Rosenbogen.

»Ebi!«, rief Gunnar Witte erfreut. Er hob grüßend die Hand. »Komm doch rein«, forderte er ihn auf. »Kannst gleich mitessen. Murat hat bestimmt genügend Fleisch besorgt.« Er drehte sich zu seinem Schwiegerenkel um. »Oder?«

»Ja, klar!«, bestätigte der und wendete konzentriert die Kebabs, während über seinem Kopf weißer Rauch gen Himmel zog.

Mit gerunzelter Stirn blickte Eberhard Baumann der Wolke nach und murmelte: »Ihr wisst doch, dass das verboten ist? Offenes Feuer?«

Murat trat einen Schritt zur Seite und gab den Blick auf den schicken Standgrill mit den brutzelnden Fleischstückchen frei. Dabei vollführte er eine weit ausholende Geste mit den Armen, als präsentiere er den neuesten Topseller in einem Verkaufskanal.

»Dies ist der *Rollo-Mastergrill* aus Cromargan! 2400 Watt Leistung, variable Temperatureinstellung, zwei getrennt regulierbare Grillflächen, Antihaftbeschichtung und LED-Beleuchtung!« Murat machte eine elegante Verbeugung.

Der sonst eher grummelige Platzwart musste über die Vorstellung schmunzeln.

»Kein offenes Feuer?«, fragte er sicherheitshalber nach.

»Nein, keine Sorge, Ebi. Alles nach Vorschrift«, bestätigte Gunnar, der am Kopfende des langen Tisches Platz genommen hatte.

»Nun komm, du alter Grummelpott. Setz dich dazu. Irgendwo werden wir sicher noch einen Stuhl und einen Teller auftreiben. Bierchen?«

»Danke, dafür ist es wohl noch zu früh.« Eberhard trat näher an den Grill. »Aber zu so einem Schweinenackensteak sag ich nicht nein.«

»Das ist Kalbfleisch«, erklärte Murat. »Ist gerade fertig.«

»Hoffentlich nicht so scharf gewürzt«, seufzte der Platzwart und setzte sich zu Gunnar.

Als Katja ihm gleich darauf sein Kebab servierte, fragte sie: »Na, wer hat sich denn diesmal über uns beschwert, Eberhard?«

»Ich wette, das waren die Reimanns.« Sybille reichte ihm Besteck und sah ihn mit hochgezogenen Augenbrauen fragend an.

Statt zu antworten, steckte Eberhard Baumann sich schnell ein Stückchen Fleisch in den Mund und kaute ausgiebig. »Sehr lecker!«, murmelte er.

Aber Sybille konnte es nicht gut sein lassen. »Diese feinen Pinkel sind doch bloß neidisch. Hocken da ewig alleine in ihrer Luxus-Bude rum und schwärzen andere Leute an. Und dann immer dieses steife *Sie*, wo wir uns hier doch alle duzen. Typisch Wessis!« Sie ließ sich mit ihrem gut gefüllten Teller auf den Klappstuhl fallen, der bedenklich unter ihrem Gewicht nachgab, aber standhielt.

Murat neckte sie grinsend: »Dabei vergisst du, dass Katja und ich als Steglitzer auch Wessis sind, Mama.«

»Ja, ja, wobei deine Frau immerhin aus Köpenick stammt«, erwiderte Sybille kauend. »Aber diese Reimanns sind aus ...« Sie hob affektiert die Stimme und machte eine gezierte Geste mit abgespreiztem Finger. »... Charlottenburg.« Alle mussten lachen.

»Apropos Schickimicki«, warf ihr Mann Tobias ein. »Habt ihr schon dieses riesige Wohnmobil da hinten gesehen?« Er deutete mit dem Kopf auf den Weg Richtung See, der hinter einer hohen Hecke verborgen war. »Gigantisch.« In seiner Stimme schwang Bewunderung mit.

»Du meinst die *Hymer B-Klasse*?«, fragte der Platzwart fachkundig. »Hat heute Vormittag eingecheckt. Pärchen aus Berlin. Sie ist so 'ne aufgetakelte Mittvierzigerin.« Eberhard Baumann zwinkerte Gunnar zu. »Er ein ganzes Stück jünger. Scheint schwer unter ihrem Pantoffel zu stehen. Hatte nüscht zu melden, als es um den Stellplatz ging. Die Auswahl war allerdings sowieso beschränkt, bei dem Riesenteil. Die mussten hier bei euch oben durch die Extrapforte – acht Meter lang und drei Meter hoch. Luxusausstattung. Kriegste nicht unter hunderttausend«, klärte er seine Zuhörer auf. »Nun stehen sie zweite Reihe, hinter dem Zeltplatz. Ging nicht anders. Und für heute Nachmittag ist noch so ein Kaventsmann angemeldet.« Er schob seine Kappe in den Nacken und wischte sich mit der flachen Hand imaginären Schweiß von der Stirn. »Mehr von diesen Dingern passen nicht an den Weg. Alle hübsch hintereinander, damit normale Autos noch durchkommen, wenn die hier ihre Zelte aus- und einladen wollen.«

»Diese Wohnmobile werden immer größer. Wenn ich überlege, wie wir hier damals angefangen haben … Mit den kleinen Zweimannzelten, in die es immer reingeregnet hat, und den gerippten Luftmatratzen, die morgens immer platt waren – was war das gemütlich …«, setzte Gunnar schwärmerisch an, wurde aber von seiner Enkelin Katja unterbrochen.

»Ach Opa, jetzt verklär das doch nicht so. Die haben auf jeden Fall morgens beim Aufstehen keine Rückenschmerzen bei ihrem *Glamping*.«

»Wat?«

»*Glamping*. Das ist Camping mit Glamour, also Luxus. Zum Beispiel solche Wohnmobile mit allem Schnick und Schnack. Wasserbetten, Bad mit Massagedusche, Flachbildfernseher, Marmorboden und am besten noch mit integrierter Garage für E-Bike oder Smart. Rollende Paläste.«

Gunnar schüttelte den Kopf. »Also nee … Wozu? Wenn ich Luxus will, dann gehe ich ins Hotel. Und wenn ich Camping will, dann nehme ich ein Zelt.«

»Aber wir haben hier doch auch unsere drei großen Wohnwagen auf dem Stellplatz«, widersprach sein Enkel Sven lachend.

»Das ist was anderes. Eine Art Datsche. Ohne Schnickschnack. Und zum Klo gehen wir immer noch rüber zu den Waschräumen«, meinte Gunnar grinsend und kaute zufrieden.

»Hoffentlich nimmt dieses Schickimicki-Camping nicht überhand. Schließlich sollen auch meine Enkel das entspannte Leben hier genießen können, wenn sie das mal erben.« Sybille deutete mit einer Armbewegung über den kleinen Garten, das Vorzelt und den schon recht abgewohnten Campingwagen.

»Das ist der Lauf der Zeit, liebste Schwiegermama. Den kannst selbst du nicht aufhalten«, wandte Amandla ein.

»Und wer weiß, ob die Kinder überhaupt Lust auf Camping haben, wenn sie groß sind?« Sie strich ihrer Tochter Jala sanft über den Kopf.

Die Siebenjährige zwinkerte ihrer Oma komplizenhaft zu und sagte: »Solange es zum Nachtisch Eis gibt, bleibe ich hier!« Dann sah sie ihre Mutter aus großen, braunen Augen beschwörend an.

Amandla lachte auf. »Du kleines Schleckermäulchen.«

»Ja, bitte, Mama! Eis!«, stimmte Matayo sofort ein.

Und seine Cousins, die Teenager Tarek und Karim, begannen auf der anderen Seite des Tisches ihre Eltern zu bearbeiten: »Dürfen wir?«

Die Erwachsenen verständigten sich durch Blicke.

»Okay, ich zahle eine Runde Eis für euch vier.« Murat zog einen Zehn-Euro-Schein aus der Hosentasche und gab ihn dem vierzehnjährigen Tarek. »Aber das Wechselgeld bringt ihr wieder mit«, ergänzte er mit gespielter Strenge.

Die Kinder sprangen auf. Ihr Ziel war *Elli's Imbiß*. Die kleine Gaststätte, die in der Mitte des Campingplatzes lag, hatte neben Eis und Kaffee auch Kuchen, Currywurst, Schnitzel, Pommes, Kartoffelsalat, Getränke, Süßigkeiten, Zeitungen und morgens frische Brötchen im Angebot.

Sybille Gerber wandte sich dem Platzwart zu. »Dabei fällt mir ein, Ebi, ich hab gehört, dass Kim im Imbiss alles umkrempeln will. So mit bio und vegan und so. Hat Brigitte Fehrer erzählt. Ist das wahr?«

Eberhard Baumanns Tochter Kim schmiss seit ein paar Monaten die alte Campinggaststätte. Nachdem sie lange als Hotelfachfrau in der ganzen Welt unterwegs gewesen war und zuletzt in Berlin gewohnt hatte, lebte sie inzwischen wieder in Seelinchen, in der Einliegerwohnung ihres Elternhauses. Nach dem Tod ihrer Mutter wollte sie ihrem Vater ein bisschen unter die Arme greifen. Kim war praktisch auf dem Campingplatz am Waldsee aufgewachsen, kannte die eingefleischten Dauercamper und versuchte nun, mit Mitte dreißig, ihr gesammeltes Know-how in die etwas heruntergekommene Gaststätte einzubringen.

»Kimberly will nicht alles ändern, Sybille«, beantwortete Eberhard Baumann ihre Frage. »Nur etwas mehr Pepp reinbringen. Die ollen Plastikstühle und -tische sind ja wirklich hässlich. Und ein paar Salate auf der Speisekarte können doch nicht schaden.« Er versuchte, überzeugend zu klingen. Man merkte ihm jedoch an, dass diese Pläne ihm selbst nicht ganz geheuer waren.

»Aber wieso?«, fragte Gunnar. »Ist doch alles gut, so wie es ist. Warum etwas ändern, das seit Jahrzehnten funktioniert?« Mit einem zufriedenen Lächeln erinnerte er sich: »Was haben wir da für lustige Abende bei Bier und Schnitzel verbracht, als deine Elli noch hinter der Theke stand. Da ging's immer hoch her.«

»Ja, das waren noch Zeiten...« Der Platzwart räusperte sich, um die wehmütigen Gedanken an seine verstorbene Frau zu vertreiben, und meinte: »Aber mal ehrlich, Gunnar. Wie lange ist das schon her? In letzter Zeit kommen fast nur noch die Kinder, um sich Eis oder Pommes zu holen. Ihr sitzt doch abends auch lieber hier als drüben bei Kim. Der Umsatz geht immer weiter runter.«

»Also, ich finde es toll, wenn Kim den Imbiss ein bisschen aufmischt«, meinte Katja. »Endlich mal ein paar frische Salate und Falafel, statt dem fettigen Kram aus der Fritteuse. Sie könnte auch Smoothies und Tofuschnitzel anbieten …«

»Igitt!«, unterbrach ihr Vater Tobias sie entrüstet. »Karnickelfutter in *Elli's Imbiß*? Also nee!«

»Du musst das ja nicht essen, Papa. Aber guck dir doch mal diese ganzen neuen Leute auf dem Platz an. Nicht nur die Kurzzeitcamper mit ihren großen Wohnmobilen oder die Jugendlichen aus Berlin, die hier mit Fahrrädern und Wurfzelten übers Wochenende kommen. Auch bei den Dauercampern gibt es inzwischen einige, die nicht mehr auf Dosenravioli und Currywurst stehen. Da sind bestimmt auch welche dabei, die zwischendurch gern mal eine *Bowl* bei Kim essen würden.«

»Eine was?«, fragte ihr Vater.

»Na, so eine Schüssel mit frischem Fisch und Gemüse oder so. Das kriegst du inzwischen überall in Mitte und Prenzlauer Berg. So was wollen die Leute essen – gesund und leicht. Passt doch perfekt zum Sommer am See.«

»Also, ich mag Schnitzel«, brummte Gunnar. »Mir reicht schon Kebab als Neuerung. War lecker, Murat.« Er grinste seinen Schwiegerenkel an und wandte sich noch mal an den Platzwart: »Aber rede doch noch mal mit Kim, Ebi. Ist doch alles gut, so wie es ist.« Er klopfte ihm jovial auf die Schulter und erhob sich vom Tisch. »Und jetzt mach ich mein Mittagsschläfchen.« Er zwinkerte seiner Enkelin zu. »So wie immer.«

Damit verzogen er und seine Frau sich in den alten Campingwagen und zogen die Tür, die immer etwas klemmte, hinter sich zu. Der Rest der Familie verabschiedete Eberhard Baumann und ließ sich noch den Obstsalat schmecken, den Amandla aus dem Kühlschrank ihres Campers geholt hatte.

Sybille und Tobias rückten nach dem Essen ihre Liegestühle in den Schatten. Viel Platz war nicht in dem kleinen, vollgestellten Vorgarten.

* * *

»Was möchtest du trinken, Andromache? Vielleicht stilles, medium oder sprudelndes Mineralwasser? Mit oder ohne Geschmack?« Die Frau in dem leuchtend bunten Kaftan mit farblich passender Holzperlenkette sah ihre fünfjährige Tochter fragend an. »Vielleicht lieber einen Saft? Oder Limonade?«

Das kleine Mädchen drehte schweigend eine lange blonde Haarsträhne zwischen ihren Fingern, kaute konzentriert auf der Unterlippe herum und schien angestrengt zu überlegen. Ihre winzigen Augenbrauen zogen sich kritisch zusammen, während sie unter dem Klapptresendurchgang hindurch auf die diversen bunten Flaschen starrte, die hinter den Glastüren eines hohen Kühlschranks, neben der Fritteuse und einem breiten Herd, aufgereiht standen.

Schließlich stieß sie energisch hervor: »Rhabarber!«

»Eine Rhabarber-Bionade, bitte«, orderte die Frau sofort.

»Ich hab im Moment nur Holunder oder Kräuter«, antwortete Kim Baumann geduldig. Sie stand hinter dem hohen Tresen, der um die Ecke reichte und dessen eine Seite im Sommer zur Terrasse hin geöffnet war. Im Innern der kleinen Gaststätte standen die angejahrten Holztische und -stühle, doch dort saß bei dem schönen Wetter tagsüber selten ein Gast. Deshalb hatte Kim einfach die hohen Barhocker nach draußen an die Theke, unter den kleinen Dachvorsprung gestellt. Doch diese eigenwilligen Gäste wollten sich nicht setzen.

»Möchtest du Holunder, Andromache?«, wandte sich die Frau wieder der Kleinen zu.

»Rhabarber!«, krähte die unerbittlich.

»Die trinkt sie so gerne«, erklärte die Frau und lächelte Kim entschuldigend an, hockte sich vor ihre Tochter und sah ihr in die Augen. »Andromache-Schatz, die haben hier keine Rhabarber-Limonade. Du weißt doch, das hier ist Brandenburg, nicht Prenzlauer Berg. Hier kennen die das nicht. Bestimmt schmeckt dir auch Holunder. Ich meine mich zu erinnern, dass du das neulich in dem Café am Kollwitzplatz hattest.«

»Mag kein Holundaaa!«

»Was möchtest du denn dann?«, begann die Mutter in aller Seelenruhe von vorn, und Andromache fing wieder an, ihre Haare zu drehen und schweigend auf der Unterlippe herumzunagen.

»Vielleicht könnte ich mal eben zwischendurch eine Cola bekommen, bis Ihre Tochter sich entschieden hat?«, meldete sich der Mann, der hinter den beiden wartete, höflich zu Wort.

Er zwinkerte Kim hinterm Tresen zu. Die nickte, griff nach einem Glas, füllte es mit Eis und einer Zitronenscheibe und holte eine Flasche Cola aus dem Kühlschrank.

»Macht einsfuffzig.« Es zischte, als Kim mit einer geübten Handbewegung den Flaschenöffner ansetzte.

»Will auch Cola!«, krähte das Mädchen prompt.
»Sie können doch nicht einfach meine Tochter übergehen«, echauffierte die hockende Mutter sich, erhob sich und funkelte den Mann entrüstet an. »Andromache agiert sehr selbstbestimmt. Und überlegt so lange sie mag, bis sie zu einer Entscheidung kommt.«
»Cola, Cola, Cola!«, leierte die Kleine jetzt.
»Ich bin ja schon fertig«, antwortete der Mann entspannt, legte zwei Euro auf den Tresen und nickte Kim zu. »Stimmt so.« Dann griff er sich Cola und Glas und setzte sich an einen Plastiktisch unter einen der ausgeblichenen roten Sonnenschirme auf der Terrasse.
Am Tresen zog sich die Diskussion zwischen Mutter und Tochter noch ein paar Minuten länger hin, bis das Mädchen freudestrahlend mit einer großen Eiswaffel herauskam. Die Mutter würdigte den Mann auf der Terrasse keines Blickes, als sie hinter ihrer Tochter hermarschierte.
Kurz darauf schlenderte Kim mit einem Glas Wasser in der Hand heraus. Der Mann lächelte ihr erfreut entgegen.
»Eis geht bei den Kids immer – egal ob aus Sachsen, Brandenburg oder Berlin«, meinte sie grinsend.
»Und große Jungs mögen Cola«, antwortete er lächelnd.
»Ich bin Kim.« Sie reichte ihm die Hand und setzte sich auf den Stuhl, den er ihr einladend zurechtgerückt hatte.
»Leon, auch aus Berlin. Wir sind heute Vormittag angekommen«, erwiderte er. »Echt schön hier.« Er umschrieb mit einer ausholenden Armbewegung den Campingplatz unter den hohen Kiefern. Hinter Bäumen und Wohnwagen glitzerte der See in der Abendsonne.

»Stimmt und mir gefällt es hier auch besser als in der Stadt«, erwiderte Kim. Mit einem zufriedenen Lächeln ließ sie ihren Blick schweifen. Es war friedlich hier, nur leise drang das vergnügte Treiben vom Strand herauf. Die hohen Kiefern, Eichen und Birken rauschten leise im Wind.

Seit ihrer Kindheit hatte sich hier kaum etwas verändert. Die Camper und ihre Wohnwagen auf den festen Stellplätzen waren gemeinsam älter geworden, die Bäume und Büsche gewachsen. Aber die Atmosphäre im *Campingparadies* war fast so idyllisch wie früher. Leon unterbrach ihre Gedanken.

»Aber die Stadt und ihre schwierigen Zeitgenossen verfolgen Sie bis hier raus …« Er deutete mit einer Kopfbewegung in die Richtung, in der Andromache und ihre Mutter verschwunden waren.

»Ach, nicht alle unsere Gäste aus Prenzlberg entsprechen dem Klischee. Ist auch eigentlich eine ganz nette Familie, haben seit einem Jahr hier einen festen Stellplatz.«

Kim lehnte sich entspannt zurück und betrachtete aus den Augenwinkeln Leons Profil. Sie schätzte ihn auf Mitte, Ende dreißig, also ungefähr so alt wie sie selbst. Sein markantes Kinn, auf dem sich ein dunkler Bartschatten abzeichnete, gefiel ihr. Und die Lachfältchen um seine grün schimmernden Augen.

»Wie kann man sein Kind bloß Andromache nennen?«, seufzte er.

»Die Mutter ist Professorin für Altgriechisch an der Humboldt Uni. Ihr Sohn heißt übrigens Hektor.« Kim lachte auf. Als Leon sie fragend ansah, ergänzte sie: »In der griechischen Mythologie war Andromache die Frau des trojanischen Helden Prinz Hektor.«

»Schräg. Aber das erklärt vielleicht zum Teil, weshalb sich die Kleine wie eine Prinzessin aufführt.« Er grinste.

»Haben *Sie* Kinder?«, fragte Kim und schob entschuldigend hinterher: »Wobei, das geht mich ja gar nichts an.«

»Ich habe keine Kinder, und wenn, dann würde ich sie nicht mit einem Haufen Entscheidungen über Getränke und auch nicht mit einem derart komplizierten Namen quälen.«

»Sehe ich auch so. Und ich hab übrigens auch keine Kinder.« Beide mussten lachen.

»Nachdem wir das nun geklärt hätten«, meinte er dann, »verraten Sie mir doch, wo man hier abends nett was trinken gehen kann. Gibt's im Dorf eine Kneipe oder so?«

»Wir haben nur einen *Dorfkrug*.«

»Hm ... Wie lange hat denn ...« Er sah hoch und entzifferte das verwitterte Schild über dem Eingang. »... *Elli's Imbiß* geöffnet?« Leon schmunzelte. »Warum findet man bloß überall im Osten diese falsche Schreibweise? *Susi's Haarsalon, Mary's Nagelstudio – Elli's Imbiß* ...«

»Keine Ahnung, aber mein Lokal mit Doofen-Apostroph hat bis um acht auf.« Kim lachte. »Das falsche Apostroph ist nicht auf meinem Mist gewachsen. Dafür übernehme ich keine Verantwortung.« Sie hob abwehrend die Hände. »Meine Mutter hieß Elli, und das war ursprünglich ihr Lokal. Das hieß schon immer so. Damals wusste man es scheinbar nicht besser.« Sie zuckte mit den Schultern. »Aber das Schild kommt weg, sobald ich hier mit der Renovierung anfange. Die Plastikstühle auf der Terrasse fliegen als erste raus, und dann nehme ich mir die Speisekarte vor.«

»Ach ...« Leon sah sie interessiert an. Ihre energiegeladene Art gefiel ihm.

Sie trug ihre blonden Haare als Bob, und unter dem Pony blickte sie ihn aus warmen, dunkelbraunen Augen freundlich an. Diese Frau in lässigen Jeansshorts und knallorangem Hemd mit hochgekrempelten Ärmeln hatte etwas Entschlossenes und Anpackendes. Er wollte die Unterhaltung unbedingt in Gang halten, um sie noch länger ansehen zu können.

»Dann haben Sie den Imbiss also von Ihren Eltern übernommen?«

»Ja, mein Vater ist hier der Platzwart, und ich unterstütze ihn, so gut ich kann, mit ein bisschen Schreibkram am Computer und dem Lokal.«

»Ach, dann hab ich Ihren Vater heute Morgen beim Einchecken kennengelernt. Er ist, im Gegensatz zu Ihnen, wohl eher der wortkarge Typ?«, fragte Leon.

Kim lachte auf. »Der alte Grummelbär. Wie oft hab ich ihm schon gesagt, er soll bei der Begrüßung neuer Gäste ein bisschen netter und verbindlicher sein.«

»Kein Problem. Er hat uns mit dem übergroßen Wohnmobil immerhin einen schönen Stellplatz, dahinten, fast am See, gegeben«, verteidigte Leon ihn.

»Ach, dann sind Sie das mit der *Hymer B-Klasse*? Er hat mir erzählt, was da für ein Riesenschiff angekommen ist – acht Meter lang …«

»Ja, gigantisch. Ist aber nicht meins«, wehrte Leon ab. »Das Wohnmobil gehört meiner Schwester. Hat sie sich für einen Südfrankreich-Urlaub angeschafft.«

»Dann sind Sie also nur auf der Durchreise?« Leon meinte, ein wenig Enttäuschung aus ihrer Stimme herauszuhören.

»Nein, nein. Wir bleiben mindestens zwei Wochen lang hier«, versicherte er. »Ich muss zwischendurch immer mal in Berlin nach dem Rechten sehen. Solange sie mich als

Chauffeur braucht, ist Südfrankreich gestrichen. Worüber mein Schwesterherz nicht gerade begeistert ist ...« Er seufzte auf. »Große Schwestern können ziemlich anstrengend sein.«

»Wenn Sie das sagen ... Ich hab leider keine Geschwister.«

Zwischen den Wohnwagen näherte sich zielstrebig eine ältere Frau in Kittelschürze mit einem zusammengeknüllten *Dederon*-Beutel in der Hand. Kim blickte ihr entgegen und stand auf.

»Da kommt Kundschaft.« Sie sah auf die Uhr. »Wie immer pünktlich um sechs. Das ist Brigitte Fehrer, Rentnerin aus Pankow, die während der ganzen Saison hier in ihrem Wohnwagen lebt. Sie kauft Eierlikör und Geleebananen für ihr Mau-Mau-Kränzchen. Die Ladys treffen sich fast jeden Abend bei ihr und zocken Karten. Eine lustige Truppe, die richtig viel Spaß im Alter hat«, erklärte Kim Leon.

»Könnte am Eierlikör liegen«, erwiderte er grinsend.

»Auch, aber nicht nur.« Sie lächelte ihn an. »Dann sehen wir uns vielleicht morgen wieder? Ab sieben gibt's frische Brötchen. Und wenn Sie wollen, auch einen starken Kaffee.«

»Das klingt verlockend«, antwortete er. »Vermutlich wird's aber ein bisschen später. Ich bin kein Frühaufsteher.«

»Kein Problem, dann leg ich Ihnen die Schrippen zurück. Wie viele sollen es sein?« Geschäftig griff Kim nach Block und Stift.

»Äh, also vier Stück sollten reichen. Vielen Dank.« Leon stand auf, stellte sein leeres Glas und die Flasche auf dem Tresen ab und murmelte zögerlich: »Okay, ich geh dann mal.«

Kim lächelte ihn an. »Schrippen sind notiert!«

Leon lächelte Kim noch einmal an und ging an Brigitte vorbei die Terrassenstufen hinunter.

»Meine Kleene!«, begrüßte Brigitte Fehrer Kim und stöhnte theatralisch: »Diese Hitze bringt mich noch um. Mein Kreislauf spielt total verrückt. Und den Ischias spüre ich auch wieder.« Sie unterbrach ihr Lamento für ihre Bestellung. »Wie immer: Eierlikörchen und Geleebananen.«

»Gerne, Brigitte«, antwortete Kim freundlich und tauchte geschmeidig unter dem Klappdurchgang hindurch hinter den Tresen.

»Was für ein schmucker Kerl«, flüsterte Brigitte Fehrer Kim beeindruckt zu.

»Wo bleibst du denn?«, fragte Leons Schwester Sophia genervt, als ihr Bruder am Wohnmobil ankam. »Ich musste inzwischen alles alleine machen. Und das mit meinem Bein!«

Vorwurfsvoll deutete sie auf den kleinen Klapptisch und einen hochlehnigen Klappsessel, die sie vor dem riesigen Wohnmobil aufgestellt hatte. Gerade legte sie betont humpelnd das dicke Sitzpolster mit pink-schwarzfarbenem Leopardenmuster darauf und ließ sich stöhnend nieder.

»Deinen Stuhl musst du selbst holen.« Sie zeigte auf den unförmigen grauen, orthopädischen Plastikstiefel, der ihr rechtes Bein wie ein Skischuh umschloss. »Ich bin schließlich verletzt.«

»Tut mir leid, ich hab mich verquatscht«, erwiderte Leon.

»Wo und mit wem?«, hakte sie schroff nach.

»Als ich den Platz erkundet habe, hab ich mittendrin einen netten Imbiss entdeckt und da 'ne Cola getrunken«, antwortete er geduldig. »Ich hab noch ein bisschen mit der Betreiberin gequatscht und uns für morgen früh Brötchen bestellt.«

»So, so. Na, dein Hang zum Küchenpersonal ist ja bekannt ...« Sophia sah ihn abschätzig an und spielte mit ihrer Goldkette.

Er überging ihre bissige Bemerkung. »Ich hab mich erkundigt, ob man hier im Ort irgendwo nett was trinken gehen kann, aber es gibt nur einen *Dorfkrug*.«

»Als ob ich mich in irgendeine Brandenburger Dorfkaschemme setzen würde! Ich habe bei meinem Weinhändler vor Abfahrt ein paar Kisten Chardonnay und Merlot geordert. Wer weiß, womit diese Bauern einen hier vergiften wollen.« Sie schüttelte missmutig den Kopf.

Leon schwieg. Er kannte seine Schwester lang genug, um zu wissen, dass es nur zu endlosen Diskussionen führen würde, wenn er auf ihr übliches Genörgel eingehen würde. Er hatte sich fest vorgenommen, sich seinen ersten Urlaub seit zwei Jahren nicht durch Sophias schlechte Laune vermiesen zu lassen. Sein Plan war, nur so viel Zeit wie nötig mit ihr gemeinsam zu verbringen und ansonsten im See zu schwimmen, zu lesen und vermutlich die eine oder andere Cola in *Elli's Imbiß* zu trinken, jetzt, wo er dort Kim kennengelernt hatte. Sie war ein echter Lichtblick in dieser unfreiwilligen Urlaubskonstellation.

»Holst du mir bitte eine Flasche Chardonnay?«, riss Sophia ihn aus seinen Gedanken.

»Was?«, fragte er irritiert.

»Der Wine Cooler ist neben dem Kühlschrank eingebaut.«

Leon betrat das Wohnmobil und sah sich suchend um. Alles war nagelneu, die Wände mit edlem, dunklem, hochglänzendem Holzfurnier verkleidet, die breiten Sessel im Wohnbereich um einen ovalen Tisch waren mit eierschalenfarbenem Leder bezogen. Der helle Fußboden glänzte. So viel Luxus auf so engem Raum machte Leon aufs Neue sprachlos. Dieses Ambiente hatte weder etwas mit seinen Campingerfahrungen als Jugendlicher noch mit seiner Dreizimmerwohnung in Berlin gemein. Zu seiner Schwester passte es allerdings perfekt.

Sophia Behrend lebte als gut verdienende Maklerin in Schmargendorf und hatte gerade erst ihren zweiten Mann in die Wüste geschickt. Stattdessen hatte sie sich spontan dieses Luxusgefährt angeschafft. Mit dem überdimensionierten Trostpflaster für die gescheiterte Beziehung hatte sie an die schicke Côte d'Azur reisen wollen – zum *Glamping* zwischen Monaco, Nizza und Cannes. Doch dann passierte dieser dumme Unfall. Leicht angetrunken war sie auf einer Party mit ihren hohen *Louboutin*-Pumps umgeknickt. Dabei war ein winziges Stückchen Knochen am rechten Fuß abgesplittert, was ihr für die nächsten sechs Wochen diesen unförmigen Orthopädiestiefel bescherte, mit dem sie zwar herumhumpeln, aber nicht Auto und schon gar nicht dieses Wohnmobil fahren konnte.

Obwohl sie sehr um ihren zukünftigen Ex-Mann geworben hatte, hatte der sich kategorisch geweigert, doch noch mit ihr Urlaub zu machen, sodass schließlich nur eine Option übrig blieb – ihr kleiner Bruder. Es hatte auch in seine Richtung ein bisschen Druck gebraucht, bis sie ihn so weit hatte, sein geliebtes Restaurant *Chino* eine Weile seinen Mitarbeitern zu überlassen und mit ihr zu verreisen. Erst ihre unterschwellige Drohung, den Kredit, den sie ihm für den Umbau seines Lokals gegeben hatte, zurückzufordern, hatte ihn schweren Herzens zusagen lassen. Der Kompromiss, den sie dafür eingehen musste, nagte allerdings heftig an ihr: Brandenburg statt Côte d'Azur! Was für eine Blamage. Sie hatte keinem ihrer Bekannten verraten, wo sie die nächste Zeit zwangsläufig verbringen würde.

Leon hatte bisher praktisch nur die Fahrerkabine des Wohnmobils gesehen und den enormen Kofferraum, der genügend Platz für das Gepäck einer zehnköpfigen Familie oder einen Kleinwagen bot. Doch der Stauraum war nichts im Vergleich zum Innenleben. Im hinteren Bereich war Sophias Schlafzimmer mit breitem Queensize-Wasserbett. Leon selber würde abends die Fahrerkabine zum Schlafplatz mit einem richtigen Bett umfunktionieren. Es gab eine Toilette mit Waschbecken und eine Duschkabine mit gläserner Tür. Alles war funktional auf knapp zwanzig Quadratmetern eingerichtet. Viel Platz für ein rollendes Luxusheim, aber schrecklich eng für zwei so unterschiedliche Charaktere wie Leon und Sophia.

Wie er diese ungewollte Nähe tagelang mit seiner fast fünfzehn Jahre älteren Schwester aushalten sollte, wusste er nicht. Aber irgendwie würde es schon gehen. Zumindest, solange genügend Wein vorrätig war. Er nahm eine Flasche Chardonnay aus dem Weinkühlschrank, zwei passende Gläser und trug alles nach draußen.

Während Sophia einschenkte, holte er seinen Sessel aus einem der Gepäckfächer und setzte sich zu ihr. Schweigend blickten beide vorbei an den iglufömigen Zweimannzelten nur wenige Meter vor ihrem Stellplatz, Richtung See. Eine leichte Brise zeichnete winzige Wellen auf das Wasser. Vom Nichtschwimmerbereich, ein Stückchen entfernt, hörte man noch fröhliches Planschen und Lachen, untermalt von leisen Loungeklängen aus den Zelten. Sonst war es ruhig.

Leon suchte nach einem unverfänglichen Gesprächsthema, doch ihm fiel nur eines ein – die wunderbare Abendstimmung am See. »Herrlich friedlich hier.«

»Wenn man das Kindergeplärre und diese grässliche Musik ignoriert, geht's«, antwortete Sophia und machte eine abfällige Handbewegung zu den kleinen Zelten.

»Wir sind auf einem Campingplatz. Da lebt man nun mal dicht an dicht. Was hast du erwartet?«

»In Südfrankreich wäre das Publikum sicher sehr viel kultivierter«, erwiderte sie herablassend.

»Ich hatte dir vorgeschlagen, einen Fünfsterne-Luxusurlaub mit Flug und Hotel in Frankreich zu buchen. Dann hätte ich das *Chino* nicht meinen Mitarbeitern überlassen müssen. Aber du wolltest ja auf Teufel komm raus mit deinem neuen Wohnmobil los. Mit mir als Fahrer.« Er versuchte ein verbindliches Lächeln. »Jetzt lass uns das Beste aus der Situation machen und nicht in einer Tour meckern. Entspann dich, Sophia. Hier ist es wirklich sehr schön.«

Sie seufzte dramatisch auf, lenkte dann aber ein. »Ja, ja … Ich versuch's ja. Zumindest werde ich in meinem Wasserbett gut schlafen.«

»Siehst du, das ist doch schon einmal etwas, worüber du dich freuen kannst.« Leon prostete ihr erleichtert zu. Der Wein schmeckte hervorragend. Vielleicht würde es ja doch ein erholsamer Urlaub werden. Er lehnte sich zurück, blickte über den See und freute sich auf den nächsten Tag. Dann würde er Brötchen holen und Kim wiedersehen.

* * *

»Zack, zwei ziehen!« Brigitte Fehrer knallte die Kreuz-Sieben mit der Attitüde eines Profispielers im Western-Saloon auf den Tisch und blickte die Frau neben sich, die Mühe hatte, ihren dicken Kartenfächer in einer Hand zu halten, triumphierend an.

»O nein, nicht noch mehr«, stöhnte Elisabeth Möhlke theatralisch und begutachtete mit gefurchter Stirn ihr Blatt. »Ich hab praktisch alles, aber keine Sieben zum Stechen!« Kopfschüttelnd nahm sie zwei weitere Karten vom Stapel. Dann griff sie seufzend nach dem zierlichen Likörglas vor sich und trank einen kräftigen Schluck.

Ihre drei Mitspielerinnen prosteten ihr aufmunternd zu, bevor sie selber ihre Gläser leerten. Brigitte schenkte sofort wieder ein.

Es war die übliche Frauenrunde, die sich, wie fast jeden Tag, nach dem Abendbrot, das jede für sich im eigenen Wohnwagen aß, zur gewohnten Mau-Mau-Runde bei Brigitte Fehrer eingefunden hatte. Die vier Frauen, die da einträchtig unter dem orange-rot-gestreiften Vorzelt saßen, waren alle über siebzig, »glücklich verwitwet«, wie sie es selbst nannten, kannten sich seit Jahrzehnten und verbrachten den größten Teil des Sommers auf dem Campingplatz am Waldsee.

Während des Kartenspiels, dessen Ausgang keine von ihnen sonderlich ernst nahm, wurde stets der neueste Klatsch und Tratsch durchgehechelt. Egal, ob es um die dramatischen Ereignisse in den europäischen Königshäusern ging, Hochzeiten und Scheidungen in Hollywood, oder darum, wer mit wem, und was auf dem Campingplatz passierte – alles wurde allabendlich ausgetauscht und voller Inbrunst diskutiert.

Während Elisabeth Kreuz bediente, erregte sich Bertha Vogt zum wiederholten Male leidenschaftlich über den royalen Nachwuchs, als spräche sie von ihren eigenen Enkeln: »Harry und seine Meghan haben da in Amerika ja sechzehn Badezimmer in ihrer Riesenvilla. Sechzehn!« Sie machte eine dramatische Pause und sah mit missbilligend hochgezogenen Augenbrauen in die Runde. »Wer bitte braucht denn so viele Badezimmer?«

»Vielleicht ist da schon wieder was Kleines unterwegs?«, mutmaßte Margret Schmitz.

»Na, die werden doch sicher auch mal Gäste haben«, gab Elisabeth ihre Theorie zum Besten. »Meghan kennt doch diese ganzen Hollywoodstars. Wenn der George Clooney mit seiner Amal und den Kindern übers Wochenende kommt, zum Beispiel. Die waren doch auch schon auf der Hochzeit damals. Na, und dann brauchen die ja ihre eigenen Duschen. So ist das in Amerika eben. Nicht wie hier, wo man mit Duschmarke in den Waschraum geht.«

Bertha schüttelte nicht überzeugt den Kopf und holte tief Luft. »Aber sechzehn …!«

»Apropos Waschräume«, unterbrach Brigitte. »Die drei Jungs von den Zielkes hinten auf Stellplatz D 22 haben gestern die Duschen unter Wasser gesetzt. Sie sollen Handtücher in den Abfluss gestopft haben und dann laufen lassen. Zum Glück hat Ebi das noch rechtzeitig entdeckt.«

»Das war doch keine Absicht! Die hatten bloß ein Handtuch vergessen«, verteidigte Margret die vermeintlichen Übeltäter. »Hat mir Frau Zielke erzählt.«

»Ach, die Zielke nimmt ihre missratene Brut doch immer in Schutz«, protestierte Brigitte. »Was haben die Bengel nicht schon alles angestellt: am Zeltplatz gekokelt, Schlauchboote geklaut, das …«

»Nun übertreib mal nicht!«, ging Elisabeth dazwischen. »Die drei sind zwar keine Engel, aber so sind Kinder nun mal. Deine Töchter haben auch jede Menge Blödsinn verzapft, als sie klein waren.« »Als sie zusammen mit Kim den alten Dackel von Müllers entführt haben ...«

»Okay, okay«, lenkte ihre Freundin ein und kicherte bei der Erinnerung. »Na, da war was los ... Ich fand das ja lustig, aber Elli und Eberhard waren wirklich fuchsteufelswild. Arme Kim, drei Tage Stubenarrest.« Alle mussten wie immer über die altbekannte Geschichte lachen. »Ach, dabei fällt mir ein: Vorhin beim Imbiss ist mir ein sehr schmucker Mann begegnet. Hatte wohl gerade ein Plauderstündchen mit Kim. Jedenfalls hockten die zwei da eng zusammen, als ich kam.« Sie hob die Augenbrauen und blickte wissend in die Runde.

»Erzähl!«, forderte Bertha neugierig.

»Gut aussehender Kerl mit Muskeln an den richtigen Stellen. Ungefähr Kims Alter, dunkle Haare. Machte was her«, sinnierte Brigitte und fuhr dann fort: »Der wäre was für sie, finde ich. Und sie hat ihm auch mit so einem verträumten Blick hinterhergeguckt. Ihr wisst, was ich meine. So'n Dackelblick.« Wieder lachten die Frauen los.

»Schön wär's ja, wenn die Kleene endlich mal einen passenden Kerl finden würde«, meinte Margret seufzend.

»Wird ja auch nicht jünger«, ergänzte Elisabeth. »Ist doch jetzt auch schon über dreißig.«

»Dafür macht sie aber immer noch eine ausgesprochen passable Figur«, stellte Brigitte fest.

»Wer ist denn der Mann?«, erkundigte sich Margret interessiert.

»Keine Ahnung«, antwortete Brigitte bedauernd. »Ist in Richtung Zeltwiese dahinten verschwunden, als ich kam.

Aber nach Zelt sah der nicht aus, eher Wohnmobil. Ich behalte das im Auge. Morgen früh holt er Brötchen. Und ich wette, das war nicht die letzte Cola, die er bei Kim getrunken hat. Hoffentlich bleibt der länger ...« Sie steckte sich wohlig seufzend eine Geleebanane in den Mund. Die drei anderen nahmen ebenfalls eine, nickten zustimmend und nippten an ihren Gläsern.

»So, Mädels, jetzt aber wieder volle Konzentration. Ich bin kurz davor, zu gewinnen«, verkündete Bertha schließlich und warf zielsicher eine Herz-Dame auf den Stapel.

Eine Weile spielten sie schweigend weiter, bis die eher schüchterne Margret murmelte: »Habt ihr eigentlich schon gehört, dass sich mit dem Campingplatz was tut?«

»Wie, was tut?«, fragte Bertha nicht sonderlich interessiert. Sie legte den Kopf in den Nacken, um konzentriert den letzten Rest Eierlikör mit der Zunge vom Glasboden zu angeln.

»Frau Bönnecke hat da was aufgeschnappt. Die hat doch ihren Stellplatz in der Nähe von der Rezeption und kriegt da mehr mit, als wir hier unten«, erklärte Margret.

»Komm auf den Punkt, Grete«, forderte Brigitte ungeduldig.

Margret räusperte sich und stieß hervor: »Angeblich soll das Gelände verkauft werden ...«

»Waaas?«, entfuhr es einstimmig den drei anderen.

Brigitte fing sich als Erste. »So ein Quatsch! Der Platz gehört doch der Gemeinde. Den können die doch nicht einfach verkaufen!«

»Ich weiß ja auch nicht ...«, murmelte Margret und sortierte nervös ihre Karten. »Die Bönnecke hat beobachtet, wie die Bürgermeisterin aus der Kreisstadt vorgestern mit so einem jungen Typen im dicken schwarzen SUV da war. Frankfurter Kennzeichen. Nicht an der Oder, sondern das Frankfurt im *Westen* ...!« Sie blickte die anderen vielsagend an. »Die Bönnecke hat dann gehört, wie die sich darüber unterhalten haben, dass der hier auf dem Campingplatz bauen will. Leider hat sie ihn nicht richtig sehen können, aber jung und schnieke habe der von hinten ausgesehen, meint sie.«

»Na, der soll mal kommen ... Dem werd' ich was erzählen!« Brigitte Fehrer hob in ihrer resoluten Art die geballte Faust. Als ehemalige Profi-Handballerin wirkte diese Geste auch mit grauer Dauerwelle und Kittelschürze statt Trainingsanzug sehr einschüchternd, und Margret wich unwillkürlich ein Stückchen zurück.

»Die Bönnecke meint, der will hier erst mal alles auskundschaften ...«, brachte Margret beinahe flüsternd hervor und deutete mit dem Kopf in Richtung See.

»Wo?«, fragte Elisabeth irritiert und drehte sich um. »Im Wasser?«

»Nein, bei den Kurzzeitcampern.«

»Hm ...«, machte Elisabeth.

»Ach, Unsinn!«, widersprach Brigitte resolut. »Die Bönnecke will sich nur wichtig machen, oder du hast das in den falschen Hals gekriegt, Grete. Ihr glaubt doch nicht wirklich, dass so'n stinkreicher Kapitalist hier zeltet.«

»Vielleicht ist er ja mit diesem Monstrum von Wohnmobil gekommen«, überlegte Bertha laut. »Seit heute Vormittag steht dahinten doch so ein Riesenschiff, und vorhin hab ich davor so eine goldbehängte Schickimicki-Tussi gesehen.«

»Bestimmt die Frau vom Baulöwen«, bekräftigte Margret, froh, dass wenigstens eine ihrer Freundinnen sie ernst nahm.

»Hm«, machte Brigitte wieder, nun doch ein bisschen verunsichert.

»Am besten fragen wir Ebi. Als Platzwart wird der doch wissen, ob an der Sache was dran ist«, schlug Bertha vor.

»Und was, wenn er mit denen unter einer Decke steckt? Der sitzt doch auch im Gemeinderat. Vielleicht hat er Schweigepflicht«, mutmaßte Elisabeth.

»Keine Sorge«, verkündete Brigitte und ballte wieder die Faust. »Wenn ich dem auf den Zahn fühle, dann wird der schon sagen, was hier Sache ist. Wäre ja noch schöner!«

2

Sonntag

»Juten Morjen!« Der dröhnende Bass ließ Monika Reimann, die knietief im Wasser am Bootssteg stand, wo sie mit Lappen und Sprühreiniger das Innere eines schmucken Ruderboots von Kiefernnadeln und den unliebsamen Hinterlassenschaften einiger Vögel befreite, zusammenschrecken. Sie richtete sich auf und sah sich überrascht nach dem korpulenten Mann um, der sich triefend nass zielstrebig auf sie zubewegte. Er wischte sich dabei das Wasser aus seinem geröteten Gesicht, streifte energisch die Tropfen von der Glatze, dann von seiner beachtlichen Plauze. Mit ausgestrecktem Finger deutete er anschließend auf das schneeweiße Boot, an dem sie sich zu schaffen machte. Darin hatten locker vier Personen Platz. Am Heck ragte der hochgeklappte Elektromotor samt Pinne aus dem Wasser. Der Bootsrumpf aus makellos glattem Kunststoff zeigte keinerlei Spuren von Algenbewuchs. Die kleine Jolle war innen und außen top gepflegt.

»Schicket Teil. Kann man dit mieten?«, fragte der Mann gut gelaunt und trat interessiert noch näher.

Monika Reimann wich instinktiv ein Stück zurück und starrte den großen Kerl verständnislos an. »Sie meinen das Boot?«

»Jupp, die Jolle.«

»Das Boot gehört meinem Mann und mir«, antwortete sie indigniert. »Wir vermieten nicht.«

»Ach komm, Mädchen, nur 'ne Stunde. Einmal über'n

See«, bat der Mann, unbeeindruckt von ihrer Weigerung, und streckte ihr seine nasse Pranke entgegen. »Ick bin der Dieter. Dieter Zach. Aus Berlin.«

Mädchen war die Mittvierzigerin schon lange nicht mehr genannt worden. Verwirrt erwiderte sie seinen Händedruck, zog dann aber schnell ihre Hand zurück, wischte sie an dem geblümten Küchenhandtuch, das über der niedrigen Reling hing, ab und griff sich ihr Putztuch.

»Reimann«, stellte sie sich kühl vor und warf einen abschätzigen Blick auf die schlabbrigen Badeshorts, die an seinen dünnen, kalkweißen Beinen klebten. »Wir sind aus Charlottenburg. Und nein, wir wollen heute Nachmittag selber damit rausfahren. Deshalb putze ich unser Boot gerade.« Sie zeigte auf eine Reihe anderer Ruderboote, die am Steg festgebunden waren – alle deutlich kleiner und längst nicht so gepflegt. »Die sind alle im Privatbesitz der Dauercamper.« Dann wedelte sie mit dem grünen Mikrofasertuch unbestimmt in die Ferne. »Beim Fischer dahinten können Sie ein Boot zum Angeln leihen.« Sie knüllte energisch das Tuch zusammen und beugte sich tief in den Rumpf, um unmissverständlich zu signalisieren, dass sie beschäftigt und das Gespräch für sie beendet war. Während sie weiter ihr Schmuckstück wienerte, drang das fröhliche Treiben am Strand und im Nichtschwimmerbereich leise zu ihr in den Rumpf des Bootes. Von Sonntagsruhe war auf einem Campingplatz nichts zu spüren – ganz im Gegenteil. Am Wochenende herrschte hier noch mehr Trubel als in der Woche.

»Nettes Fleckchen, dieser Campingplatz. Wir sind seit jestern da«, drang der tiefe Bass von Dieter Zach deutlich an Monika Reimanns Ohr. Er machte, trotz ihrer deutlichen Signale, anscheinend keinerlei Anstalten zu gehen.

Stattdessen lehnte er sich entspannt an den Bootsrumpf und beugte sich ein Stückchen zu ihr herunter. »Seid ihr öfter hier?«, fragte er.

»Ja, wir sind Dauercamper«, klang es dumpf aus dem Rumpf. »Seit elf Jahren.«

»Oha«, stieß er anerkennend aus. Nachdem seine Gesprächspartnerin wieder schwieg, versuchte er es noch mal. »Sach ma, wenn ihr erst heute Nachmittag rumschippern wollt, denn könnte ick doch … Ick zahl ooch!«

Abrupt richtete sich Monika Reimann, fassungslos über die Dreistigkeit dieses unerwünschten Störenfrieds, kerzengerade auf, sah ihn an und stieß hervor: »Nein! Das Boot ist Privatbesitz!« Als sie merkte, dass das ein bisschen zu kratzbürstig geklungen hatte, wiederholte sie jovial: »Bitte fragen Sie doch einfach beim Fischer nach einem Boot.« Und ergänzte: »Der hat auch Tretboote. Und jetzt würde ich gerne weitermachen. Schönen Tag noch.«

»Allet klärchen«, antwortete Dieter Zach gemütlich. »Nüscht für unjut, junge Frau. Man sieht sich. Wir sind ja noch länger hier.« Damit tippte der Mann sich an den Schirm einer imaginären Schiebermütze und trottete weiter.

Monika Reimann sah ihm mit gemischten Gefühlen hinterher, als er die Böschung zur Liegewiese erklomm, sein Handtuch von einer Bank nahm und sich ausgiebig abrubbelte. Als sich ihre Augen trafen und er ihr zuzwinkerte, hob Monika Reimann reflexartig den Arm und winkte ihm zu. Sogar ein scheues Lächeln schenkte sie ihm. Scheinbar irritiert über sich selbst, drehte sie ihm dann jedoch schnell den Rücken zu, beugte sich ins Boot und widmete sich wieder ihrer Putzarbeit. Heimlich riskierte sie noch einen letzten Blick, musste jedoch enttäuscht feststellen, dass er schon gegangen war.

***

»Check doch mal, wo hier een Fischer ist. Da kann man Boote mieten«, warf Dieter Zach seinem Sohn im Vorübergehen zu.

Jonas hatte es sich mit der Zeitung auf einem Campingsessel im Schatten gemütlich gemacht – soweit das auf dem schmalen Streifen Rasen möglich war, den das übergroße Wohnmobil noch bis zum Schotterweg übrig ließ. Dieser alte Campingplatz war augenscheinlich nicht für derartig überdimensionale Fahrzeuge angelegt worden. Das *Volkner Mobil* seines Vaters stand an dem schmalen, zum See hin abfallenden Weg, eingequetscht zwischen einen weißen *Hymer* unter ihnen, der den Blick aufs Wasser versperrte, und einem kleineren Caravan auf der anderen Seite über ihnen. Zwischen den Wohnmobilen waren nur knapp zwei Meter Platz, und direkt gegenüber erhob sich eine dunkelgrüne Lebensbaumwand, die den erhöht liegenden, festen Stellplatz anderer Leute begrenzte. Derart dicht an dicht mit anderen Urlaubern fühlte Jonas sich nicht sonderlich wohl. Dennoch wollte er sich das bisschen Platz vor seiner mobilen Unterkunft von seinen fremden Nachbarn augenscheinlich nicht streitig machen lassen. Er hatte den Tisch und zwei ausladende Sessel aufs Gras vor seiner Tür gestellt und sich dort mit einer Tasse Kaffee demonstrativ in seine Zeitung vertieft. Als sein Vater, ohne ihn weiter zu beachten, mit großen Schritten zügig an ihm vorbeimarschierte und wie üblich im Vorübergehen seine Befehle erteilte, sah er auf und rief ihm zaghaft nach: »Ich wollte eigentlich gerade ein bisschen Zeitung lesen. Und du sollst dich schließlich auch erholen. Setz dich doch dazu, Papa.« Er seufzte leise, denn er ahnte, dass sein Vorschlag auf taube Ohren stoßen würde. Um sich gegen seinen dominanten Vater durchzusetzen, hatte er auch mit Ende dreißig noch kein Mittel gefunden. Sie waren einfach grundverschieden.

»Ick bin doch nich zum Rumlungern hier«, dröhnte es erwartungsgemäß aus dem Wohnmobil. Das Handtuch um die Hüften geschlungen, beugte Dieter Zach sich aus der schmalen Tür. »Schwimmen war ick schon, als Nächstes steht Bootfahren uff'm Plan. Frag mal vorne bei der Rezeption.« Als sein Sohn ihn reglos anstarrte, drängte er ungeduldig mit einer ausladenden Armgeste: »Nu mach hinne, Junge. Der halbe Tach is ja schon rum!« Dann verschwand er wieder.

»Es ist halb zehn, Papa«, versuchte Jonas es noch mal, obwohl er wusste, dass er seinen Vater damit nicht überzeugen konnte. Prompt erklang ein unwirsches »Eben!«, von drinnen, und Jonas war klar, dass sich seine heutigen Urlaubspläne mal wieder geändert hatten. Wobei Pläne eigentlich zu viel gesagt war: Er wollte sich lediglich vom Dauerstress in Berlin erholen, einfach mal gar nichts machen. Was hätte man hier auch schon groß machen können? Er sah sich abschätzig um, schlug resigniert die Zeitung zu und machte sich auf den Weg.

Eine halbe Stunde später schipperten Vater und Sohn in einem kleinen Boot über den Waldsee. Dieter Zach hatte die Pinne des elektrischen Außenbordmotors fest im Griff und kurvte mit einem PS lautlos am bewaldeten Ufer entlang. Interessiert betrachtete er die schmucken Häuser unter imposanten Birken, Trauerweiden, Eichen und zahlreichen Kiefern. Die großen Seegrundstücke hatten keinen Strand, sondern nur einen Steg, der zwischen hohem

Schilfrohr einige Meter aufs Wasser hinausragte. Darunter ankerten Boote, und darauf standen Gartenmöbel und Sonnenschirme, in deren Schatten es sich die Besitzer gemütlich machten. Manche Stege wirkten recht morsch und alt, passend zu den Datschen oder schmucklosen Altbauten dahinter, doch auf einigen Grundstücken standen neue, moderne Häuser mit großen Fensterfronten zum See, gepflegten Gärten und breiten Stegen aus rötlichen Bangkiraiplanken.

Nachdenklich inspizierte Dieter Zach die Immobilien. Als Bauunternehmer in dritter Generation hatte er einen professionellen Blick für den Wert dieser Häuser und Grundstücke. Gedankenverloren sah er zurück zu dem breiten Strandstreifen, der zum Campingplatz gehörte.

»Na, überlegst du, dir hier für den Ruhestand so ein Seegrundstück zu kaufen, Papa?«, fragte Jonas schmunzelnd. Er kannte seinen Vater gut genug, um zu ahnen, was in dessen Kopf vor sich ging.

»Hm …«, machte Dieter Zach und grinste seinen Sohn an. »Fast.«

»Aha?«, fragte der nach.

»Mich kriegen keene zehn Pferde aus meiner Wohnung in Wilmersdorf, aber alle anderen wollen ja inzwischen scheinbar nur noch raus ins Umland. Wenn man da so'n paar schnieke Terrassenwohnungen hier an den See bauen würde … Da könnte man …« In Gedanken überschlug er Kosten und Einnahmen. Zufrieden nickend meinte er dann: »Besorg uns mal für morgen einen Termin bei der Gemeinde oder beim Bürgermeister in der Kreisstadt.« Er nickte seinem Sohn zu. »Du kannst doch so was mit deinem Google im Internet rauskriegen, wer hier zuständig ist und weiß, welche Grundstücke zum Verkauf stehen.«

»Aber Papa!«, entrüstete sich Jonas. »Wir haben doch Urlaub. Der Arzt hat gesagt, du musst dich dringend erholen und mal abschalten. Sonst war das nicht der letzte Herzinfarkt. Und beim nächsten Mal wird's schlimmer.«

»Papperlapapp!«, polterte Dieter Zach. »Diese Quacksalber haben doch alle keene Ahnung. Wenn ick nicht arbeiten kann, werd' ick krank. So rum wird'n Schuh draus.«

»Oh, bitte. Du bist doch längst im Rentenalter. Gönn dir doch ein bisschen mehr Ruhe. Ich mach das doch schon alles in deinem Sinne.«

Dieter Zach schnaufte unwillig. »Und wat hat es jebracht, det ick dir seit fuffzehn Jahren ausbilde? Hast du dit Potenzial hier erkannt oder icke? Bevor ick mir aus meene Firma endjültig zurückziehe, mach ick dieset Jeschäft noch: Terrassenwohnungen mit Seeblick in Seelinchen!« Er breitete besitzergreifend die Arme aus. »Dit is 'ne Investition mit Zukunft. Und so, wie ick dit plane, bleibt davon dit meeßte in meene Tasche. Vastehste, Junior?« Als er den skeptischen Blick seines Sohnes sah, griff er wieder nach der Pinne und ergänzte großzügig: »Pass uff, wir machen dit zusammen. Du und icke – Vater und Sohn. Dit wird nicht meen Projekt, det du wie üblich nur ausführst, sondern wir planen dit von Anfang an zusammen. Is dit een Kompromiss?« Er grinste Jonas an und hielt seine mächtige Pranke auffordernd hin.

»Du meinst das ernst? Gleichberechtigt?«, fragte sein Sohn ungläubig nach.

»Ja, los, schlag ein.«

Zögernd schlug Jonas ein.

»Na, bitte! Jeht doch!«, freute sich sein Vater und zog die Pinne scharf nach links, sodass das Boot in einem großen Kreis wendete.

»Wo willst du denn hin?«, fragte Jonas irritiert.

»Na, zurück. Telefon und Computer sind doch im Wohnmobil. Du fängst am besten gleich an. Ick will wissen, wo es hier passende Grundstücke für meene ...« Er räusperte sich und grinste breit. »... für *unsere* Terrassenhäuser gibt!«

* * *

»Dit tut ja schon beim Hingucken weh.« Brigitte Fehrer betrachtete kopfschüttelnd die vierzigjährige Frau, die ein paar Meter vor ihr auf ihrer Yogamatte saß, die Fußsohlen aneinandergelegt und die Beine gespreizt, sodass ihre Knie rechts und links auf dem Boden auflagen, während sie gleichzeitig ihren Oberkörper weit nach vorne beugte, bis ihr Kopf und die Fingerspitzen den Boden berührten.

»*Baddha Konasana*, der Schmetterling«, murmelte Jeanine Mertens erklärend und richtete sich langsam wieder auf. Als die Yogalehrerin ihre Nachbarin erkannte, winkte sie ihr freundlich zu. »Guten Morgen, Frau Fehrer! Sollten Sie auch mal probieren. Diese Asana ist eine Hüftöffnung.«

»Ach guck ...«

»Ja, sie unterstützt die Durchblutung im Becken und hilft bei Harnwegs- und Blasenerkrankungen.«

»Na, ick hab's ja eher im Rücken.«

»Dann ist Yoga sowieso das Richtige für Sie.« Sie setzte sich aufrecht im Lotussitz hin. »Der Schmetterling stärkt auch den unteren Rücken und beugt Erkrankungen des Ischias vor.«

»Zu spät. Ick hab's ja schon mit dem Ischias«, stellte Brigitte Fehrer schulterzuckend fest. »Und wenn ick mir so verbiege, komm ick nie wieder hoch.«

Die alte Frau lachte über ihren eigenen Witz und sah sich neugierig auf dem Grundstück, das direkt neben ihrem Stellplatz lag, um. Seit gut zwei Jahren stand der bunt bemalte VW-Bulli des Kreuzberger Pärchens hier unter einem außergewöhnlichen Vorzelt, einer Art sehr großer, runder, an den Seiten offener Jurte mit spitzem Dach. Die Yogalehrerin Jeanine Mertens und der Musiker Thorsten Nielsen kamen an beinahe jedem Wochenende, um sich vom Berliner Großstadttrubel zu erholen.

Der andernorts akkurat gestutzte Rasen wuchs hier als Wiese voller Gänseblümchen und Klee, und anstelle eines Zauns markierten nur einige niedrige Büsche, die scheinbar nach Lust und Laune wucherten, die vordere Grundstücksgrenze.

Aus dem Graffiti-besprayten Bus erklang dumpf und rhythmisch eine Bongo-Trommel.

»Übt Ihr Mann wieder?«, erkundigte sich Brigitte Fehrer mit hochgezogenen Augenbrauen.

»Mein Lebenspartner«, korrigierte Jeanine, nicht zum ersten Mal, freundlich, während sie die rechte Hand aufs linke Knie legte und ihren aufrechten Oberkörper weit linksherum drehte. Brigitte Fehrer schmerzte schon beim Zusehen ihr Kreuz. Doch die Yogalehrerin dehnte sich entspannt auch rechtsherum und ergänzte dabei: »Sie wissen doch, dass Thorsten und ich vom Heiraten nichts halten.«

»Ist ja heutzutage auch kein Problem mehr«, stimmte ihre Nachbarin zu. »Aber dit Getrommel würde mich auf Dauer kirre machen.«

»Es stört doch hoffentlich nicht bei Ihnen drüben?«

»Nee, keene Sorge. Zum Glück hör' ick ja nicht mehr so gut.« Ihr Blick blieb an etwas hängen, das ihre Neugier weckte. »Ach, dit da ist ja 'ne hübsche Deko. Neu? Ick hab früher ja ooch mal Makramee gemacht. Also eher so schlichte Flechtarbeiten fürs Wohnzimmer. Sah hübsch aus auf Raufasertapete. Jetzt nicht so aufwendig mit Federn und bunten Perlen ...« Sie trat einen Schritt näher und deutete mit ausgestrecktem Arm auf das Gehänge, das sich an der Querstange des Zeltes leicht im Wind drehte. »Aber dit is wirklich sehr hübsch. Selbstgemacht?«

»Das ist ein Traumfänger. Hat mir Thorsten neulich gebastelt.«

»Traumfänger?«, erkundigte Brigitte Fehrer sich skeptisch.

»Ja, das sind Kultobjekte aus der *Ojibwe*-Kultur, die hängen die an ihrem Tipi ...«

»Obi-wat?«, fragte die Rentnerin verständnislos dazwischen.

»*Ojibwe,* ein indigener Stamm.«

»Also Indianer?«

»Ja, die Ureinwohner Amerikas«, korrigierte Jeanine politisch korrekt. »So ein Traumfänger besteht aus einem Netz, das mit persönlichen Gegenständen, wie Federn und Perlen, dekoriert und dann über dem Schlafplatz aufgehängt wird. Im Bus ist es aber zu niedrig. Da sind wir morgens beim Aufstehen dauernd mit dem Kopf angestoßen. Deswegen hängt er jetzt hier vor dem Wagen«, erklärte sie lächelnd. Als sie sah, wie Brigitte Fehrer neugierig den Hals reckte, entknotete sie ihre Beine aus dem Lotussitz, stand auf und winkte ihre Nachbarin heran. »Kommen Sie. Sehen Sie es sich an.«

Brigitte Fehrer trat näher und strich mit den Fingerspitzen fasziniert über die weichen Federn. »Und wie funktioniert dit?«

Jeanine zeigte auf das runde Geflecht, das an ein Spinnennetz erinnerte.

»Die bösen Träume bleiben im Netz hängen und werden später von der Morgensonne neutralisiert. Die guten Träume schlüpfen durch die mittlere Öffnung hier hindurch und können verschwinden.«

Brigitte Fehrer runzelte ungläubig die Stirn.

»Echt? Durch dit kleene Loch?«

»Also, ich schlafe seit ein paar Tagen viel ruhiger«, behauptete Jeanine.

»Ick ooch, seit die krakeelenden Rabauken vom Zeltplatz verschwunden sind«, meinte ihre Nachbarin und zwinkerte ihr zu. »Aber mal was ganz anderes …«

Ihr Blick wurde ernst, und sie sah sich um, ob auch niemand ihr Gespräch belauschte. Mit einem vielsagenden, warnenden Nicken deutete sie auf die hohe Ligusterhecke, die die Grenze zum Nachbargrundstück bildete, hinter der das Ehepaar Müller seinen Stellplatz hatte. Brigitte Fehrer wusste, wie praktisch alle alten Camper hier im *Campingparadies*, dass die beiden nur zu gerne ihre Nachbarn beobachteten und belauschten. Sie senkte die Stimme und flüsterte: »Haben Sie schon gehört, dass unser Campingplatz verkauft werden soll?«

»Wie bitte?« Jeanine Mertens sah sie schockiert an. »Das darf doch nicht wahr sein!«

»Bis jetzt ist es nur ein Gerücht, aber ich bin gerade auf dem Weg zu Ebi, um ihm auf den Zahn zu fühlen«, erklärte die Rentnerin resolut.

»O Gott, äh, Shiva …« Die Jüngere legte ihre Hände wie zum Gebet zusammen. »Da müssen wir doch was tun! Eine Protestaktion vielleicht?«, überlegte sie laut. »Wir könnten mit Plakaten vors Gemeindehaus ziehen. Und wenn gar nichts hilft, machen wir einen Hungerstreik.« Sie lächelte Brigitte Fehrer aufmunternd an.

»Nun mal langsam mit die jungen Pferde.« Brigitte Fehrer schüttelte den Kopf. »Erst mal noch schön die Füße still und den Mund halten! Ich kläre das!« Entschlossen wandte sie sich zum Gehen.

»Sagen Sie Bescheid, wenn wir irgendwie helfen können. Thorsten und ich haben früher Häuser besetzt. Wenn die Bullen anrücken, bauen wir Barrikaden!«, rief sie ihr lachend nach.

»Ja, ja ... Mal sehen ...« Brigitte Fehrer winkte zum Abschied. »Schönen Tag noch, und grüßen Sie Ihren Mann.«

»Lebenspartner ...«

Als Brigitte Fehrer am Stellplatz der Müllers nebenan vorbeiging, saß das alte Pärchen reglos nebeneinander auf seinen Campingstühlen vor dem Wohnwagen, beide die Regionalzeitung vor der Nase.

Brigitte Fehrers Blick entging nicht, dass Elke Müller ihren Teil verkehrt herum hielt. »Guten Morgen!«, rief sie laut hinüber, und beide ließen synchron ihre Zeitung sinken.

»Morjen, Brigitte«, brummte Horst Müller.

»Na, steht was Spannendes drin, Elke?«, fragte Brigitte mit hämischem Unterton. »Dreh mal besser die Seite um. Denn verstehste dit besser ...« Als die Angesprochene hektisch ihre Zeitung zusammenfaltete und grußlos unter dem Vorzelt verschwand, war sich Brigitte sicher, dass die beiden Alten, die fast genauso lange hier campten wie sie selbst, bis eben noch hinter der Ligusterhecke gelauscht hatten.

»Stasi!«, zischte sie leise und marschierte weiter, vorbei an dem verwaisten Campingwagen der geschiedenen Wagners, Richtung Rezeption.

Platzwart Eberhard Baumann saß auch am Sonntagmorgen auf seinem Posten in dem kleinen Häuschen an der Einfahrt zum Campingplatz. Sein Büro war ein recht düsterer Raum, vollgestopft mit allerlei Krimskrams, der sich im Laufe der Jahre hier angesammelt hatte und nicht wirklich in ein Büro passte. Aber Ebi fühlte sich hier wohl, wenn er auf dem etwas zu niedrigen Drehstuhl, dessen Höhe sich schon lange nicht mehr verstellen ließ, hinter seinem zum Schreibtisch umfunktionierten Tresen hockte und sich um das Geschäftliche kümmerte. Als das kleine Glöckchen an seiner Tür bimmelte, schaute er hinter seinem Computermonitor hervor.

»Morjen, Brigitte«, begrüßte er sie wenig begeistert. »Was verschafft mir das frühe Vergnügen an so einem sonnigen Sonntag?«

»Tach, Ebi.« Sie schloss die Tür hinter sich. »Na, spielste wieder *Solitaire*?«

Er räusperte sich entrüstet. »Ich überprüfe die Reservierungen fürs nächste Wochenende!«

»Fein, fein ... Läuft ja ganz gut im Moment, bei dem Wetter, wa?«

»Ja, wir haben mehr Anfragen als Stellplätze. Wird immer schwieriger, diese ganzen großen Wohnmobile unterzukriegen. Zelte und Wohnwagen haben früher weniger Platz gebraucht«, seufzte er.

»Jetzt fang du nich ooch noch an mit *früher war alles besser*, wie Gunnar. Sei lieber froh, dit da scheinbar 'ne neue Klientel das Camping für sich entdeckt hat. Dit sichert doch die Zukunft vom *Campingparadies am Waldsee* und damit ooch deine Zukunft ...« Sie sah ihn scharf an. »Und ooch die Zukunft von Kim. Und die von uns Alteingesessenen ...« Als er sie nur verwirrt ansah, fuhr sie fort: »Wir haben hier doch noch eine Zukunft, oder?«

Statt sich auf den klapprigen gelben Stuhl vor seinem Tresen zu setzen, blieb sie mit in die Hüften gestemmten Fäusten ihm direkt gegenüber stehen.

»Was soll denn diese komische Fragerei?« Eberhard Baumann beäugte Brigitte Fehrer misstrauisch.

Die hatte das ängstliche Flackern in den Augen ihres Gegenübers genau wahrgenommen und bohrte weiter: »Man hört da in letzter Zeit so komische Sachen …«

»Was für Sachen?« Er klang alarmiert und setzte sich aufrecht hin.

»Na, det es im Gemeinderat Überlegungen gibt, den Laden hier dichtzumachen und dit janze Grundstück zu verkoofen …« Sie sah ihn lauernd an.

»Wie kommst du denn auf so einen Quatsch?«, entgegnete er heftig, doch Brigitte Fehrer bemerkte, dass seine Hände sich an die Schreibtischkante klammerten.

Sie wusste, jetzt war der richtige Moment für einen Frontalangriff. »Ebi!«, sagte sie streng und legte ihre ganze Autorität in ihre Stimme. »Komm mir jetzt nicht mit irgendwelchen Ausflüchten! Du sagst mir jetzt sofort, was los ist! Werden wir an irjendwelche Kapitalisten verschachert?«

»Was? Nein! Also …«

»Eberhard Baumann! Spuck's aus. Wer will uns hier vertreiben?« Sie funkelte ihn wütend an.

»Niemand …«, murmelte er. »Es gab da nur eine erste harmlose Anfrage. Ganz theoretisch … Da ist überhaupt noch nichts spruchreif …« Als sie, völlig perplex, schwieg, fragte er: »Woher weißt du das überhaupt?«

Brigitte Fehrer hatte sich wieder im Griff. »Dit tut nüscht zur Sache.«

»Du musst mir sagen, wer da gequatscht hat. Im Gemeinderat wurden wir zu absolutem Stillschweigen verdonnert. Wenn die Bürgermeisterin mitkriegt, dass das hier schon auf dem Platz die Runde macht, kriegen wir einen Heidenärger.«

»Im Vergleich zu dem Ärger, den ick dir mache, Ebi, is dit absolut jar nüscht!« Sie drohte ihm über den Tresen mit der geballten Faust.

Er zuckte erschrocken zurück. »Spinnst du? Da kann ich doch nix dafür! Glaubst du, das ist auf meinem Mist gewachsen? Das hat die blöde Kirsten Faber sich in ihrem Rathaus in der Kreisstadt ausgedacht. Die kommunalen Kassen sind leer, und bis zu den nächsten Wahlen will die ihren Wählern noch einen neuen Kindergarten oder eine Feuerwache spendieren ...«

»Und da sollen wir der Tussi die Taschen füllen? Dit kleene Seelinchen soll bluten, damit diese korrupte Ziege wieder Bürgermeister wird? Und da macht unser Gemeinderat mit? Ick fass es nicht!« Brigitte Fehrer rang verzweifelt die Hände.

»Nun komm mal wieder runter, Brigitte. Du bist ja nicht mal reguläre Anwohnerin hier in Brandenburg, sondern lebst im Winter in deinem Häuschen in Pankow. Also geht dich als Berlinerin das eigentlich gar nix an.«

»Pfffff«, machte sie entrüstet. »Ick verbringe schon mein halbet Leben hier. Da hab ick ja wohl ein gewisses Mitspracherecht, wenn hier allet den Bach runterzugehen droht!«

»Es geht ja nicht den Bach runter. Wie gesagt: Es war nur eine erste Idee mit dem Hotelkomplex ...«

»Hotelkomplex?!«, hakte sie sofort ein. »Die wollen ein Schickimicki-Hotel auf *unseren* Campingplatz klotzen?«

»Äh ...« Er merkte, dass er sich verplappert hatte. »Also ja ... Nein ... Ach, Brigitte, ich weiß es doch auch nicht ...«

»Was sagt Kim denn dazu?«, fragte sie scharf nach.

»Die weiß davon noch nichts ...«

»Du lässt deine Tochter seelenruhig den Umbau ihrer Kneipe planen und sagst ihr nicht, dass das alles für die Katz ist? Dass hier sowieso bald alles abgerissen wird?«

»So weit ist es doch noch längst nicht. Nach der ersten Besichtigung klang der Chef von dieser Hotelkette nicht sonderlich begeistert. Das Grundstück ist ihm wohl zu klein, und der Ort hätte nicht genügend *Flair* für seine wohlhabende Kundschaft, meinte er.«

»Wir sind dem feinen Herrn nicht fein genug für sein feines Hotel?«, spie sie förmlich aus. »Das wird ja immer schöner! Was für eine Unverschämtheit!«

»Aber das ist doch eigentlich gut«, versuchte er sie zu beruhigen. »Wenn's ihm nicht gefällt, wird er am Ende auch nicht bauen wollen.«

»Hm ...« Sie dachte nach. »Aber wenn der nicht will, dann sucht diese Kirsten Faber doch bestimmt gleich nach dem nächsten Investor. Wenn solche Leute erst mal Blut geleckt haben ...«

»Vielleicht, vielleicht auch nicht. Abwarten und Tee trinken, lautet meine Devise. Es wird nichts so heiß gegessen, wie es gekocht wird ...«

»Noch so'n dummer Spruch, und ick vergess meine jute Kinderstube und erinnere mir an meene Zeit als Profi-Handballerin. Meine Fouls waren gefürchtet!« Sie schaute ihn angriffslustig an, und er schwieg eingeschüchtert. »Versprich mir, dass du deinen Gemeinderat auf Linie bringst – unsere Linie! Keine faulen Deals mehr. Wenn hier noch mal jemand auftaucht, der sich für unser Grundstück interessiert, sagt ihr uns rechtzeitig Bescheid. Dann denken wir uns was aus, was den garantiert vertreibt.« Sie dachte kurz nach. »Wie wär's, wenn wir hier draußen an deiner Bude schon mal prophylaktisch ein paar warnende Spruchbänder anbringen. Mit Kampfparolen, so wie früher.« Er blickte sie ungläubig an. »Na, du weeßt doch: *Arbeite mit, plane mit, regiere mit!* Oder vielleicht besser: *Mein Arbeitsplatz – Mein Kampfplatz für den Frieden!* Nur denn natürlich *Campingplatz*, statt *Arbeitsplatz*. Oder wie wär's mit: *So wie wir heute campen, werden wir morgen leben!*« Als der Platzwart mit einem erschöpften Aufstöhnen nur den Kopf schüttelte, starrte Brigitte grimmig entschlossen auf das idyllische Foto vom Waldsee, das hinter Eberhard Baumann an der Wand hing. »Oder könnten wir nicht Naturschutzgebiet werden?«, überlegte sie laut.

»Der Campingplatz?«, fragte Ebi, nun vollends verwirrt. »Naturschutzgebiet?«

»Na, immerhin campen wir hier unter Kiefern im Wald. Und ein Wald könnte doch Naturschutzgebiet werden. Oder nicht?«

»Keine Ahnung ...«

»Na, dann erkundige dich mal! Für so was ist ein Gemeinderat schließlich da!«

»Aber ich bin doch bloß so 'ne Art Kassenwart«, wagte er vorsichtig einzuwenden.

»Dann fragst du eben die anderen. Irgendwer wird sich da doch auskennen. Und ick frag Grete. Die ist ganz firm mit diesem Internetz. Die kennt ooch dieset *Guugel* ganz gut. Da findet man *alles*. Das kriegen wir schon raus.« Entschlossen stand Brigitte Fehrer auf. »Nu los, Ebi! Keine Zeit verlieren. Mach hinne! Arbeite mit, plane mit, regiere mit!«

Damit stürmte sie aus dem winzigen Büro und ließ einen völlig konsternierten Platzwart zurück, der stumm auf seinen Bildschirm starrte und nach kurzem Überlegen per Mausklick die Herz Sieben auf die Pik Acht schob.

Keine zehn Minuten später bimmelte das Glöckchen schon wieder. Eberhard Baumann stöhnte innerlich auf, als Ulrike Büchle, im Schlepptau ihre Kinder, die Rezeption betrat.

»Morjen, Frau Büchle, was kann ich für Sie tun?«

»Bitte nicht anfassen, Andromache, du machst dir dein Kleid schmutzig. Grüß Gottle, Herr Baumann. Hektor-Schätzchen, bleib bitte hier.«

Sie setzte sich mit einem erschöpften Stöhnen auf den klapprigen Metallrohrstuhl mit dem fleckigen, gelben Kissen vor dem niedrigen Tresen und zog ihren sich sträubenden Sohn auf den Schoß, während ihre Tochter weiter das Büroinventar mit ihren Händen inspizierte. Ulrike Büchle legte besorgt die Stirn in Falten, fixierte ihr Gegenüber und stieß seufzend aus: »Es ist schon wieder passiert.«

Obwohl der Platzwart ahnte, was sie meinte, fragte er scheinbar interessiert nach: »Was denn?«

»Diese Exhibitionisten waren heute Morgen wieder am See!«

»Welche?«, erkundigte er sich seelenruhig.

»Na, diese Sachsen oder Thüringer vom letzten Jahr! Was weiß ich.«

»Sie meinen das Ehepaar Völler aus Halle? Das liegt in Sachsen-Anhalt.«

»Möglich.«

»Was ist denn passiert?«

Ulrike Büchle holte tief Luft, hielt ihrem Sohn die Ohren zu, beugte sich über den Schreibtisch und flüsterte: »Die sind da wieder nackt ...« Sie riss die Augen weit auf. »Also völlig ... Splitterfasernackt sind die in den See marschiert. Über den halben Strand! Vor den Kindern!«

»Nackedei, Nackedei«, krähte das Mädchen fröhlich dazwischen.

»Andromache, denk bitte an deinen Bruder.«

Der Dreijährige, der unruhig auf dem Schoß der Mutter herumrutschte, bis er seine Ohren von ihren Händen befreit hatte, brabbelte: »Nacki, nacki, nacki ...«

»Siehst du!«, ermahnte die Mutter seine Schwester. Doch die war von dem Locher abgelenkt, den sie gerade entdeckt hatte.

»Also, wenn ich Sie richtig verstehe, Frau Büchle, hat das Ehepaar Völler ohne Badesachen gebadet?«, machte der Platzwart wieder auf sich aufmerksam und entwand dem protestierenden Mädchen seinen Locher.

»Ja! Nur in Bademantel und diesen hässlichen Schlappen marschierten die beiden da an, legten ihre Sachen auf die Holzbank und sprangen völlig nackt in den See!« Sie sah Eberhard Baumann wütend an. »Und nun tun Sie mal nicht so scheinheilig. Das wissen Sie ganz genau! Ist schließlich nicht das erste Mal, dass ich mich über diese Exhibitionisten beschwere!«

»Wann war denn das?«

»Na, letztes Jahr!«

»Nein, ich meine jetzt. Wann hatten Sie die Begegnung?«

»Ach so, heute Morgen. Vorhin. So gegen sechs. Was tut denn das zur Sache?«

»So früh waren Sie schon am See?«

»Die Kinder waren seit halb sechs wach. Und da bin ich mit ihnen spazieren gegangen, solange mein Mann noch schlief und der Imbiss mit den Brötchen noch nicht geöffnet hatte.«

»Und waren da noch mehr Leute um die Zeit am See?«

»Nein! Wir waren ganz alleine – bis auf die Exhibitionisten! Da war niemand, der uns hätte helfen können.«

»Wobei?«

»Na, man weiß doch nie!« Sie riss die Augen auf. »Wenn diese Leute schon so rücksichtslos nackt da rumlaufen ... Was da alles passieren kann ...«

»Ist aber nicht?«, fragte der Platzwart seufzend.

»Zum Glück nicht. Ich habe meine unschuldigen Kinder selbstverständlich sofort von der Gefahrenstelle weggeführt!«

»Mit Gefahrenstelle meinen Sie die Völlers?«

»Wenn die so heißen – ja!«

»Nun, die beiden gehen da ja seit fast vierzig Jahren morgens schwimmen, wenn sie im Sommer bei uns Urlaub machen. In ihrem kleinen Wohnwagen, immer im Juli, immer vier Wochen. Treue Gäste, die Völlers«, sinnierte Eberhard Baumann.

»Aber nackt!«, insistierte Ulrike Büchle. »Das geht doch heutzutage nicht mehr! Denken Sie doch mal an die Kinder! Das ist doch traumatisch, wenn die so was sehen! Fremde Männer entblößen sich vor ihnen!«

»Ein Mann und eine Frau. Die Völlers«, korrigierte Eberhard Baumann geduldig.

»Diese schrecklichen alten DDR-Angewohnheiten ... Damals sind alle ständig nackt rumgerannt. Aber damit muss doch endlich mal Schluss sein. Wir sind schließlich wiedervereinigt. Eine neue Zeit ist angebrochen!«

»In der man nicht mehr nackt schwimmt?«

»Nacki, nacki, nacki«, brabbelte Hektor vor sich hin.

»Genau!« Ulrike Büchle nickte zustimmend. »Oder nur im FKK-Bereich. Und so etwas gibt es hier ja glücklicherweise nicht.«

»Liebe Frau Büchle, es stört doch niemanden, wenn die beiden Alten da morgens früh, wenn noch niemand am See ist, nackt schwimmen gehen.«

»Doch, mich! Und meine Kinder!«

»Wenn Sie vielleicht zukünftig etwas später spazieren gehen? Oder woanders?«, schlug er vor.

»Ach, nun wird also *meine* Freiheit beschnitten? Sind wir wieder in der DDR? Nur andersrum? Sollen jetzt die Wessis weggesperrt werden? Ist das die späte Rache für die Treuhand?«, fragte sie konsterniert. »Also, mein Mann Alex hat damals wirklich nur das Beste gewollt, als er diesen ganzen Schrott abgewickelt hat. Diese maroden Fabriken *mussten* doch stillgelegt werden. Für die Arbeitslosen konnte *Alex* doch nichts! Und unsere Kinder schon erst recht nicht!« Sie holte tief Luft.

»Liebe Frau Büchle«, setzte Eberhard Baumann erneut an. »Versuchen wir es doch mit einem Kompromiss. Ich rede mit den Völlers, ob sie zukünftig schon um halb sechs schwimmen gehen können, und Sie gehen erst danach an den See. Wie wäre das?«

Ulrike Büchle überlegte kurz und stimmte dann seufzend zu. »Stellen Sie besser auch noch Schilder auf. So was wie: *Nacktbaden ab 6 Uhr verboten*!«

»Mal sehen ... Vielleicht geht's ja auch so ...«

»Wir werden sehen.« Sie stand mit Hektor, der sich an sie klammerte, auf dem Arm auf. »Andromache-Schatz, möchtest du dein schönes Bild mitnehmen?«

»Nein, das ist für den Mann.« Die Kleine zeigte fröhlich

auf den Platzwart, ließ den Bleistift fallen und hüpfte aus der Tür, die ihre Mutter geöffnet hatte.

»Adele, Herr Baumann«, flötete Ulrike Büchle in aufgeräumter Stimmung. »Schönes Wetter heute.« Dann fiel die Tür ins Schloss.

»Tschüss«, murmelte Eberhard Baumann, während er entgeistert die Krakeleien auf den Anmeldeformularen in seinem Ablagekörbchen betrachtete. Die Strichmännchen mit Schiebermütze und dickem Bauch, sollte das etwa er sein?, überlegte er und suchte in der Schublade nach einem Radiergummi. Der Tag fing ja gut an …

**

»Hier sind Ihre Sonntagsschrippen«, empfing Kim Leon gut gelaunt gegen halb zehn in *Elli's Imbiß*. »Vier Stück.« wie gewünscht. Darf's noch was sein?«

»Vielleicht einen schnellen Kaffee?« Leon zog sich einen der klapprigen Barhocker, die an der Außenseite des hohen Tresens standen, unter den Dachvorsprung. Hier war wenigstens sein Kopf im Schatten, während die bereits hoch am Himmel stehende Sonne ihm auf den Rücken brannte. Es war wieder ein perfekter Urlaubstag im *Campingparadies am Waldsee*. Aus der Ferne hörte man das fröhliche Schreien der Kinder vom See unten herüberschallen. Auf der Terrasse saß unter den ausgeblichenen Sonnenschirmen schon eine Gruppe junger Männer beim sonntäglichen Frühschoppen vor ihren Biergläsern, und der Duft nach frisch gebrühtem Kaffee, der von drinnen herauswehte, war verlockend.

Kimberly Baumann holte geschäftig die Brötchentüte hinter der Theke hervor und fragte dabei gut gelaunt:

»Was soll's denn sein? Cappuccino, Espresso, Latte? Mit Hafer- oder Kuhmilch?«

»Holla!« Leon war beeindruckt. »Das klingt ja wie im Szene-Café in Mitte.«

Sie lachte und zeigte auf eine riesige Espressomaschine hinter sich. »Ich hab seit Kurzem dieses tolle italienische Gerät, das alles kann. Ich liebe guten Kaffee. Den besten hab ich in Florenz getrunken, aber meiner kommt dem schon sehr nahe.«

»Dann hätte ich gern einen Espresso vor dem Frühstück.«

»Kommt sofort.« Sie machte sich an der Espressomaschine zu schaffen. Er beobachtete ihre sicheren Handgriffe, wie sie das Filtersieb mit einem schwungvollen Knall in die Schublade darunter ausleerte, es mit frischgemahlenem Kaffeepulver befüllte und zwischendurch den Dampfhebel betätigte. »Ich mach mir auch gleich einen Macchiato.«

»Oh, dann hätte ich meinen Espresso auch gern mit etwas geschäumter Milch.«

»Kein Problem.«

Ein paar Minuten später genossen sie beide den dampfenden Kaffee.

»Haben Sie sich denn schon ein bisschen bei uns eingelebt? Wie war die erste Nacht?«, fragte Kim.

»Ach, ganz gut. Die Matratze ist bequem ...«

»Keine lärmenden Zeltnachbarn?«

»Nein, nur meine Schwester, die mehrmals nachts aufgestanden ist. Und sie schnarcht ... Ist ja doch recht hellhörig in so einem Wohnmobil.«

»Obwohl Ihres ja wirklich groß und luxuriös ist.«

»Stimmt. Aber ideal ist es trotzdem nicht mit älterer Schwester auf engstem Raum ...« Er seufzte und trank seinen Espresso aus.

»Wenn meine Pipowagen schon da wären, würde ich Ihnen einen von denen anbieten«, meinte Kim augenzwinkernd.

»Pipo? Was ist denn das?«

»Das sind diese schönen alten Holzwagen, mit denen früher Schausteller und Zirkusartisten unterwegs waren. Die werden inzwischen neu gebaut, im alten Stil, mit Schnitzereien, bunten Vorhängen, kleiner Veranda und so.«

»Oh, das klingt toll. Und so was wollen Sie hier aufstellen?«

»Ja, da unten links vom Strand. Ist aber erst mal nur eine Idee. Die sind nämlich ganz schön teuer. Und da das mit dem *Glamping* immer attraktiver zu werden scheint, hab ich überlegt, dass wir hier auch solche Pipowagen zur Miete anbieten könnten. Ich hab das in Holland gesehen und oben an der Nordsee auf einem Campingplatz in Dornumersiel. Die waren sehr gefragt bei den Gästen.«

»Wirklich schöne Idee«, sagte Leon anerkennend. »Jetzt muss ich leider mit den Brötchen zu meiner Schwester. Vielen Dank dafür und auch für den Espresso.«

Er stand auf und zahlte.

»Gerne. Morgen wieder vier Stück?«

»Ja, bitte.«

»Dann bis morgen früh«, verabschiedete sich Kim.

»Vielleicht komme ich später noch auf 'ne Cola vorbei«, sagte er lächelnd.

»Das wäre sehr schön!«

Er hörte erfreut, dass sie das ernst meinte.

Der Filterkaffee aus der Warmhaltekanne, den er zum anschließenden Frühstück im Wohnmobil gekocht hatte, schmeckte Leon längst nicht so gut wie der Espresso bei Kim. Vielleicht lag es auch an der Gesellschaft.

»Was hast du denn heute vor?«, fragte er seine Schwester und nahm sich das zweite Brötchen.

»Sobald du mir die Außenantenne oben auf dem Dach angebracht hast, kann ich meine Serie weitergucken.«

»Du willst fernsehen?«, fragte er entgeistert.

»Dafür hab ich mir ja extra diesen WLAN-Router mit Antenne gekauft. Was soll ich denn sonst machen?« Sophia sah ihren kleinen Bruder kopfschüttelnd an.

»Keine Ahnung. Vielleicht schwimmen? Oder lesen? Oder …«

»Nein«, unterbrach sie ihn. »In dieses braune Wasser werde ich keinen Fuß setzen. Was man sich da alles holen kann.« Sie verzog angewidert die Lippen.

»Aber das ist ein Natursee! Kein ekliges Chlorwasser.«

»Und wie sollte ich bitte *damit* schwimmen?« Sie hob ihr Bein mit dem unförmigen Orthopädiestiefel aus grauem Plastik, dessen Schaft ihr bis zur Wade reichte, ein Stückchen an und blickte vorwurfsvoll zu ihm rüber.

»Okay, das ist ein Grund«, musste Leon zugeben.

»Siehst du, Brüderchen. Und deshalb werde ich es mir mit einem Glas kühlem Chardonnay vor meinem Flachbildfernseher gemütlich machen.«

»In Ordnung. Ich gehe dann mal das Geschirr abwaschen.« Leon schob sich den letzten Bissen in den Mund.

»Aber wir haben hier doch eine eigene Spüle!«

Die Vorstellung unter der Aufsicht seiner Schwester abzuspülen, schien ihm wenig verlockend.

»Das ist mir zu eng. Ich geh lieber rüber zu dem Waschhaus oder Sanitärgebäude oder wie das heißt. Das machen hier alle so. Hab ich gestern Abend gesehen.«

»Alle?« Sophia hob indigniert die Augenbrauen. »Ist das denn dann hygienisch?«

»Ich nehme ja unser Spüli mit und eine Schüssel«, versicherte er, griff sich eine pinkfarbene Plastikschüssel, die er schon neben der Treppe bereitgestellt hatte, und stapelte das Frühstücksgeschirr hinein.

»Aber zuerst montierst du mir noch die Antenne. Das ist ganz einfach, hat der Verkäufer gesagt. Die Bedienungsanleitung ist in der Tasche hinter dem Beifahrersitz, und der Karton steht da auch irgendwo.«

»In Ordnung«, erwiderte er seufzend, stellte die Schüssel ab, griff sich das Tablett mit Butter, Auflage und den Marmeladengläsern und verschwand im Wohnmobil. Nach ein paar Minuten kam er mit dem weißen Faltblatt vor der Nase wieder raus. »Also, da muss ich ein Loch für die Kabel ins Dach bohren ...«

»Wie bitte?«, brauste sie auf. »Du spinnst wohl! Dann wird die Tür eben angelehnt, damit die Kabel da durchpassen, solange ich gucke. Und abends holst du die Antenne wieder vom Dach.«

»Wie du willst. Geht auch schneller«, murmelte er und überlegte, wie er den Klotz von Antenne provisorisch auf dem Wohnmobil befestigen sollte. Ob das mit den kleinen Klebeplättchen, die dabeilagen, hielt?

Leon war nach der Fummelei auf dem Dach des Campers froh, wieder einen Grund zu haben, sich von dort zu verziehen. Er schnappte sich die Schüssel mit dem wenigen Geschirr und marschierte los. Auf dem Weg zum Waschhaus, das recht weit entfernt in der Nähe der offiziellen Einfahrt zum *Campingparadies am Waldsee* stand, beäugte er neugierig die Stellplätze der Dauercamper. Er schüttelte den Kopf über die zahlreichen Insignien kleinbürgerlichen Lebens, die jedes der winzigen Grundstücke zierten. Ob kleine Statuen griechischer Göttinnen ohne Arme aus inzwischen ergrautem Gips, Rehkitze oder Igelfamilien aus bunter Keramik, die allgegenwärtigen Solarleuchten, die am Rand der beinahe unnatürlich grünen, weil regelmäßig gewässerten und gestutzten Rasenflächen steckten, und die wenigen Quadratmeter vor den in die Jahre gekommenen Wohnwagen abends erhellten.

Alles hier verströmte eine geordnete, übersichtliche Atmosphäre heimeliger Spießigkeit. Die dazu scheinbar nötige Dekoration traf so gar nicht Leons Geschmack, doch er musste zugeben, dass die lauschigen Grundstücke unter den hohen Bäumen irgendwie gemütlich wirkten. Hohe Hecken aus Büschen oder dunkelgrünen Lebensbäumen und Liguster zwischen den Stellplätzen sorgten, trotz der unmittelbaren Nähe zueinander, für ein Gefühl von Privatsphäre. Hier hatte sich jeder Camper im Laufe von Jahren, wenn nicht Jahrzehnten, sein sehr individuelles, privates Wohlfühlambiente geschaffen. Und wer war er schon, das zu kritisieren oder die Nase darüber zu rümpfen?, gestand Leon sich ein. Er war schließlich nur Gast auf Zeit in dieser fremden Welt.

»Na, junger Mann, auch zum Abwasch verdonnert?« Der Mann, dessen Arme bis zu den Ellbogen im Schaum steckten, warf dem Neuankömmling einen verständnisvollen Blick zu.

»Ach, das mache ich freiwillig«, erklärte Leon lächelnd und sah sich in dem Waschhäuschen um.

An der Wand waren sechs moderne Spülen nebeneinander aufgereiht. Auf der ganz rechts am Fenster stand ein großer Berg Plastikgeschirr, Töpfe und Schüsseln, die noch auf ihr Spülibad warteten. Der andere Mann war um die sechzig, drehte gemütlich seine Bürste im Wasser herum und schien erfreut über Gesellschaft zu sein. Leon stellte seine Schüssel mit dem wenigen Geschirr in der breiten Edelstahlspüle neben ihm ab. Alles hier wirkte schon reichlich abgenutzt, aber picobello sauber.

»Zuerst die Gläser«, riet sein Nachbar, als Leon heißes Wasser in die pinkfarbene Schüssel laufen ließ. »Sonst gibt's 'ne Sauerei.«

»Ach, da ist nichts Fettiges dabei. Nur ein bisschen Frühstücksgeschirr«, erwiderte Leon und gab einen ordentlichen Schuss Spülmittel dazu.

»Zu viel Schaum«, kommentierte der Mann mit kritischem Seitenblick. »Das muss dann alles wieder extra gespült werden.«

»Kein Problem«, murmelte Leon und ärgerte sich über die Anweisungen. Vielleicht hätte er die paar Teller und Tassen doch besser im Wohnmobil abgewaschen. Schweigend machte er sich an die Arbeit.

»Kurzzeitcamper?«, fragte sein Nachbar nach einer Weile.

»Wie man's nimmt … Wir wollen zwei Wochen bleiben.«

»Zelt oder Caravan?«

»Wohnmobil.« Leon schrubbte mit der Bürste die Eierlöffel gründlich ab.

»Ach, welches denn?«, hakte der Mann nach.

»Wir stehen seit gestern da hinten …« Leon deutete mit seiner schaumbedeckten Hand vage in die Richtung. »Nah am See. An dem Schotterweg. Sind nur ein paar kleine Zelte vor uns und die festen Wohnwagen auf der Anhöhe neben uns.«

»Ach, dann bist du das mit der *Hymer B-Klasse*?« Der Mann wechselte ganz selbstverständlich in das vertrauliche Du und streckte mit neu erwachtem Interesse seine ebenfalls schaumige Pranke aus. »Dann sind wir praktisch Nachbarn. Ich bin Tobias. Wir haben unseren Stellplatz ganz am Ende, schräg über euch, neben meinen Schwiegereltern und vor dem Wohnwagen von meinem Sohn und seiner Familie.« Er klang stolz, als er hinzufügte: »Dauercamper seit gut fuffzig Jahren.«

»Eine echte Camper-Dynastie!«, erwiderte Leon lächelnd. Kleine, schillernde Schaumbläschen wirbelten auf, als sie sich die Hände schüttelten. »Sehr erfreut, ich heiße Leon Behrend.«

»Tach, Leon.« Tobias ließ geräuschvoll das Besteck ins Spülbecken gleiten. »Dieses Geschoss gehört dann also dir«, sagte er bewundernd. »Hab mich gestern schon gewundert, wie ihr das Riesenschiff den schmalen Weg runtergekriegt habt. Macht ja mächtig was her die neue *B-Klasse* von *Hymer*. Verdammt teuer, wa? Wie viel PS hat der denn?«

»Äh, das weiß ich gar nicht. Ich bin quasi nur der Chauffeur.«

»Ach …«

»Ja, Sophia wollte eigentlich an die Côte d'Azur, aber dann hat sie sich den Fuß gebrochen.«

»Ach …«, machte Tobias wieder, und Leon fühlte sich genötigt weiterzuerklären, warum sie jetzt hier waren.

»Ich muss zwischendurch immer mal nach Berlin, checken, wie meine Geschäfte laufen und nach dem Rechten sehen. Deshalb war nur Brandenburg drin.«

»Verstehe ...« Tobias nickte verständnisvoll. »Aber hier ist es ja auch schön.«

»Absolut!«, stimmte Leon zu. »Ich finde es herrlich hier. Am liebsten würde ich ganz bleiben.« Er lachte fröhlich. »Sie und Ihre Familie campen also seit fünfzig Jahren hier?«

»Ja, Sybilles und meine Eltern gehörten zu den ersten Mitgliedern, als hier damals das *Campingparadies am Waldsee* gegründet wurde. Wir haben schon als Kinder hier zusammen gespielt. Kannst übrigens ruhig Du sagen.« Tobias nickte freundlich. »Jedenfalls haben Gunnar und Agnes sich seinerzeit vorsorglich gleich ein größeres Grundstück, quasi auf Zuwachs, gesichert. Deshalb konnten Sybille und ich später unseren Wohnwagen gleich daneben aufstellen.«

»Sybille ist Ihre, äh, deine Frau?«

Er nickte wieder. »Und zum Glück war sogar noch Platz für den Wohnwagen von Sven und Amandla mit den Kindern. Der ist ein bisschen kleiner, und wenn wir zusammenrücken, finden Katja, Murat, Karim und Tarek am Wochenende auch noch Platz. Die Jungs schlafen sowieso lieber in ihrem eigenen Zelt.«

»Interessant ...«, murmelte Leon, nachdem er den letzten Teller abgetrocknet hatte. Er fühlte sich wegen der vielen Namen, die er sowieso nicht alle behalten konnte, etwas überfordert. »Na, ich muss dann auch mal wieder.« Er lächelte seinem Spülpartner, der gerade in einem großen Topf herumkratzte, freundlich zu. »Sie haben ja noch einiges vor sich ...«

»Unter Campern duzt man sich«, korrigierte Tobias Gerber. »Gestern Abend hatte keiner mehr Lust abzuwaschen, und jetzt sind alle am See. Da hab ich mich geopfert. So ist das eben mit der Großfamilie.« Er lachte dröhnend und winkte mit der Spülbürste. »Man sieht sich, Leon!«

»Bestimmt, Herr Nachbar«, verabschiedete sich Leon, der den Vornamen seines Leidensgenossen an der Spüle ebenfalls schon wieder vergessen hatte.

Als er zurück zum Wohnmobil kam, hörte er durch die angelehnte Tür die leisen Dialoge aus dem Fernseher, dazwischen eine tiefere Stimme, die er nicht zuordnen konnte, und das Kichern seiner Schwester. Er stieg mit seiner großen Schüssel im Arm in das Wohnmobil und sah Sophia auf der Bank am Tisch sitzen und einen beleibten Mann, der es sich in Badeshorts und Polohemd breitbeinig auf dem umgedrehten Fahrersessel gemütlich gemacht hatte. Bevor Leon fragen konnte, wer der Fremde war, dröhnte der: »Ach, da isser ja, der kleene Bruder!«

»Genau, das ist Leon. Leon, das ist Dieter Zach. Er hat auch ein Wohnmobil«, erklärte Sophia.

»Ein *Volkner*. Modell *Adventure*. Mit allen Schikanen, aber in elegantem Schwarz. Steht hinter euch, weil ihr eher hier wart«, schob er grinsend ein.

»Dieter war so freundlich, mir den Router einzurichten, damit ich fernsehen kann«, erklärte Sophia Behrend und schenkte dem Mann neben ihr ein dankbares Lächeln. »Du bist ja einfach abgehauen, ohne das zu machen.« Sie sah Leon vorwurfsvoll an.

»Ich war abwaschen«, sagte er und stellte die pinkfarbene Schüssel auf den Tisch.

Dann wandte er sich ab und sortierte das Geschirr in die Oberschränke. Froh, dass die beiden ihn nicht weiter beachteten, sondern das Geschehen auf dem Fernsehschirm kommentierten, griff er sich seine Badehose und verabschiedete sich zum See.

Der schmale Strand war von einer Schar Kinder bevölkert, die im flachen Wasser planschten und mit ihren bunten Förmchen fantasievolle Burgen bauten. Die meisten Erwachsenen hatten es sich auf Badetüchern oder mitgebrachten Liegestühlen auf der Wiese bequem gemacht. Ein paar Jugendliche spielten Beachvolleyball auf dem Sandplatz dahinter.

Leon hängte sein Handtuch über eine der Holzbänke, die um einen fest installierten, runden Holztisch gruppiert waren, und setzte testend einen Fuß in den See. Das Wasser war recht frisch und trotz seiner bräunlichen Farbe sehr klar. Fasziniert beobachtete er ein paar kleine graue Fische, die, wohl in der Hoffnung auf Futter, das er mit dem Sand aufwirbelte, um seine Waden herumschwammen. Er wich einem lachenden Teenager aus, der in seinem Paddelboot auf ihn zuschoss, und watete um zwei ältere Frauen herum, die mit bunten Badekappen auf den Köpfen und neonfarbenen Schwimmnudeln unter Po und Armen einander gegenüber im flachen Wasser paddelten und sich angeregt unterhielten. Als er bis zu den Hüften im See stand, gab er sich einen Ruck und ließ sich mit einem eleganten Kopfsprung hineingleiten. Nach ein paar Schwimmzügen tauchte er wieder auf, drehte sich auf den Rücken und blinzelte in die Sonne. Er stellte fest, dass das Wasser des Natursees ihn trug, fast wie Salzwasser im Meer. Es war herrlich.

Er schwamm ein Stück hinaus und hatte so zum ersten Mal einen Überblick über die Seegrundstücke, die sich rechts und links vom Campingplatz am Ufer aneinanderreihten. Auf den meisten baumbestandenen Rasenflächen standen die typischen alten Datschen, wie man sie überall in Brandenburg fand. Aber diese hier lagen direkt am großen Waldsee. Von den wackligen Holzstegen, die zu den Datschen gehörten, sprangen fröhlich kreischende Kinder. Leon entdeckte auch ein paar imposante Villen aus den Dreißigerjahren, die sich hinter dem dichten Grün des Schilfgürtels versteckten. Und an anderen Stellen verrieten Baukräne zwischen Kiefern und Birken, dass auf einigen Wassergrundstücken neue Häuser gebaut wurden.

Der Berliner Speckgürtel breitet sich immer weiter aus, dachte Leon und überlegte, dass es schön sein müsste, hier zu wohnen oder wenigstens ein Wochenendhäuschen zu besitzen. Selbst eine klapprige Datsche am Waldsee erschien ihm erstrebenswerter als Sophias Luxusmobil. Seufzend tauchte er wieder ab.

In T-Shirt und nasser Badehose, das Handtuch über der Schulter, schlug er nach dem Schwimmen den Weg zu *Elli's Imbiß* ein. Leon hatte keine Lust, zurück zu seiner Schwester und ihrem neuen Bekannten zu gehen. Ihn lockte eher die Aussicht, Kim wiederzusehen, und desto größer war die Enttäuschung, als er hinter dem Tresen ihren Vater antraf, der gerade ein Bier zapfte. Leon wartete, bis er es dem älteren Mann auf dem Barhocker serviert hatte.

Er bestellte eine Cola und fragte beiläufig: »Ist Ihre Tochter gar nicht da?«

»Nee, die macht noch Mittagspause. Ist mit ihrem SUP-Board auf dem See«, antwortete Eberhard Baumann und sah auf die Uhr. »Müsste aber jeden Moment zurückkommen. Ich muss ja schließlich um drei wieder an die Rezeption. Sind noch ein paar Abreisen heute Nachmittag.« Er seufzte. »Dann ist der Wochenendtrubel vorbei.«

»Unten am Strand ist noch ganz schön viel los«, bestätigte Leon.

»Die meisten haben es ja nicht so weit nach Berlin. Da nutzen sie noch das schöne Wetter.«

»Kostet das dann extra, wenn man noch den ganzen Sonntag bleibt?«, erkundigte Leon sich interessiert.

»Ach was!« Eberhard Baumann machte eine wegwerfende Handbewegung. »Ist hier ja kein Luxushotel, wo man um zehn Uhr morgens verschwinden muss, weil die Betten gemacht und die Bäder gereinigt werden müssen.« Er zwinkerte Leon zu. »Unser Wochenendtarif gilt von Freitag bis einschließlich Sonntag. So gegen fünfe packen die Letzten ihren Krempel zusammen und machen sich vom Acker.«

»Und du machst dich jetzt besser auch mal auf den Weg, Papa. Ist gleich drei.«

Leon drehte sich um und starrte fasziniert Kimberly Baumann an, die mit nassen, verwuschelten Haaren, in einer langen, leuchtend gelben Tunika vor ihm stand.

»Hallo Leon«, begrüßte sie ihn freundlich und nickte dem Mann am anderen Ende des Tresens zu. »Tach, Gunnar.« Der winkte zurück.

Leon musste sich zwingen, seine Augen von den nassen Abdrücken, die ihr Bikinioberteil auf dem dünnen Stoff hinterlassen hatte, loszureißen. »Hallo … Frau Baumann …«

Während ihr Vater seine Kappe aufsetzte und durch die rückwärtige Tür verschwand, schlüpfte Kim unter dem Tresendurchgang durch, hängte ihr Badetuch an einen Haken in der Ecke und fuhr sich mit den Fingern durchs nasse Haar.

»Die Frisur ist ruiniert«, meinte sie lachend, als sie Leons

Blick auffing. »Dabei geht's beim SUP-Board ja eigentlich darum, oben zu stehen und über den See zu paddeln – ohne ins Wasser zu fallen.«

»Und das hat heute nicht so geklappt?«, fragte er lächelnd und setzte sich auf einen Barhocker ihr gegenüber.

»Mich hat irgend so ein Idiot mit seinem Boot überholt und dann viel zu eng vor mir gewendet. Sollte wohl cool sein … Blödes Macho-Gehabe – mit einem langsamen Elektroboot allerdings auch reichlich albern.« Sie lachte amüsiert auf. »Jedenfalls konnte ich nicht mehr ausweichen oder bremsen. Und bevor ich mit dem Idioten zusammengestoßen bin, hab ich mich vom Brett fallen lassen.« Sie zuckte mit den Schultern.

»Das tut mir leid.«

»Passiert schon mal. Gibt Schlimmeres. Der See ist ja warm. Wie ich sehe, waren Sie auch schon schwimmen.«

»Ja, das Wasser ist herrlich, aber warm würde ich das nicht gerade nennen«, wand er ein.

»Ich finde es gerade richtig so – erfrischend.«

»Okay, darauf können wir uns einigen.«

»Da bin ich aber froh«, meinte sie grinsend. »Noch 'ne Cola?«

»Gern. Und was haben Sie hier so zu essen? Irgendeine Kleinigkeit zum Mittag?«

Kim deutete auf die Speisekarte an der Wand hinter sich. »Ist Ihnen mehr nach den Klassikern – Curry-Pommes, Bratwurst, Schnitzel? Oder darf's ein Salat sein? Ich hab auch Bulgur und Falafel …« Sie sah ihn fragend an.

»Das klingt gut. Sind die Falafel selbstgemacht?«

»Na, logisch!«

»Großartig! Dann einmal im Brot, bitte.«

»Kommt sofort. Gunnar, noch ein Bierchen? Und vielleicht auch 'ne Kleinigkeit dazu?«, sprach sie den schweigsamen Mann am Tresen lächelnd an.

»Warum nicht?«, antwortete der. »Aber nicht so was Exotisches. Mach mir mal 'ne Pommes mit Mayo, Kleene.«

»Gerne!« Kim machte sich geschäftig ans Werk, stellte die Fritteuse an und zapfte ein Bier. Während der Schaum sich setzte, servierte sie Leon seine Cola. »Meinen Sie nicht, dass wir uns auch mal langsam duzen sollten? Ist auf dem Campingplatz so üblich.«

»Das wurde mir heute Morgen beim Abwasch auch schon gesagt«, erwiderte er lächelnd. »Und: Ja, gerne!« Er prostete ihr zu.

»Ist das dein erster Campingurlaub?«

»Der erste in Deutschland und zum ersten Mal mit Wohnmobil. Als Teenie war ich mit Freunden in Spanien und auch mal in Italien – mit dem Zug. Zweimann-Zelt, Isomatte, Gaskocher und Ravioli aus der Dose.«

Er zog die Mundwinkel nach unten, und Kim musste lachen.

»Das Zeug hat noch nie geschmeckt, ist aber praktisch.«

»Und nach reichlich Bier haben wir die auch kalt aus der Dose gegessen.« Er schüttelte sich lachend. »Wie das im Jungsurlaub eben so ist – oder war. Da hat sich inzwischen zum Glück so einiges geändert.«

»Wobei …«, sagte sie gedehnt und warf einen bedeutsamen Blick zu Gunnar Witte hinüber. »Manche Menschen können sich nicht so recht an Neues gewöhnen.« Sie zwinkerte dem alten Mann zu.

»Quatsch!«, widersprach der. »Dieses Kebab von Murat, zum Beispiel, schmeckt mir hervorragend. Nur mit dem ganzen Salatzeug und vegetarischen Kram kann ich nix anfangen. Karnickelfutter ist nichts für einen erwachsenen Mann. Außerdem schmecken deine Schnitzel so lecker wie bei deiner Mutter Elli.«

Leon bemerkte, dass bei der Erwähnung ihrer Mutter ein dunkler Schatten über Kims Gesicht huschte.

»Danke. Sag Bescheid, wenn deine Sippe mal wieder ein Familienessen bei mir machen möchte. Dann bereite ich genügend Schnitzel und Kartoffelsalat für euch vor.«

»Gute Idee. Vielleicht nächstes Wochenende.«

Sie ahnte, dass daraus nichts werden würde.

Kim dachte daran, dass Gunnar schon so lange an seinem Stammplatz an der Theke regelmäßig sein Bierchen zischte. Als Kind hatte sie abends, kuschlig in eine Decke eingemummelt, auf der Eckbank in der dicken Qualmwolke unzähliger KARO- und *f6*-Zigaretten gelegen und vor dem Einschlafen das geschäftige Treiben beobachtet, während ihre Eltern hinter dem hohen Tresen, der den Raum bis heute dominierte, wirbelten. Die Dauercamper hatten sich fast jeden Abend bei Elli und Ebi zu fröhlichen Runden bei Bier, Schnaps und Bratwurst getroffen. Der Zigarettenqualm und der viele Alkohol hatten damals niemanden gestört. Es war gemütlich gewesen.

Doch diese Zeiten waren lange vorbei. Das alte Kollektivgefühl war nach und nach dem Wunsch nach Individualität gewichen. Statt allabendlich mit den immer selben Nachbarn bei Bier und Schnitzel zusammenzuhocken, kochten die Camper inzwischen lieber selbst und brachten sich ihr Bier von zu Hause mit. Das mochte zum Teil an den gestiegenen Preisen in der Camping-Gaststätte liegen – statt 61 DDR-Pfennigen kostete ein Bier dort jetzt zwei Euro, das Schnitzel nicht mehr 3,83

Mark, sondern neun Euro. Aber es lag auch an den neuen Möglichkeiten, einfach in den Baumarkt zu gehen und sich – sofern genügend Geld im Portemonnaie war – einfach schicke, neue Campingmöbel oder einen größeren Kühlschrank für die inzwischen perfekt ausgestattete Küche anzuschaffen. Der frühere ständige Mangel an allem und jedem war seit der Wende behoben, aber in *Ellis Imbiß* sah es immer noch ein wenig so aus wie zu alten DDR-Zeiten. Da schienen die Camper ihren neuen bescheidenen Luxus lieber in ihrem kleinen Eigenheim zu zelebrieren – bei Bier und Schnitzel aus dem Supermarkt.

Und den neuen Campern war das kulinarische Angebot scheinbar zu altmodisch, obwohl Kim es inzwischen Schritt für Schritt, vorsichtig, um die anderen nicht zu verprellen, mit gesunden Alternativen ergänzte. Es war eine stete Gratwanderung, die Alteingesessenen nicht zu vertreiben und die neue Camper-Generation anzulocken.

Kimberly Baumann sah sich seufzend um in ihrem Reich, das sie erst seit wenigen Monaten regierte. Da war noch so viel zu tun. Es wurde Zeit, den kleinen Innenraum, in dem ein paar dunkle Holztische, -stühle und die Eckbank dicht beieinanderstanden, umzugestalten. Besonders scheußlich fand sie die kitschige Deko aus bunt bemalten Keramikfigürchen, blassen Trockenblumen und den in Plastik verschweißten Wimpeln des Karnevalsvereins und von Fußballclubs, die längst nicht mehr in den oberen Ligen spielten. Dazu die kunterbunte Bierdeckelsammlung, die die Gäste im Laufe der Zeit von überallher mitgebracht und an die Wand geklebt hatten.

Der verblichene Ost-Charme war hier auch über dreißig Jahre nach dem Ende der DDR noch sehr präsent. *Ellis*

Imbiß verharrte wie in einer Zeitkapsel, steckte in seinem überholten, muffigen Ambiente fest. Kims Vater sperrte sich gegen allzu radikale Veränderungsideen seiner Tochter. Er konnte sich einfach noch nicht von all den Erinnerungen an seine verstorbene Frau lösen, die hier so lange die Chefin gewesen war. Das war Kim bewusst. Aber wenn die Camping-Gaststätte überleben sollte, war es dringend nötig, hier ein bisschen frischen Wind einziehen zu lassen.

Dafür musste umgebaut werden. Die verschlissene Deko und die Möbel würden rausfliegen, die überdimensionierte Holztheke verkleinert und die Küche vergrößert werden. Das Imbisshäuschen hatte durchaus Potenzial, mit der großen Terrasse zum See hin. Dort standen allerdings immer noch die ramponierten, ehemals weißen, klapprigen Plastikmöbel unter ausgeblichenen Sonnenschirmen. Das sah alles wenig einladend aus. Kim hatte bereits einen detaillierten Plan skizziert, wie sie alles verändern würde. Sie hatte Geld gespart und wollte das hier investieren, um sich eine Zukunft im *Campingparadies am Waldsee* aufzubauen.

Leon Behrend ließ sich die Falafel, die sie ihm serviert hatte, schmecken und lobte: »Die sind echt lecker. Da musst du mir mal das Rezept geben.«

»Für deine Frau oder kochst du selbst?«, fragte sie neugierig.

»Weder noch. Dafür hab ich meine Experten«, antwortete er lächelnd.

»Oha«, machte Kim und tat beeindruckt.

»Nein, im Ernst. Ich hab ein kleines Lokal in Berlin. Und mein Koch macht das sehr viel besser als ich. Aber privat koche ich natürlich auch selbst«, erklärte er mit einem gewissen Stolz.

»Du hast ein Restaurant? Dann könntest du mir bestimmt ein paar Tipps geben, bevor ich hier mit dem Umbau loslege«, überlegte Kim sofort laut.

»Na, klar, wenn dir meine bescheidenen Kenntnisse weiterhelfen. Ich hab mal ein paar Semester Architektur studiert und vor Kurzem meinen Laden auch ein bisschen renoviert.«

»Das klingt super! Darf ich dir mal meine Pläne zeigen? Ich brauche unbedingt eine Fachmeinung von einem anderen Gastronomen.« Sie lächelte erwartungsvoll und schlug spontan vor: »Ich könnte dir erklären, was mir vorschwebt. Vielleicht gleich heute Abend?«

Leon sah sie überrascht an. Versuchte sie gerade, ein Businessdate oder sogar ein privateres Date mit ihm klarzumachen? Kimberly Baumann war wirklich sehr entscheidungsfreudig. Das gefiel ihm, überforderte ihn aber auch ein wenig.

Da er verblüfft schwieg, schob sie eilig hinterher: »Natürlich nur, wenn du nichts Besseres vorhast. Wir könnten ein Glas Wein trinken und uns an dem großen Tisch unten am Strand zusammensetzen. Da ist sonntagabends nichts mehr los, und der Blick auf den See ist hübsch.« Sie wirkte unsicher. »Aber ich will dich nicht in deinem Urlaub mit Arbeit belästigen. Also, wenn du was Besseres ...«

»Nein, nein ... Also, vielmehr: Ja, gerne. Schöne Idee«, antwortete er schnell, obwohl er ein bisschen enttäuscht war, dass sie ihn nicht zu sich nach Hause einlud, sondern an einen öffentlichen Ort hier auf dem Campingplatz. Dennoch war das durchaus ein vielversprechender Anfang, fand er. Er lächelte sie an. »Vielleicht so um sechs?«

»Besser um sieben. Dann kann mich mein Vater hier noch etwas vertreten, falls noch jemand so spät was kaufen möchte. Ich hab ja bis acht auf.« Sie deutete auf eine Leinwand neben dem Tresen. »Papa macht das gern. Dann kann er es sich hier vor dem Fernseher bequem machen. Ganz modern, mit Beamer. Den gibt's hier seit der WM 2006. Public Viewing unter Kiefern war der Renner, hat Papa erzählt. Der Umsatz war großartig.« Sie lachte.

»Ja, die WM war ein Riesengeschäft für die Gastro, wenn man die Spiele zeigen konnte«, bestätigte er. Er rutschte von dem Barhocker. »Dann sehen wir uns also heute Abend unten am See? Soll ich Wein mitbringen?«

»Lass mal, ich hab da einen leckeren Merlot. Wenn ich dich schon als Berater engagiere, will ich mich wenigstens mit einem guten Tropfen revanchieren.« Sie lächelte ihm zu.

»Klasse! Bis nachher.« Beschwingt wandte er sich zum Gehen und wäre dabei fast mit Brigitte Fehrer zusammengestoßen, die direkt hinter ihm stand. »Oh, Verzeihung!«, entschuldigte er sich, deutete eine Verbeugung an und verabschiedete sich lächelnd von Kim.

»Immer hübsch langsam, junger Mann«, rief ihm die alte Dame amüsiert nach, als sie an den Tresen trat. »Der war wohl mit seinen Gedanken ganz woanders …« Sie zwinkerte Kim wissend zu.

»Tach, Brigitte. Heute schon so früh?«, fragte Kim und ignorierte die Anspielung.

»Ich hatte gerade so einen Jieper auf diese leckere Limonade mit Holundergeschmack. Hast du da noch eine von?« Sie warf dem Mann am anderen Ende des Tresens einen Blick zu. »Tach, Gunnar. Ist das nicht bisschen früh für Bier?«

Er reagierte nicht auf ihre Bemerkung und nahm demonstrativ einen tiefen Schluck.

»Der olle Gnatzkopp«, murmelte Brigitte Fehrer und wandte sich wieder Kim zu, die ihr ein Glas einschenkte. »Der nette junge Mann war doch gestern Abend auch schon hier, oder?«

»Ja, und heute Morgen hat er Brötchen geholt«, bestätigte Kim lächelnd.

»Ach, guck …« Der Rentnerin war anzumerken, dass sie auf weitere Informationen hoffte, doch Kim räumte nur Leons Teller und die leere Flasche ab.

»Darf's sonst noch was sein, Brigitte?«, fragte sie harmlos. »Vielleicht Geleebananen?«

»Nee, die hole ich erst später, wegen der Hitze. So lange können die noch bei dir im Kühlfach liegen. Dann sind sie heute Abend schön knackig.« Sie nahm einen Schluck.

»Sehr lecker, die Holunderbrause!« Als sie ihr Glas abstellte, lehnte sie sich über die Theke, hinter der Kim gerade den Teller spülte, und wisperte verschwörerisch: »Hat Ebi schon mit dir gesprochen?«

»Worüber?«

Brigitte Fehrer warf einen Blick hinüber zu Gunnar Witte, doch der schien sich auf sein Bier zu konzentrieren. »Na, über die Verkaufspläne für unseren Platz hier …«, flüsterte sie und deutete mit ausgebreiteten Armen auf die Wohnwagen hinter sich.

Kim sah sie verständnislos an. »Was? Was soll mit dem Campingplatz passieren?«, fragte sie zurück, und prompt sah Gunnar interessiert herüber.

»Schsch«, machte Brigitte, »nicht so laut. Muss doch nicht gleich jeder mitkriegen.«

Sie sah Kim eindringlich an, schnappte sich ihr Glas und steuerte auf der Terrasse einen der Tische unterm

Sonnenschirm an. »Komm mal mit«, raunte sie über die Schulter und machte Kim ungeduldig Handzeichen, ihr zu folgen.

Schulterzuckend tauchte Kim unter dem Tresen durch, folgte ihr auf die Terrasse und setzte sich zu ihr. »Also, was gibt's so Geheimnisvolles, dass Gunnar das nicht mitkriegen soll?«

»Ich hab heute Morgen deinem Vater auf den Zahn gefühlt ...«

Sie erzählte Kimberly das Wenige, was sie über den drohenden Verkauf des Geländes wusste, und von sämtlichen Mutmaßungen, die sie mit ihren Freundinnen Elisabeth, Margret und Bertha im Anschluss an das Gespräch mit Ebi dazu angestellt hatte. Und das waren eine Menge ...

Kim fühlte sich immer unbehaglicher.

»Und bevor du hier womöglich sinnlos Geld investierst, um den Imbiss flottzumachen, solltest du wissen, was da im Gange ist«, erklärte Brigitte Fehrer mit Nachdruck. Sie nahm Kimberlys Hand und sah sie besorgt an. »Du siehst ganz blass aus, Kind.«

»Ist das ein Wunder bei solchen Hiobsbotschaften?«, fragte diese seufzend zurück.

»Nun mach dich mal nicht verrückt. Da ist das letzte Wort noch längst nicht gesprochen! Wir werden uns wehren! Meine Nachbarn mit dem VW-Bus, die mit dem komischen Vorzelt, haben da schon ein paar gute Ideen – eine Demo mit Protestplakaten und so«, erklärte Brigitte Fehrer tatendurstig. »Und zur Not kette ich mich an meinen Wohnwagen!«

Kim musste bei dieser Vorstellung lächeln.

»Na, siehst du! Wir werden nicht einfach klein beigeben, sondern kämpfen!« Sie reckte ihre Profi-Handballerinnen-Faust.

»Mal sehen. Ich spreche heute Abend mit Papa.«

»Besser nicht! Ebi sitzt doch im Gemeinderat. Der soll lieber nicht mitkriegen, dass wir da was planen. Der denkt, dass nur ich und die Bönnecke ... Wobei ich ihm nicht verraten habe, wer meine Informantin ist.« Sie grinste zufrieden, sah sich dann aber wachsam um. »Wir müssen erst mal die Augen nach verdächtigen Gestalten offen halten. Schließlich hat die Bönnecke gehört, dass der Investor sich hier inkognito auf dem Platz aufhält, um alles auszuspionieren.«

»Aber was sollte der denn ausspionieren, wenn er hier eh alles abreißen und neu bauen will?«

»Was weiß ich? Die Bönnecke hat's gehört. Vielleicht will er den Laden hier ja auch übernehmen und einen Luxus-Campingplatz daraus machen. Unsere alten Verträge kündigen, um die Stellplätze dann richtig teuer neu zu vermieten. Du hast doch selbst mal gesagt, dass jetzt dieses *Glamour*-Camping in piekfeinen Wagen angesagt ist, oder nicht?«

»*Glamping* nennt sich das«, fügte Kim ein.

»Genau! Schickimicki-Camping für reiche Leute – mit eigenem Bad und Heizung und allem Pipapo.«

»Wie in meinen Pipowagen ...«, murmelte Kim nachdenklich.

»Pipo-wat?«

»Ach, nichts ... Aber wie sollen wir denn herausfinden, wer der Investor ist?«, fragte sie skeptisch.

»Na, von uns Dauercampern wird's ja wohl keiner sein«, überlegte die Rentnerin. »Und in 'nem Zelt wird so ein Großkapitalist ja auch kaum nächtigen. Ich tippe auf eins der großen Wohnmobile. Diese Luxusschlitten. Das passt zu einem Großinvestor«, schlussfolgerte sie. »Nur übers Wochenende wird der damit wohl nicht bleiben. Also müssen wir die im Auge behalten, die sich mit ihrem Wohnmobil hier länger einnisten.« Brigitte Fehrer überlegte. »Vielleicht sollten wir Gunnar doch einweihen. Seine Sippe wohnt doch da hinten, wo Ebi die Stellplätze für diese übergroßen Geschosse eingerichtet hat.« Sie drehte sich zu Gunnar um. »Gunnar?! Komm doch mal her.«

Er hielt sein leeres Glas in der Hand. »Aber ich wollte gerade …«

»Nun komm. Ist wichtig«, beharrte Brigitte.

Seufzend kam er zu ihnen herübergeschlendert. »Was ist denn?«

»Setz dich mal zu uns. Wir haben was zu besprechen …«

* * *

Die orangerote Sonne senkte sich langsam am gegenüberliegenden Ufer und warf ihr zauberhaftes Licht glitzernd über das dunkle Wasser, als Leon zum verabredeten Treffpunkt hinunter an den See kam. Kim hatte sich an dem runden Holztisch schon häuslich eingerichtet. Eine Flasche Wein und zwei Gläser standen bereit. Sie saß mit dem Rücken zu ihm, sodass er einen Moment lang Zeit hatte, sie eingehend zu betrachten. Ihr blonder Bob war wieder perfekt frisiert und schimmerte in verführerischem Gold in der Abendsonne. Sie trug einen sportlichen, roten Hoodie und beugte sich voller Tatendrang mit hochgeschobenen Ärmeln über ein großes Stück Papier, das sie vor sich ausgebreitet hatte und jetzt glattstrich.

Als hätte sie seinen Blick gespürt, drehte sie sich plötzlich um und lächelte, als sie ihn erkannte. »Da bist du ja. Komm, der Wein wartet schon auf dich.«

Sie rückte ein Stückchen zur Seite, sodass er sich neben sie auf die schmale Holzbank setzen konnte, die für zwei Leute reichlich knapp bemessen war. Beide trugen Shorts und zuckten unwillkürlich zurück, als sich ihre nackten Knie berührten.

»Sorry«, entschuldigten sie sich gleichzeitig und mussten darüber lachen.

Kim gefiel dieser Gleichklang. Und sein Lächeln. Sie entdeckte ein kleines Grübchen an seinem Kinn. Dieser Leon Behrend sah wirklich verdammt gut aus – und er roch gut, stellte sie fest, jetzt, da sie so eng nebeneinandersaßen. Kein aufdringliches Rasierwasser, vielleicht war es einfach nur sein Shampoo oder Duschgel. Jedenfalls mochte sie den dezenten Duft, der ihn umgab.

»Ich hab uns ein paar Pistazien zum Wein mitgebracht.« Er stellte ein Schälchen auf den Tisch. »Falls du die magst.«

»Klar, gerne.« Sie griff sofort zu, knackte mit den Nägeln geschickt die halb offenen Schalen und steckte sich die Nuss in den Mund. »Lecker, nicht so salzig.«

»Ja, die kaufe ich immer bei einem syrischen Gemüsehändler in Schöneberg, als Snack für mein Lokal«, erklärte er und beugte sich neugierig vor. »Ist das dein Umbauplan?« Er deutete auf die detaillierte Zeichnung.

»Ja, aber bevor du mir sagst, dass das alles Quatsch ist und sich gar nicht realisieren lässt, sollten wir erst mal einen Schluck trinken«, meinte Kim lächelnd, goss den Wein ein und reichte Leon ein Glas.

Er schnupperte genießerisch an der tiefroten Flüssigkeit. »Oh, der duftet vielversprechend.«

»Das ist ein Merlot aus Südafrika. Den beziehe ich direkt von den Weinbauern, die auch Besitzer eines wunderschönen Boutique-Hotels sind, wo ich früher mal gearbeitet hab. Sehr romantisch gelegen, inmitten von Weinbergen, am Western Cape, bei Stellenbosch.« Sie prostete ihm zu, und er stieß mit ihr an.

»Großartig!«, bestätigte er nach dem ersten Schluck, den er sich genießerisch auf der Zunge zergehen ließ. »Rund und vollmundig, fruchtig, aber nicht süß. Sehr typisch für südafrikanische Weine.«

Kim lächelte zufrieden. »Freut mich, dass er dir schmeckt.«

»Und du hast da unten in Südafrika gearbeitet? Das ist ja spannend.«

»Ja, und in San Francisco, New York, Tokio, Hongkong, Cannes und Rom«, zählte sie nonchalant auf. »Zuletzt in Stockholm. Als Hotelfachfrau kommt man ganz schön rum – wenn man es mag. Und ich mochte es, durch die Welt zu reisen, fremde Menschen und Kulturen kennenzulernen«, erklärte sie.

Er sah sie ungläubig an. »Und jetzt *Elli's Imbiß* in Seelinchen?«

»Klingt wahrscheinlich komisch, aber ich hab mich irgendwann tatsächlich nach diesem See und diesen Kiefern zurückgesehnt. Ganz ohne Luxus und Schischi. Als es dann meiner Mutter schlechter ging, hab ich nicht lange gezögert und bin zurückgekommen. Zuerst hab ich noch in Berlin gewohnt und in einem First-Class-Hotel gearbeitet, aber dann brauchte mein Vater meine Hilfe. Und da bin ich.« Sie machte mit ausgestrecktem Arm eine ausholende Geste über den See. »Hier ist es doch herrlich!«

»Ja, schön ist es schon in Brandenburg, aber verglichen mit Hongkong oder New York …«, sagte er zweifelnd.

»Wenn du die Mietpreise dort kennen würdest …« Sie verdrehte die Augen. »Da arbeitet man praktisch nur für irgendeine winzige, völlig übertrüere Wohnung, die man eigentlich nur stundenweise für ein bisschen Schlaf braucht, denn dafür, dass ich wirklich sehr gut verdient habe, musste ich auch mächtig schuften. Da geht's mir hier doch sehr viel besser: Den ganzen Tag an der frischen Luft und abends in die großzügige Wohnung mit Blick auf den Waldsee, oben in meinem schnuckligen, alten Elternhaus. Unten wohnt mein Vater. Hier ganz in der Nähe, direkt am See gelegen. Also, mir gefällt's.«

Leon nickte zustimmend. »Klingt toll.«

Er musste an die großzügigen Gründerzeitvillen mit bestimmt tausend oder zweitausend Quadratmetern Garten und Steg denken, die er beim Schwimmen gesehen hatte und die ihm ausgesprochen gut gefallen hatten. Ob Kim in so einem alten Prachtbau lebte? Unvermittelt drehte er sich um und ließ seinen Blick über den jetzt leeren Sandstrand, die Wiese dahinter, wo keine Liegestühle und Zelte mehr standen, schweifen und betrachtete die idyllischen Wohnwagenstellplätze mit ihren kleinen Gärtchen unter den vielen hohen Bäumen. Alles hier war grün, wirkte wie ein dichter Wald.

Dafür hatte Kim also die große, weite Welt eingetauscht. Er konnte sie verstehen, obwohl er erst seit Kurzem hier war.

»Ja, so ein Seegrundstück hat schon was«, murmelte er, deutete hinter sich und setzte gedankenverloren hinzu: »Hier könnte ich mir auch ein schönes Haus oder ein Boutique-Hotel mit Restaurant direkt am Strand vorstellen.«

Kimberly Baumann erstarrte. Bei seiner Bemerkung läuteten sofort sämtliche Alarmglocken. Sie sah ihn schockiert von der Seite an, ihre Gedanken rasten. Konnte es sein, dass ausgerechnet dieser charmante junge Mann der gesuchte Baulöwe war, der ihr die Existenzgrundlage rauben wollte? Aber würde er dann so plump seine Absichten enthüllen? Andererseits war er einer der verdächtigen Luxuswohnwagen-Bewohner und fühlte vielleicht nur geschickt vor, ob er bei ihr auf Widerstand gegen seine Baupläne stoßen würde. Dachte er, sie würde lieber in seinem neuen Hotel arbeiten als in dem heruntergekommenen Imbiss?

Sie hatte Mühe, sich zusammenzureißen, nahm einen tiefen Schluck Wein und fragte zögerlich: »Wie kommst du darauf, ausgerechnet hier bauen zu wollen?«

»Na, vor den Ufergrundstücken, die ich bisher gesehen habe, wuchs hohes Schilfgras. Da reicht es dann nur für einen Steg – was natürlich auch toll sein kann. Aber hier gibt es einen weißen Sandstrand.« Er strahlte sie an. »Das finde ich toll.«

Er hat sich also bereits mehrere Grundstücke angeguckt, schloss Kim aus seinen Worten. Ihr Magen rumorte bei dem Gedanken. Am liebsten hätte sie ihn sofort zur Rede gestellt und ein paar Takte dazu gesagt, doch sie zwang sich zu einem unverbindlichen Lächeln.

»Hier würdest du also wirklich gerne bauen wollen?«, hakte sie noch einmal nach, um sicherzugehen.

Er lachte auf. »Nicht selber natürlich. Das würde ich meiner Schwester überlassen. Die ist in der Immobilienbranche ausgesprochen fit und kennt sich aus. Ich muss mich schließlich noch um mein Restaurant in Berlin kümmern, bevor ich hier eine idyllische Dependance bewirtschaften könnte. Aber immerhin kenne ich mich auch ein bisschen mit Architektur aus und könnte meine Kenntnisse einbringen.« Er grinste und blickte dann auf den Plan, den Kim auf dem Tisch ausgebreitet hatte. »Aber bis es so weit ist, können wir uns ja erst mal mit *deinen* Umbauplänen befassen. Was ist zum Beispiel das da?« Er deutete auf eine Stelle.

»Die neue Küche«, presste sie heraus.

Wie konnte er sie zu ihren Plänen mit dem alten Imbiss befragen, während er gleichzeitig bereits dessen Abriss plante? Und was hatte seine Schwester damit zu tun? War es vielleicht gar kein einzelner Investor, sondern gleich ein Geschwisterpaar, das mit geballter Power den Campingplatz plattmachen wollte? Sie war fassungslos. Was sollte sie bloß tun?

»Ah, ja, jetzt erkenne ich es.« Er studierte den Plan genauer. »Die Theke wird kleiner und dafür die Küche größer und eine breite Schiebetür zur Terrasse, teilweise überdacht…« Er besah sich ein Detail. »Auf die Terrasse willst du diese schicken Lounge-Sessel stellen? Super! Wenn ich in Berlin dafür Platz hätte, würde ich mir die auch anschaffen, aber dort reicht es leider nur für schmale Holzbänke auf dem Bürgersteig.« Er zuckte bedauernd mit den Schultern. »Da hat man hier auf so einem großen Grundstück natürlich ganz andere Möglichkeiten.« Er entzifferte Kims winzige Beschreibungen auf dem Plan. »Ach, und dort soll außen ein originaler Pizzaofen gemauert werden? Frei stehend mit Schornstein und allem? Was für eine tolle Idee! Aus dem Steinofen schmecken sie einfach am besten. Heiße, selbstgemachte Pizza wird hier bestimmt gut laufen. Geht ja auch vegetarisch.« Er lächelte sie wieder an, prostete ihr zu, nahm ebenfalls einen großen Schluck und lehnte sich entspannt zurück. Nachdenklich blickte er hinaus auf den See, wo die langsam untergehende Sonne einen orangeroten Streifen aufs Wasser malte.

»Du findest meine Ideen also okay?«, fragte Kim nach einer Weile und war froh, dass ihre Stimme ganz normal zu klingen schien, obwohl sie innerlich so aufgewühlt war. Wie hatte sie ihm nur so auf den Leim gehen können? Sie war doch kein dummes Landei, sondern eine Frau mit jeder Menge Erfahrung. Und trotzdem hatte sie sich von seinen hübschen Augen und seinem Charme einwickeln lassen, ärgerte sie sich. Doch damit war jetzt Schluss. Ein für allemal.

Er strahlte sie an und zeigte auf das Papier vor sich. »Also, was ich hier sehe, finde ich grandios. Der Plan ist perfekt. Da brauchst du meine Hilfe gar nicht. Oder wobei könnte ich dir nützlich sein?«

Am nützlichsten wäre es, wenn du und deine Schwester hier verschwinden und unseren Campingplatz in Ruhe lassen würden, dachte Kim grimmig, ließ sich aber nichts anmerken. Sie würde gleich morgen mit Birgit Fehrer einen Schlachtplan ausarbeiten, um die miesen Pläne dieses miesen Typen zu durchkreuzen. Bis dahin musste sie gute Miene zum bösen Spiel machen, damit er nicht merkte, dass sie ihn durchschaut hatte.

»Darf ich dir noch ein Glas nachschenken, Leon?«, fragte sie mit einem zuckersüßen Lächeln, das er beglückt erwiderte.

»Sehr gerne.« Er hielt ihr sein leeres Glas hin. Als sie ihm schwungvoll eingoss, spritzten ein paar Tropfen Rotwein auf den Plan und auf sein T-Shirt.

»Ups ...«, machte sie, nur scheinbar entschuldigend.

Er wischte mit den Fingern über die nasse Stelle auf seinem T-Shirt. »Kein Problem«, versicherte er eilig. »Ist ja schwarz. Aber deine schöne Skizze ...«

Die dunkelroten Tropfen waren bereits ins Papier eingezogen. Sie markierten ausgerechnet den eingezeichneten Strand und erinnerten Kim an Blutstropfen, die langsam Richtung See versickerten.

Wie passend, dachte sie grollend.

Er balancierte vorsichtig sein übervolles Glas. »Na, dann lass uns noch mal anstoßen – auf die bevorstehenden, aufregenden Pläne für das *Campingparadies am Waldsee*.«

Dank der inzwischen heraufgezogenen Abenddämmerung konnte Leon den düsteren Ausdruck in Kims dunklen Augen nicht erkennen, als sie etwas zu heftig ihr Glas an seines stieß. Als dabei weitere Tropfen auf seine dunklen Shorts spritzten, glaubte er immer noch an einen ungeschickten Spaß und lachte auf.

Doch Kimberly Baumann stand der Sinn ganz und gar nicht nach Spaß ...

3

Montag

»Der Termin steht! Heute Mittag um eins. Ich hab der Bürgermeisterin vorgeschlagen, dass wir sie zum Essen einladen«, erklärte Jonas Zach stolz, als er nach seinem Telefonat das Wohnmobil wieder betrat und sein Smartphone auf den Tisch legte.

»Na, das ging ja flott«, meinte sein Vater überrascht.

»Hab mich auch gewundert, wie leicht das hier in Brandenburg ist. Dass da morgens um acht schon jemand im Rathaus ans Telefon geht. Wenn man bedenkt, wie lange es dauert, bis man in Berlin mal einen Termin mit irgendeinem kleinen Beamten im Bezirksamt kriegt. Und hier: Zack – gleich die Bürgermeisterin persönlich. Kirsten Faber heißt die Dame übrigens.«

»Hast du mit ihr selbst gesprochen?«

»Nein, mit ihrem Sekretär. Aber als ich ihm erklärt hab, dass die *Zach Hoch- & Tiefbau* AG aus Berlin hier was Großes plant, hat er sofort angebissen. Der reserviert uns auch einen Tisch im *Schwarzen Schwan*. Adresse hab ich«, verkündete Jonas.

»Gut gemacht, mein Sohn. Da haben wir den Fuß ja in der Tür.« Dieter Zach stand vom Frühstückstisch auf. »Ich geh dann mal 'ne Runde schwimmen.« Augenzwinkernd ergänzte er: »Und vorher noch auf ein Käffchen zu dieser schnuckeligen Sophia … Hoffentlich ist die schon wach.«

***

»Da kommt einer!«, flüsterte Tarek seinem Bruder Karim zu.

Die beiden Jungs lagen auf dem gestutzten Rasen auf dem Bauch, zwischen einem weißen Keramikschwan, einem bunten Gartenzwerg und ein paar aufgestapelten Blumentöpfen, und beobachteten, verborgen hinter der dichten Hecke, den Weg, der vom Einfahrtstor zum See hinunterführte. Von dort aus, leicht erhöht, an der Ecke des Stellplatzes ihrer Großeltern, hatten sie einen guten Überblick über die Wohnmobile gegenüber.

»Kommt, Jungs, gibt gleich Frühstück«, rief ihre Mutter Katja vom Wohnwagen rüber.

»Pscht!«, zischten beide.

»Was treibt ihr denn da im Gras?«, fragte sie verwundert und kam näher.

Der vierzehnjährige Karim machte ihr aufgeregt Handzeichen, stehen zu bleiben, und sein zwei Jahre jüngerer Bruder Tarek flüsterte eindringlich: »Wir suchen den Typen, der unseren Campingplatz plattmachen will! Und da kommt gerade einer aus seinem Wohnmobil.«

»Aus dem schwarzen *Volkner Mobil 800 C*«, ergänzte Karim fachmännisch und machte sich eine Notiz in dem Heft, das vor ihm lag.

»Jetzt klopft er an die Tür vom *Hymer*«, diktierte Tarek flüsternd.

»Nun lasst den Unsinn und kommt. Ihr müsst mir noch mit den Stühlen helfen.« Kopfschüttelnd ging Katja zurück zum Vorzelt, wo ihr Mann Murat gerade den Tisch deckte.

Mit genervtem Stöhnen erhoben sich die beiden Teenager einen Moment später und folgten ihr.

»Wenn er uns durch die Lappen geht, bist du schuld«, maulte Karim.

»Nach dem Essen könnt ihr eure Spionage fortsetzen. Aber jetzt wird erst mal mit der Familie gefrühstückt.«

»Dann könnte es schon zu spät sein«, meinte Tarek düster. »Frau Fehrer hat Opa Gunnar doch gesagt, dass wir alle die Augen offen halten müssen – *bevor* es zu spät ist. Und dass in den Luxuswohnmobilen sehr wahrscheinlich ...«

»Ja, ja ... Nun kommt.«

* * *

Verschlafen quälte Leon sich aus seinem hohen Bett, das dank Hydraulik nachts im vorderen Teil des Wohnmobils über Fahrer- und Beifahrersitz schwebte. Er tappte über den kühlen Boden, öffnete die Tür einen Spalt breit, erkannte mit gegen die Helligkeit zusammengekniffenen Augen den gestrigen Herrenbesuch seiner Schwester und knurrte mürrisch: »Ja?«

»Hab ich Sie geweckt?«

»Ja. Wie spät ist es denn?«

»Zwanzig nach acht. Die Sonne scheint«, erklärte Dieter Zach munter.

Leon stöhnte auf. »Ich hab Urlaub! Und auch sonst bin ich kein Frühaufsteher.«

»Und Sophia? Ist die schon wach?«

Leon blickte in den hinteren Teil des Wohnmobils, wo hinter der geschlossenen Tür zum Schlafzimmer mit dem Queensize-Wasserbett leises Schnarchen zu hören war. Seine Schwester hatte sich von dem Klopfen eindeutig nicht stören lassen.

»Nein«, brummte er.

»Ach schade. Dann muss ich wohl alleine schwimmen

gehen«, bedauerte Dieter Zach. »Eigentlich hatten wir ja verabredet ...«

»Ja, tun Sie das«, unterbrach ihn Leon ungehalten und zog die Tür wieder zu.

Das fröhliche »Grüßen Sie Ihre charmante Schwester von mir« von draußen ließ ihn genervt aufseufzen, als er zurück in sein Bett krabbelte. Er hatte schlecht geschlafen, immer wieder über den Reinfall gestern Abend nachgegrübelt. Todmüde, wie er war, versuchte er, noch mal einzuschlafen, doch trotz der geschlossenen Vorhänge war es inzwischen zu hell. Außerdem hielten ihn seine Gedanken wach.

Was war das mit Kim? Der Anfang war vielversprechend gewesen: Ein romantisches Date bei Sonnenuntergang am Waldsee. Aber dann war die Stimmung aus ihm unerklärlichen Gründen gekippt. Leon hatte sich die halbe Nacht den Kopf zerbrochen, woran es gelegen haben könnte. Hatte er sich falsch verhalten oder irgendetwas Falsches gesagt? Er hatte doch ihren wirklich tollen Umbauplan gelobt, nichts daran auszusetzen gehabt. Trotzdem war sie ihm mit einem Mal sehr viel kühler und distanzierter vorgekommen. Sie hatte den Eindruck gemacht, das Treffen, das sie doch selbst vorgeschlagen hatte, gar nicht schnell genug wieder beenden zu können. Den köstlichen Wein hatte sie wie Wasser hinuntergekippt, irgendetwas von frühem Aufstehen gemurmelt, und war noch vor acht Uhr verschwunden.

So hatte Leon sich das nicht vorgestellt. Er hatte danach eine Weile allein am See gesessen, gegrübelt, was schiefgelaufen war, und den restlichen Abend mit Sophia vor dem Fernseher verbracht. Das war nicht gerade die Art von Urlaub, die er sich erträumt hatte.

Hatte er Kim einfach nur falsch verstanden, als sie

das Treffen vorgeschlagen hatte, ihre Signale missdeutet? Bestimmt lag es an ihm und seinen völlig überzogenen Hoffnungen bezüglich des Ausgangs dieses Abends. Nur weil bei ihm in Gegenwart dieser tollen Frau die Schmetterlinge im Bauch aufgeregt herumflatterten, musste das ja noch längst nicht auch für sie gelten. Wahrscheinlich waren ihre Freundlichkeit und Offenheit schlicht und einfach Professionalität, die sie in ihrem Beruf gelernt hatte. Sie hatte seine Expertise zu ihrem Bauplan haben wollen – mehr nicht, dachte er frustriert.

Leon schalt sich für seine pubertären Fantasien von einem Urlaubsflirt, aus dem mehr werden könnte, und dafür, anzunehmen, dass sie überhaupt an ihm interessiert sein könnte. Schließlich war sie schon überall in der Welt herumgekommen. Und hier, auf so einem großen Campingplatz, wechselten die Gäste, und damit auch die Männer, im Tages- oder Wochenrhythmus. Sie hatte ständig die freie Auswahl, gestand er sich deprimiert ein. Mal ehrlich, warum sollte sie da ausgerechnet ernsthaftes Interesse an irgendeinem unwichtigen Berliner Restaurantbesitzer haben, den sie als Kunden vom Colatrinken und Brötchenholen kannte?

Eine halbe Stunde lang drehte er sich noch grübelnd auf seiner Matratze hin und her, bis er es aufgab und aufstand. Mit einer Mischung aus Unbehagen und stiller Vorfreude putzte er sich die Zähne und marschierte los zum Brötchenholen.

* * *

»Gnädige Frau!«, stieß Dieter Zach freudestrahlend aus, sprang auf und rückte der Bürgermeisterin mit großer Geste den Stuhl zurecht.

Er und sein Sohn waren bereits zwanzig Minuten vor dem vereinbarten Termin im *Schwarzen Schwan* eingetroffen. Seinen protzigen Porsche hatte Jonas Zach hinter dem Restaurant geparkt, bevor sie das gutbürgerliche Lokal in Augenschein genommen, den reservierten Tisch vorne am Fenster abgelehnt und einen im rückwärtigen Teil, in einer Ecke, gewählt hatten. Dieter Zach wollte bei diesem Treffen nicht auf dem Präsentierteller sitzen und womöglich neugierige Zuhörer in der Nähe haben. Er hatte da so seine Erfahrungen in angesagten Berliner Restaurants gemacht, wo nach einem Geschäftsessen der Inhalt der streng vertraulichen Gespräche bereits einen Tag später in der Zeitung diskutiert worden war, ehe es zu einem lukrativen Abschluss hätte kommen können. So etwas wollte er hier um jeden Preis vermeiden. Man konnte nie wissen, wer in so einer Kleinstadt seine geheimen Pläne durchkreuzen konnte. Da ging der alte Fuchs lieber auf Nummer sicher.

Auch äußerlich waren Vater und Sohn perfekt auf das Treffen vorbereitet. Während Jonas mit seinem gepflegten Hipsterbart, in einem schicken, maßgeschneiderten Anzug, die goldene Rolex gut sichtbar am Handgelenk, Macht, Ansehen und Reichtum verkörperte, kam sein Vater bewusst schlicht und hemdsärmelig in Jeans, Polohemd und Sakko daher. Mit dieser Mischung waren sie für jede Art von Geschäftspartner bestens aufgestellt.

»Herr Zach, wie nett Sie kennenzulernen«, flötete Kirsten Faber zwischen grellrot geschminkten Lippen und begrüßte die Herren mit festem Händedruck.

In dem Landkreis, wo die *Zach Hoch- und Tiefbau* AG nach einem passenden Investment suchte, schwang die Bürgermeisterin das Zepter. Hier in der Kreisstadt hatte sie die Macht, lukrative Projekte, die zukünftig fette Steuergelder in ihre Kassen spülen würden, zu genehmigen. Die Bürgermeisterin war Ende vierzig, hatte einen hennarot gefärbten Kurzhaarschnitt, der gemeinhin als »praktisch« bezeichnet wurde, und trug ein Kostüm, das wohl an *Chanel* erinnern sollte, jedoch für den kritischen Kennerblick von Jonas Zach offenkundig »von der Stange« war.

»Dies ist Kevin Hoffmann, mein Sekretär«, stellte Kirsten Faber einen jungen Mann in einem gemusterten Kurzarmhemd und beigefarbenen Chinohosen vor, der ungefähr in Jonas' Alter war und sich respektvoll hinter seiner Chefin hielt.

Sie nickten sich zu und setzten sich einander gegenüber.

»Herzlichen Dank, Frau Faber, dass Sie sich so kurzfristig Zeit für uns nehmen. Wir sind ja nur ein kleines, aber feines Familienunternehmen«, erklärte Dieter Zach lächelnd.

»Nicht so bescheiden, Herr Zach. Ich habe mich natürlich über Sie informiert«, erwiderte die Bürgermeisterin und lächelte ihm augenzwinkernd zu. »Ganz so klein ist die *Zach Hoch- & Tiefbau* AG ja nun auch wieder nicht. Sie haben in Berlin ja schon so einige Großprojekte realisiert. Und nun wollen Sie sich auch in Brandenburg engagieren?« Sie sah Dieter Zach erwartungsvoll an.

»Ja, die Idee ist mir gekommen, als ich mit meinem Wohnmobil durch Ihr schönes Bundesland gereist bin. Da ist ja mancherorts noch so einiges zu tun … Und somit tun sich da auch Chancen auf. Jetzt, wo Berlin langsam aus allen Nähten platzt, zieht es ja immer mehr Menschen in den grünen Speckgürtel rund um die Stadt. Und der Radius wird sich langfristig natürlich erweitern. So bin ich auf die Idee gekommen, mich mal nach geeigneten Baugrundstücken hier in der Ecke umzusehen, solche, die unter Ihrer Obhut stehen, verehrte Frau Bürgermeisterin. Sie kennen sich hier doch am besten aus«, schmeichelte Dieter Zach ihr und erkannte, dass in ihren Augen erwartungsgemäß die Gier aufblitzte.

Sie räusperte sich und antwortete: »Nun ja, noch ist nicht alles perfekt bei uns im Osten, aber ich denke, wir sind ein prosperierender Landstrich. Nachdem sogar ein großer amerikanischer Autobauer sich für Brandenburg entschieden hat, zieht es nach und nach natürlich auch andere hierher. Die Nachfrage steigt …« Sie sah ihn lauernd an. »Welche Art von Bauprojekt schwebt Ihnen denn vor, Herr Zach?«

»Vielleicht sollten wir das beim Essen besprechen?«, grätschte Jonas dazwischen. Er wusste, dass es eine gute Taktik war, nicht gleich mit der Tür ins Haus zu fallen, sondern die Spannung zu steigern. »Was würden Sie denn hier empfehlen?«, fragte er beim Blick in die überschaubare Speisekarte mit Hausmannskost.

»Die Spargelsaison haben Sie leider verpasst, aber jetzt gibt es Pfifferlinge«, erklärte Kirsten Faber stolz. »Frisch aus unseren Wäldern.«

Nach allgemeiner Zustimmung entschied man sich für Frühkartoffeln und Pfifferlinge, wahlweise zu Schnitzel oder Zander. Mit dem Hinweis: »Sie sind natürlich unsere Gäste!«, bestellte Dieter Zach zum Essen die teuerste Flasche Weißwein von der Karte. Er hoffte inständig, dass der ihm unbekannte Riesling tatsächlich nur fruchtig und nicht süßlich war.

Nach ein bisschen Small Talk übers Wetter und die Lokalpolitik lenkte die Bürgermeisterin das Gespräch wieder auf den Grund dieses Treffens.

»Verraten Sie mir doch, welche Art von Grundstück für

welche Art von Bauprojekt Sie suchen, lieber Herr Zach«, drängte sie.

Statt darauf einzugehen, erhob Dieter Zach sein Glas und hielt es ihr entgegen. »Sollen wir uns nicht lieber duzen? Dann verhandelt es sich doch sehr viel netter – so unter Freunden …« Er schenkte ihr sein charmantestes Lächeln.

Etwas überrumpelt stieß sie ihr Glas gegen seines. Man merkte Kirsten Faber an, dass ihr das vertrauliche Du eigentlich gar nicht recht war, doch sie konnte nicht anders, als zwischen zusammengepressten Lippen hervorzustoßen: »Aber gerne … Mein Name ist Kirsten.«

»Dieter!« Beim Trinken sah er ihr tief in die Augen. Nachdem er lächelnd sein Glas wieder abgestellt hatte, senkte er geheimnisvoll die Stimme, sodass sie sich ein Stückchen über den Tisch beugen musste, um ihn zu verstehen.

Wie zuvor abgesprochen, hatte Jonas Zach sein Gegenüber längst in ein harmloses Gespräch verwickelt, erzählte detailliert von seinem Porsche, von Sonderlackierung, Sonderausstattung, PS und Beschleunigung, und hatte damit die volle Aufmerksamkeit von Kevin Hoffmann – während sein Vater der Bürgermeisterin verschwörerisch eröffnete: »Nur du kannst mir helfen, liebe Kirsten … Es geht um mein Herzensprojekt.« Er sah sie mit einem treuherzigen Augenaufschlag an. »Ich suche verzweifelt nach einem passenden Seegrundstück. Dort will ich mir auf meine alten Tage einen lang gehegten Traum erfüllen: Erstklassige Terrassenhäuser – mit unverbaubarem Blick aufs Wasser. In einer geschützten *Gated Community*, also mit Zaun, Security und allen Schikanen. Mit Privatstrand und einer hübschen Marina nur für die Boote der Anwohner und ihrer Gäste. Mit Spa und einem Sterne-Restaurant auf dem privaten Areal. Alles nur vom Feinsten für eine äußerst zahlungskräftige Klientel. Dort möchte dann auch ich meinen Lebensabend verbringen. Als einsamer Witwer ... Oder womöglich in angenehmer Gesellschaft ...« Er sah ihr tief in die Augen. »Die Pläne dafür hab ich schon lange in der Schublade, aber bisher fehlt mir das passende Grundstück, um sie zu verwirklichen. Doch nun, wo ich *dich* kennengelernt habe, Kirsten, kann ich wieder Hoffnung schöpfen. Eine kompetente, charmante Frau von Welt, so wie du, sprüht doch sicher nur so vor Ideen und kann mich tatkräftig unterstützen, diesen Traum Wirklichkeit werden zu lassen ...« Sein sanfter Dackelblick signalisierte ihr, dass er nicht nur von den Terrassenhäusern sprach.

»Ach ...«, machte Kirsten Faber geschmeichelt und sichtlich aus dem Konzept gebracht.

Sie hatte eigentlich ganz pragmatisch mit einer großen Fabrikanlage und Hunderten neuen Arbeitsplätzen für ihren Wahlkreis gerechnet – was im Hinblick auf die anstehende Bürgermeisterwahl eine großartige Aussicht wäre. Stattdessen überrumpelte dieser unscheinbare Dieter Zach sie mit seinem recht unverblümten Angebot, mehr im Sinn zu haben, als nur ein Baugrundstück von ihr erwerben zu wollen. Sie betrachtete den ziemlich unattraktiven, etwas dicklichen Mann, dessen äußere Erscheinung nicht darauf schließen ließ, dass er, wie Google ihr verraten hatte, mehrfacher Millionär, geschieden und Ende sechzig war, plötzlich mit ganz anderen Augen. Hatte sie seine Worte missverstanden, oder hatte er ihr tatsächlich durch die Blume die Chance auf ein sorgenfreies Leben an seiner Seite in einer Luxuswohnung am

See eröffnet? Angesichts ihres trostlosen Politikerinnen-Singledaseins, nach der unschönen Scheidung vor drei Jahren, die die Lokalpresse damals umfassend ausgeschlachtet hatte, waren das verlockende Aussichten, fand Kirsten Faber.

Dass Dieter Zach dank seiner eigenen Onlinerecherche bestens über ihre private Misere und den fehlenden Rückhalt in ihrer Partei Bescheid wusste und der alte Fuchs seinen Altherrencharme deshalb ganz gezielt in diese Richtung versprühte, ahnte sie nicht.

Er bemerkte zufrieden, dass sie an seinen Lippen hing.

»Das wird traumhaft, Kirsten«, versicherte er. »Je nach Größe des Grundstücks können da bis zu fünfzig Luxuswohnungen entstehen. Überleg mal, welches Potenzial eine Klientel, die sich so was leisten kann, hat. Davon profitieren sämtliche Handwerker in deiner Kreisstadt, die wir natürlich beschäftigen werden. Dazu die Geschäfte, in denen die neuen Anwohner, die im Übrigen dann hier ihre Steuern zahlen, einkaufen werden. Und gleichzeitig sind das natürlich auch dankbare Wähler, die wir wissen lassen, wem sie ihr Glück zu verdanken haben. Du verstehst?«, fügte er verschwörerisch hinzu. »Meine Idee hat nur Vorteile – für deine Stadt, für mich, für dich, für uns ...«

Die Bürgermeisterin nickte stumm. Sie hatte einen verträumten Blick bekommen und schien sich diese glorreiche Zukunft schon in bunten Farben auszumalen. Ihre Augen verengten sich konzentriert, als Dieters Stimme noch leiser wurde.

Beinahe flüsternd raunte er: »Und dass das Ganze sich in vielerlei Hinsicht auch für dich persönlich lohnen wird, ist ja wohl klar ...«

Um deutlich zu machen, worum es außer seinen charmanten Andeutungen noch ging, machte er hinter der Serviette eine dezente Geste mit den Fingern.

Er rieb Daumen und Zeigefinger wie beim Geldzählen aneinander und zwinkerte ihr zu. »Eine Hand wäscht die andere …«

Kirsten Faber musste tief Luft holen, um sich wieder zu sammeln. Sollte sie angesichts seines angedeuteten Bestechungsversuchs entrüstet reagieren?, fragte sie sich – allerdings nur kurz. Ein Mann wie er wusste natürlich, dass man von Luft und Liebe allein nicht leben konnte.

»Das klingt wirklich sehr interessant … Dieter«, sagte sie möglichst förmlich, lächelte ihn jedoch wissend an. Sie tat noch einen Moment lang so, als müsse sie darüber nachdenken. Dann eröffnete sie ihm stolz: »Ich schätze, ich hab tatsächlich das passende Grundstück, auf dem du uns … äh … also dem Landkreis diesen Traum erfüllen kannst …«

»Tatsächlich?«, fragte Jonas Zach, der die ganze Zeit mit einem Ohr dem Geplänkel neben ihm gefolgt war, verblüfft dazwischen und erntete einen mahnenden Blick von seinem Vater.

Kevin Hoffmeister blickte irritiert von seinem Gesprächspartner, der ihm gerade noch den Unterschied zwischen Sport- und Energiesparmodus erklärt hatte, zu seiner Chefin hinüber und fragte verständnislos: »Was denn?«

Kirsten Faber sah ihren Sekretär entschlossen an. »Wo haben Sie die Akte Tönnissen mit dem Bauantrag abgelegt?«

Er musste nicht lange überlegen. »Der Campingplatz? Liegt schon bei der Bauaufsicht«, erklärte er stolz.

»Dann gehen Sie bitte sofort ins Rathaus und holen den Antrag zurück«, sagte sie streng.

»Ja, aber ...«, murmelte er irritiert. »Sind wir denn hier schon fertig? Und was wollen Sie noch mal mit dem Bauantrag? Ich dachte, der wäre formal in Ordnung.«

»Die Lage hat sich geändert«, beschied sie knapp. »Machen Sie sich auf den Weg, bevor da noch was schiefgeht. Ich bespreche mit Herrn Zach und seinem Sohn alles Weitere und komme dann nach.« Als der Sekretär enttäuscht sein halbvolles Weinglas ansah, trieb sie ihn unwirsch an: »Hopp, hopp, Herr Hoffman.«

Eine gute Stunde später rieb sich Dieter Zach vergnügt die Hände und ließ den Kronkorken von seiner Bierflasche ploppen. Er grinste still in sich hinein, amüsiert, dass diese aufgeblasene Kreisstadt-Bürgermeisterin ihm dermaßen auf den Leim gegangen war.

Während der Rückfahrt nach Seelinchen hatten er und Jonas immer wieder darüber lachen müssen, beim Gedanken daran, welches Areal Kirsten Faber ihnen justament als Bauland schmackhaft hatte machen wollen. Sie konnten ihren Dusel kaum fassen. Besser hätte es nicht laufen können.

Das Glück is mit die Dummen, sagte sich der Baulöwe und grinste in sich hinein.

Dass sie ihm ausgerechnet diesen Campingplatz, auf dem sein Wohnmobil stand, an dem See, wo er gestern herumgeschippert war und die spontane Idee für seine Terrassenhäuser entwickelt hatte, von sich aus vorgeschlagen hatte, war ein echter Glücksfall. Nie im Leben hätte er zu hoffen gewagt, dass dieses perfekte Grundstück mit eigenem Strand tatsächlich zu haben war. Das musste

Schicksal sein. Ein derartiges Himmelsgeschenk ließ Dieter Zach ein Dankgebet an die höhere Macht, die für Immobilienfragen zuständig war, senden.

Wie begeistert er von ihrem Angebot war, hatte er Kirsten Faber gegenüber natürlich nicht erkennen lassen. Er wollte den Preis ja nicht unnötig in die Höhe treiben. Der alte Fuchs hatte sich vielmehr von ihr zum Jagen tragen lassen, gezögert, gezweifelt und sich unschlüssig gegeben.

Was war mit den Dauercampern, deren Verein, der Gemeinde Seelinchen, dem Ortsvorsteher, der Umweltbehörde, dem Tourismusbeauftragten? Würde die Bürgermeisterin all diese Hindernisse tatsächlich aus dem Weg räumen können?, hatte er betont skeptisch nachgefragt.

Zum Glück hatte Jonas seine warnenden Blicke richtig interpretiert und sich nicht in das geschäftlich-private Geplänkel eingemischt. So hatte Kirsten Faber bei dem Hin und Her, Zachs zahlreichen Bedenken und seinem Zögern schließlich das befriedigende Gefühl bekommen, dass sie dem Baulöwen aus Berlin das Grundstück praktisch aufgeschwatzt hatte.

Der alte, unrentable Campingplatz müsse sowieso da weg, hatte sie ihm erklärt. Der passe mit seinen altmodischen Dauercampern einfach nicht mehr in die moderne Zeit. Und am Ende, quasi als i-Tüpfelchen, hatte Kirsten Faber noch damit geprahlt, dass sie die Macht habe, für ihren neuen Freund Dieter, einem Konkurrenten, nämlich diesem Herrn Tönnissen aus Frankfurt, der auf dem Seegrundstück einen Hotelkomplex plane, wieder abzusagen. All das, weil die *Zach Hoch- & Tiefbau* AG zum einen das eindeutig bessere Konzept hätte und ihr zum anderen auch deren Chef menschlich ja sehr viel näher und sympathischer sei …

Beim Gedanken daran, wie sich die Bürgermeisterin ihm geradezu aufgedrängt hatte, lehnte sich Dieter Zach in seinem bequemen Campingstuhl neben Sophia Behrend zufrieden zurück. Es gäbe kein Problem damit, den Campingplatz innerhalb kürzester Zeit zu beräumen, und auch das nötige Fällen der alten Kiefern würde zu keinerlei Ärger mit dem Landesamt für Umwelt führen, hatte sie versichert. Zwischen den Zeilen hatte sie durchblicken lassen, dass sie für einen entsprechenden Obolus zu praktisch jeder Schandtat bereit sei.

So sehr ihn auch ihr anbiederndes Gehabe angewidert hatte, war er dennoch bis zur Verabschiedung ganz Gentleman der alten Schule geblieben, hatte ihr Komplimente zu ihrer Kompetenz und sogar zu ihrer scheußlichen Frisur gemacht. Es schüttelte ihn immer noch, wenn er an ihren unvorteilhaften Kurzhaarschnitt, die hagere Figur und ihre schmalen roten Lippen dachte.

Was für eine Augenweide dagegen doch die Frau hier neben ihm war ... Er blickte Sophia von der Seite an, bewunderte ihre langen, dunklen Locken, in denen sich das Sonnenlicht verfing. Wie grazil sie ihr Weinglas hielt. In ihrer edlen Seidentunika mit dem wilden Leopardenmuster und mit dem glitzernden Goldschmuck an Ohren, Hals und Händen machte sie schon was her, stellte er fasziniert fest.

Ein echtes Rasseweib mit Kurven an den richtigen Stellen, dachte er verzückt.

Sophia Behrend schien zu spüren, dass er sie von der Seite anstarrte, und wandte sich ihm lächelnd zu.

»Möchtest du nicht lieber ein Glas für dein Bier haben, Dieterlein?«, fragte sie mit hochgezogenen Augenbrauen und kritischem Blick auf die Flasche, die er gerade erneut an den Hals setzte.

Schuldbewusst stellte er sie zurück auf den Tisch. Seit der Scheidung, seitdem er sein altes Junggesellendasein wieder zelebrierte, machte er sich um irgendwelche Benimmregeln keine Gedanken mehr, doch für Sophia war er bereit, Abstriche von seinen schlechten Gewohnheiten zu machen.

»Natürlich! Bitte entschuldige. Ich hol mir mal eben ein Glas aus meinem Wohnmobil.« Er stemmte sich mühsam ein Stück aus dem weichen Sessel.

Sofort strich sie ihm zärtlich über die Schulter. »Aber nein, bleib bitte sitzen. Ich hole dir eins.«

Sie hievte ihre Pfunde schwungvoll aus dem Stuhl, tänzelte leichtfüßig, soweit das mit ihrem Hinkefuß ging, in ihren Wagen und kam mit einem glänzend polierten Bierglas zurück.

»So, bitte schön, mein Lieber. Daraus schmeckt es doch gleich viel besser.« Sie schenkte Dieter ein und reichte ihm lächelnd das Glas.

»Mmmmm …«, machte er, nachdem er getrunken hatte, und leckte sich den Schaum von der Oberlippe. »Du hast natürlich völlig recht, Sophilein. Ich danke dir.«

»Aber das ist doch selbstverständlich. Männer müssen umsorgt werden. Möchtest du vielleicht auch noch ein paar Nüsschen? Ich habe sehr leckere Pistazien.«

Dieter musste sofort an sein künstliches Gebiss im Oberkiefer denken, das ihm zwar ein strahlend weißes Lächeln verlieh, jedoch mit harten Nüssen nicht sonderlich gut zurechtkam.

»Das ist sehr lieb von dir, aber wenn ich einfach nur hier neben dir sitzen und deine Gesellschaft genießen darf, meine Liebe, dann bin ich vollauf zufrieden. Mehr kann ein Mann sich nicht wünschen.«

Sophia kicherte geschmeichelt.

Leon, der ein Stück abseits von den beiden im Schatten einer hohen Birke auf einer Sonnenliege lag und versuchte, sich auf seinen Krimi zu konzentrieren, verdrehte die Augen angesichts dieses albernen Geplänkels. Seit gut zwei Stunden hockte er nun frustriert mit seinem Roman hier herum. Zuerst hatte er sich nicht auf den Inhalt konzentrieren können, weil sich seine Gedanken um Kim im Kreis drehten, und dann war dieser Dieter Zach extrem gut gelaunt aufgetaucht. Einerseits war er froh, dass seine Schwester dank der neuen Bekanntschaft deutlich bessere Laune hatte, andererseits ging ihm die Flirterei zwischen ihr und diesem korpulenten Typen, der es sich nun schon seit geraumer Zeit unter dem Vordach von Sophias Wohnmobil in seinem Sessel gemütlich gemacht hatte, kolossal auf die Nerven. Vor allem, weil sein eigenes Gefühlsleben seit gestern Abend auf einem Tiefpunkt angekommen war.

Als er heute Morgen Brötchen geholt hatte, war Kim zwar professionell freundlich mit ihm umgegangen, aber mehr auch nicht. Er hatte das Gefühl gehabt, dass sie seinem Blick auswich, als er versuchte, ein harmloses Gespräch anzufangen. Sie hatte stattdessen unglaublich geschäftig getan, obwohl kein anderer Kunde in dem Imbiss anwesend gewesen war, und ihn recht schnell abgefertigt. Mittags hatte er einen neuen Versuch gestartet, ihre Falafel und den Bulgursalat überschwänglich gelobt, doch es hatte nichts genützt. Sie war längst nicht mehr so freundlich zu ihm wie an den ersten Tagen. All das Prickelnde zwischen ihnen, ihre Zugewandtheit, ihr Lächeln war weg, als hätte es das alles nie gegeben.

Genervt schlug Leon sein Buch zu und ging runter zum See. Am Strand war jede Menge los. Einige Kinder bauten hübsche Sandburgen am feuchten Ufer, andere tobten mit riesigen aufgeblasenen Einhörnern, Palmeninseln oder einfachen Luftmatratzen im flachen Wasser herum. An der schmalen Stelle zwischen der Boje, die das Ende des Nichtschwimmerbereichs markierte, und den Bootsstegen blockierten heute gleich drei ältere Frauen mit bunten Badenmützen, die auf ihren Schwimmschlangen balancierten, den Durchgang zum See. Jeder, der ins tiefere Wasser wollte, musste das plaudernde Damenkränzchen umrunden.

Leon war noch nicht nach Schwimmen zumute. Er wollte einfach nur ein bisschen herumliegen, aufs Wasser blicken und ungestört nachdenken. Auf der Wiese suchte er sich einen Platz, auf dem keine Sonnenanbeter lagen und keine Liegestühle standen. Dort würde er seine Ruhe haben. Er breitete sein Badetuch aus, merkte, wie müde er war und entschied sich, erst mal ein Nickerchen zu machen. Nach den entgangenen Stunden Schlaf der letzten Nacht fühlte er sich noch immer ein bisschen matschig. Er drehte sich auf die Seite, bettete den Kopf auf seinen Arm, stellte sich das Gesicht von Kim vor und war gerade dabei, wegzudösen, als ein lauter Ruf ihn aufschreckte.

»Vorsicht!«, rief eine Jungenstimme hinter ihm.

Verwirrt richtete er sich ein Stück auf und wurde im selben Moment von einem heftigen Schlag gegen den Kopf wieder niedergestreckt.

»Uff«, stieß er aus und schüttelte sich. »Was war das denn?« Er rieb sich die schmerzende Stirn.

»Oh, sorry! Tut mir echt leid!« Ein schlaksiger Junge kam auf ihn zugerannt.

Leon blinzelte ihn gegen die Sonne an. »Was war das?«

Der Teenager machte ein paar Schritte an ihm vorbei, sammelte das *Corpus Delicti* ein und hockte sich damit neben ihn. »Ein Ball. Ich hab wohl etwas zu heftig aufgeschlagen.« Besorgt deutete er auf Leons Kopf. »Hat's wehgetan?«

»Nee, geht schon wieder. Ich hab mich nur erschrocken.«

»Auf diesem Teil der Wiese ist es nicht ganz ungefährlich, weil wir gleich da drüben Beachvolleyball spielen.« Er deutete hinüber zu dem Sandplatz.

»Ach, deshalb ist es hier so leer«, erkannte Leon. »Werde ich mir merken.« Er wollte sich wieder hinlegen, doch der Junge machte keine Anstalten zu gehen.

»Ich bin Karim«, sagte er.

Er zeigte auf einen anderen Jungen, der auf sie beide zukam.

»Und das da ist mein Bruder Tarek«, stellte er vor. »Unsere Familie hat ihren Stellplatz schräg hinter Ihrem *Hymer*«, erklärte er. »Gegenüber, auf der Ecke, bisschen erhöht.«

»Hallo«, grüßte Tarek und ließ sich im Schneidersitz neben seinem Bruder im Gras nieder.

»Hallo«, sagte Leon verwirrt und fragte sich, was diese beiden Jungs von ihm wollten.

»Wir sind Dauercamper«, fuhr Karim ungerührt fort. »Seit drei Generationen«, ergänzte er stolz. »Meine Urgroßeltern, Großeltern, Eltern, Tante und Onkel, meine Cousine Jala, unser Cousin Matayo und wir zwei.«

Angesichts dieser imposanten Aufzählung fragte Leon: »Heißt dein Vater zufällig Tobias?«

»Nee, das ist mein Opa.«

»Kennen Sie den?«, fragte Tarek verblüfft.

»Wir haben uns gestern beim Abwaschen getroffen.«

»Ach so«, sagten die Jungs synchron und schwiegen.

»Ja, also ... Dann wünsche ich euch noch viel Spaß«, sagte Leon schließlich und machte Anstalten aufzustehen.

Wenn sie nicht gingen, würde eben er sich verdrücken, obwohl die beiden sehr nett zu sein schienen. Aber er war zu müde für einen Small Talk mit zwei Teenagern und wollte lieber wieder an Kim denken.

»Und Sie haben also dieses riesige Luxus-Wohnmobil?«, riss Karim ihn aus seinen Gedanken.

»Ja«, erwiderte Leon knapp. Er hatte keine Lust, diesem Knirps die Besitzverhältnisse seiner Unterkunft zu erläutern.

»Bestimmt teuer, so ein Luxusschlitten?«

»Ja … Keine Ahnung …«, murmelte er.

»Dann kommt es Ihnen wohl auf ein paar Hunderttausend oder Millionen nicht an, wa?«, hakte Tarek augenzwinkernd nach.

»Was?«, fragte Leon irritiert. »Keine Ahnung. In dem Fall weiß ich es halt nicht.«

»Ach so …«, sagten beide wieder synchron und schienen zu überlegen.

»Gefällt es Ihnen hier?«, fragte Tarek dann neugierig.

»Wo?«

»Na, auf unserem Campingplatz. Finden Sie den gut? Oder fänden Sie es besser, wenn hier ein schniekes Hotel stehen würde?«, fragte er weiter und sah Leon gespannt an.

»Was ist denn das für eine komische Frage?«

»Nur eine hyperetische«, meinte Karim wichtig.

»Du meinst, hypothetische …«

»Oder so. Aber nun sagen Sie doch mal: Was finden Sie besser – den alten Campingplatz oder ein neues Hotel?«, ließ der Junge nicht locker.

Leon reichte es jetzt, von diesen Halbstarken zu merkwürdigen Themen ausgefragt zu werden. Er stand auf und griff nach seinem Handtuch.

»Ehrlich gesagt, ist mir das egal. In spätestens zwei Wochen bin ich hier wieder weg. Dauercamping ist nichts für mich. Ich mach sonst lieber Urlaub am Meer – in einem schönen Hotel, wenn ihr's genau wissen wollt.«

»Ach so …«, sagten wieder beide synchron und sahen enttäuscht aus.

Leon tat seine schroffe Antwort leid. Schließlich hatten sich die beiden ja nur nett mit ihm unterhalten wollen. Sie hatten sich dafür dummerweise einen schlechten Zeitpunkt ausgesucht. Um die Stimmung ein bisschen zu retten, rang er sich ein Lächeln ab und sagte freundlich: »Na, dann genießt mal noch euren schönen Campingplatz, solange es geht. Ich such mir jetzt irgendwo eine ruhige Ecke.«

Sofort waren die Brüder auf den Beinen.

»Sie können sich dahinten hinlegen. Das *Campingparadies* hat ja viele schöne Ecken.« Karim deutete auf eine Stelle ein paar Meter entfernt. »Vielleicht gefällt es Ihnen ja doch bei uns.« Er klang fast flehentlich.

»Oder Sie bleiben hier. Wir sind jetzt nämlich fertig. Keine Gefahr mehr von tief fliegenden Bällen«, unterstützte Tarek seinen großen Bruder.

Leon blieb unentschlossen stehen und sah sich um. »Vielleicht gehe ich einfach mal 'ne Runde schwimmen. Ist ja ein wirklich toller See.«

»Gute Idee, weil für morgen ja dies' Unwetter angesagt ist. Da sollte man heute das schöne Wetter noch mal ausnutzen«, empfahl Karim mit ernster Miene.

»Echt?« Leon sah ihn überrascht an. »Hab ich noch gar nicht mitgekriegt.«

»Mein Opa checkt jeden Tag mindestens dreimal seine verschiedenen Wetter-Apps. Man muss ja vorbereitet sein, wenn da was aufzieht. Ist nicht ganz ohne, hier unter den Bäumen.« Er deutete auf die hohen Kiefern hinter sich. »Man denkt ja, hier scheint immer die Sonne, und alles ist idyllisch auf so einem Waldgrundstück am See. Da hat sich schon so mancher Investor von außerhalb schwer getäuscht«, erklärte er altklug und sah Leon kritisch in die Augen. »Aber wenn dann so 'ne Kiefer aufs neue Hausdach knallt, ist das kein Spaß. Also, ich würde mir dreimal überlegen, mir hier ein Grundstück zu kaufen ...«

Leon überlegte und erwiderte dann: »Aber eure Familie campt hier doch schon seit Ewigkeiten. Scheint also doch nicht so gefährlich zu sein.«

»Ja, aber jetzt mit dem Klimawandel ändert sich da ja so einiges. Die Stürme werden stärker und kommen häufiger. Und dann die Waldbrandgefahr! Haben Sie darüber schon mal nachgedacht? Brandenburg ist ja knochentrocken. Da brennt es jeden Sommer in den Wäldern. Und das *Campingparadies* liegt ja quasi mitten im Wald. Brandgefährlich! Wir Dauercamper kommen damit klar. Wenn mal ein Ast auf unseren Wohnwagen knallt, ist das leicht zu reparieren. Und wenn der abfackelt, kann man ihn ersetzen. Aber neu hier zu bauen, sich ein schniekes Haus oder womöglich ein Hotel hier hinzustellen – das ist gar keine gute Idee«, versicherte er todernst.

»Na, gut, dann müssen wohl alle Bäume sicherheitshalber gefällt werden.« Leon grinste ihn an. »Und bis dahin hoffe ich mal, dass es nicht ausgerechnet in den zwei Wochen, die ich hier bin, zur Katastrophe kommt. Danke für die Warnung ...«

Er nickte den Jungen zu, ließ sie stehen und ging zügig runter zum See. Das Damenkränzchen im Wasser war abgezogen, also konnte Leon mit einem Hechtsprung ins Wasser tauchen. Als er sich nach ein paar kräftigen Schwimmzügen auf den Rücken drehte und zurückblickte, sah er Tarek und Karim intensiv miteinander diskutieren, und der eine kritzelte irgendetwas in ein Heft.

Wahrscheinlich sind die beiden bei Fridays for Future und versuchen, jeden Camper für die Folgen des Klimawandels zu sensibilisieren, dachte Leon beeindruckt vom Engagement der Brüder. Dann drehte er sich um und kraulte los.

* * *

»Gibt's hier auch Cocktails?«, fragte Jonas Zach und deutete auf das recht übersichtliche Flaschenregal hinter dem Tresen von *Elli's Imbiß*. In dem piefigen Ambiente der alten Gaststätte war es eigentlich ziemlich offensichtlich, dass man hier eher selten derart ausgefallene Getränkewünsche zu erfüllen hatte.

Kimberly Baumann hinter der hohen Holztheke verkniff sich jedoch einen entsprechenden Kommentar, folgte seinem Blick und legte scheinbar nachdenklich die Stirn in Falten.

»Eigentlich sind hier eher Bier und Cola die Renner, aber ich könnte Ihnen einen *Negroni* mixen«, überlegte sie laut. »Bitter-süß und typisch Italienisch. Campari, Gin und roten Martini hab ich da. Und eine Orange findet sich auch.« Sie sah ihn an. »Wäre das nach Ihrem Geschmack?«

»Perfekt! Genau der richtige Drink für einen heißen Nachmittag.« Jonas zeigte beim Lächeln eine Reihe strahlend weißer Zähne und warf ihr einen bewundernden Blick zu.

Kim musterte den jungen Mann, den sie auf Ende dreißig schätzte und heute zum ersten Mal hier bediente, interessiert. Er sah gut aus, ein bisschen zu gut vielleicht. Seine dunkelblonden Haare waren zurückgegelt, der typische Hipster-Vollbart, der samt Schnäuzer den größten Teil seines Gesichts bedeckte, fachmännisch gestutzt. Seine Arme hatten eine gesunde Bräune, und das teure, lachsfarbene Polohemd mit dem kleinen Krokodil auf der Brust betonte seine ausgeprägten Bizepse und einen fitnessgestählten Körper – soweit sie das hinter der Theke abschätzen konnte.

»Kommt sofort«, sagte sie geschäftsmäßig und griff sich die Flaschen vom Regal.

Sie hatte keinen Cocktailshaker und auch keinen Messbecher, aber dieses einfache Rezept schaffte sie locker aus dem Handgelenk. Sie musste nur die drei Alkoholika zu gleichen Teilen in einem Whisky-Tumbler mit einer Handvoll Eiswürfel verrühren und eine Viertelscheibe Orange dazu – fertig war der klassische Sommerdrink.

»Bitte sehr!« Mit einem Lächeln servierte sie ihm den Cocktail.

Jonas nahm einen kräftigen Schluck. »Oh, wie lecker! Den hab ich jetzt echt gebraucht nach dem anstrengenden Geschäftstermin bei dick paniertem Schnitzel heute Mittag. Die Hoffnung, im tiefsten Brandenburg einen anständigen Cocktail zu kriegen, hatte ich längst aufgegeben. Und ausgerechnet hier, in einem Imbiss mit typischem Ost-Apostroph, wird mir ein so exzellenter Drink gemixt. Chapeau, Madame!«

Er grinste und schien seine Bemerkung sehr originell zu finden.

Kimberly verkniff sich die übliche Entschuldigung zur

falschen Schreibweise von *Elli's Imbiß* und erwiderte nur reserviert: »Könnte daran liegen, dass die Imbiss-Besitzerin dies Rezept aus Rom kennt – mit diesem Extra-Spritzer frischem Orangensaft.«

»Ach, das ist das Geheimnis.« Er nahm noch einen Schluck. »Wirklich köstlich.« Er lächelte wieder sein strahlend weißes Lächeln. »Dann sind Sie also Elli?«

»Nein, das war meine Mutter.«

»Und wie heißen Sie?«

»Kimberly, aber hier nennen mich alle Kim.«

»Schön, Sie kennenzulernen, Kim. Ich bin Jonas, aus Berlin. Bin mit meinem Vater hier.«

»So jung, dass Sie noch mit Ihrem Papa verreisen müssen, sehen Sie gar nicht aus«, meinte sie schmunzelnd.

»Bin ich auch nicht«, antwortete er grinsend. »Aber mein Dad hat darauf bestanden, dass wir ein paar Tage zusammen Urlaub machen. Er hat sich eins dieser Riesenschiffe angeschafft, und nun ist es ihm zu gefährlich, alleine mit dem großen Wohnmobil durch die Gegend zu fahren. Vielleicht auch nur zu langweilig, seit meine Ma nicht mehr da ist.«

»Ach, ihre Mutter ist auch verstorben? Meine vor knapp einem Jahr …«

»Nein, nein … äh, herzliches Beileid …« Er wusste nicht recht, wie er auf so eine persönliche Bemerkung reagieren sollte. »Meine Eltern sind geschieden …«

»Ach so … Verzeihen Sie. Ich wollte nicht …«

»Kein Problem. Erzählen Sie mir lieber von Rom. Eine wunderschöne Stadt. Da passen Sie perfekt hin«, unterbrach er sie augenzwinkernd und lehnte sich erwartungsvoll ein Stückchen vor. »Verraten Sie mir, was Sie da gemacht haben?«

Sein Interesse an der attraktiven Frau hinterm Tresen war ihm deutlich anzumerken. Angesichts seiner leicht durchschaubaren Schmeichelei hatte Kim allerdings das Gefühl, dass er sich über sie amüsierte. Deshalb war es ihr ein Bedürfnis, klarzustellen, dass sie keine Landpomeranze war, die außer diesem Dorf, dem Campingplatz und einem Städtetrip nach Rom noch nichts von der Welt gesehen hatte. Dass das Gegenteil der Fall war, sollte dieser schnieke Westberliner, der er eindeutig war, wie sie an seinem Akzent und großspurigem Gehabe gleich festgestellt hatte, ruhig wissen.

»Ich hab als Hotelfachfrau schon überall auf der Welt gearbeitet, und eben auch in Rom – im *Hotel Eden*.« Sie ließ diese Information kurz wirken und freute sich über das erstaunte Aufblitzen in seinen Augen. »Nach Feierabend hab ich in der *Giardino Bar* so manchen Cocktail getrunken und den Barkeepern beim Mixen genau zugeschaut. Der eine hat den *Negroni* mit diesem Spritzer Orange gemacht. Das gibt einfach einen besonderen Frischekick. Aber mein Favorit im *Giardino* war der Cocktail *La Grande Bellezza*.« Sie zählte an den Fingern ab. »Mit Rosé Wermut, Tamarinde, Mandarine und Mezcal – köstlich!« Sie schloss schwärmerisch die Augen.

»*Eden*? Ist das nicht dieses unglaublich edle Fünf-Sterne-Hotel?«, fragte er fasziniert.

»Ja, an der *Via Ludovisi*. Wirklich ein wunderschönes Haus. Waren Sie mal da?«

»Leider nein …«

Sie freute sich diebisch, dass es ihm augenscheinlich peinlich war, das zugeben zu müssen. Er räusperte sich und schob sofort hinterher: »Aber das steht auf meiner *Bucket List*. Im Moment hab ich einfach zu viel zu tun.

Vielleicht schaffe ich es nächstes Jahr. Kommen Sie dann mit?« Er sah ihr tief in die Augen und zwinkerte ihr zu. Es war klar, dass er sie nur ein bisschen herausfordern wollte.

Kim stieg auf das Spiel ein. »Ein verlockendes Angebot und überaus großzügig – wo Sie mich doch gar nicht kennen«, sagte sie lachend. »Zumal die Zimmer im *Eden* tausendfünfhundert Euro pro Nacht kosten. Das erscheint mir dann doch etwas zu viel für ein Date.«

»Ach, kommen Sie …« Er lächelte sie mit seinem strahlenden Gebiss gewinnend an.

Kim lachte auf. »Sind Sie immer so freigiebig mit Ihren Einladungen an Fremde? Wir kennen uns doch erst seit ein paar Minuten.«

»Ich bin ein guter Menschenkenner, und bei Ihnen hab ich das Gefühl, als würden wir uns schon ewig kennen. Vielleicht sind wir Seelenverwandte …?« Er sah ihr wieder tief in die Augen, und Kim wurde bei diesem intensiven Blick aus seinen grau schimmernden Augen ganz warm.

»Na, mal sehen, was nächstes Jahr ist …«, sagte sie vage und drehte sich schnell weg.

Der Typ geht ja ran, dachte sie – halb amüsiert, halb fasziniert.

Sie musterte ihn heimlich aus den Augenwinkeln, während sie Gunnar Witte, der schweigend am anderen Ende der Theke saß, noch ein Bier zapfte. Jonas strich währenddessen mit dem Finger über sein Smartphone, scheinbar sehr beschäftigt, warf ihr aber immer wieder kurze Blicke und ein Lächeln zu.

Kimberly wusste nicht recht, was sie von diesem Kerl halten sollte. Die protzige Rolex an seinem Handgelenk hatte sie natürlich gleich erkannt und als peinlich abgehakt. Dennoch war dieser Jonas ausgesprochen charmant, ausgestattet mit den Insignien von Macht und Reichtum, wie sie es von vielen Männern kannte, denen sie in ihrem Berufsleben in den verschiedenen Luxushotels in aller Welt begegnet war.

Mit einigen hatte sie geflirtet, mit manchen auch mehr gewagt. Nie lange und nie mit dem Herzen. Irgendwann waren sie alle wieder abgereist, oder Kim hatte die nächste Stelle in einer anderen Stadt angetreten. Sie hatte kein Interesse an dauerhaften Beziehungen gehabt. Ein bisschen Spaß für ein paar Wochen oder Monate – mehr hatte sie von diesen Männern nie erwartet und gewollt.

Doch inzwischen war sie Mitte dreißig und hatte sich ganz bewusst von der Scheinwelt der Luxushotels verabschiedet. Und auf oberflächliche Romanzen hatte sie auch keine Lust mehr. Ob und wie sie hier in Seelinchen in Zukunft ihr Nest bauen würde, ob allein oder mit jemand anders, wusste sie noch nicht. Schließlich war sie immer ein überzeugter Single gewesen und nie der Typ für ein spießiges Leben mit Mann und Kind in einer Doppelhaushälfte in der Kleinstadt. Nach dem Abitur hatte sie gar nicht schnell genug weg aus Brandenburg, hinaus in die weite Welt, kommen können.

Doch mittlerweile erschien ihr die Vorstellung von einem Mann, der sie wirklich liebte und den auch sie wollte, und vielleicht sogar gemeinsamen Kindern gar nicht mehr so spießig. Aber es müsste schon der Richtige sein. Für Halbheiten war Kimberly Baumann nicht zu haben.

Dass sie so einen Mann allerdings ausgerechnet hier finden würde, bezweifelte sie. Immerhin schienen ihre Chancen langsam zu steigen, seit auf diesem Campingplatz nicht mehr nur die immer gleichen Dauercamper Urlaub machten, sondern auch interessantere Kerle wie dieser

Typ da drüben am Tresen – oder solche wie Leon Behrend ...

»Zahlen, bitte!«, rief Gunnar und unterbrach damit kurzzeitig Kims Gedanken.

Sie kassierte, warf Jonas ein Lächeln zu und wusch das leere Bierglas ab. Dabei verglich sie im Kopf Leon mit Jonas.

Leon, der mit seinen verwuschelten dunklen Haaren immer so wirkte, als käme er gerade aus dem Bett, in seinen alten T-Shirts mit den aufgedruckten Konterfeis von *Iggy Pop* oder den *Sex Pistols* vorne drauf, seinen verwaschenen Shorts, seinem Humor, der sportlichen Figur, den strahlend grünen Augen ... Und dagegen Jonas, mit den lässig gegelten Haaren, dem zur Schau getragenen Wohlstand, den graublau schimmernden Augen, seinem beträchtlichen Charme und seinem scheinbar unerschütterlichen Selbstbewusstsein. Unterschiedlicher hätten beide kaum sein können.

Keine Frage, wenn sie tief in sich hineinhorchte, war ihr der etwas unbeholfene, zurückhaltendere Leon eigentlich viel lieber. Bei ihm hatte es sofort im Bauch gekribbelt, als sie ihn das erste Mal getroffen hatte. Und sie hatte das Gefühl gehabt, dass auch er nicht abgeneigt gewesen war, sie näher kennenzulernen. Deshalb hatte sie ihre Umbaupläne als Vorwand genutzt und sich spontan mit ihm an dem überaus romantischen Platz am See verabredet.

Doch das war gründlich schiefgegangen. Nach dem, was sie am gestrigen Abend erfahren hatte, zweifelte sie an ihrer Intuition, ihren Gefühlen und dem, was er ihr zuvor über sich erzählt hatte.

Sein kleines Lokal in Berlin – war das gelogen, weil er seine wahre Identität verschleiern wollte? Und war die Frau, mit der er da in seinem Luxuswohnmobil residierte, wirklich seine Schwester? Oder waren die beiden ein Pärchen auf Grundstücksraubzug, das das *Campingparadies am Waldsee* plattmachen und hier einen Hotelklotz hinstellen wollte? In dem Fall war dieser Leon Behrend kein potenzieller Lover, sondern ihr Feind!

Kim seufzte innerlich und dachte daran, wie er heute Morgen Brötchen bei ihr geholt und versucht hatte, ein Gespräch mit ihr anzufangen. Er hatte ehrlich enttäuscht gewirkt, als sie ihn recht kühl abgefertigt hatte. Umso überraschter war sie gewesen, als er mittags trotzdem wiederaufgetaucht war. Seine zaghaften Versuche, sich mit ihr zu unterhalten, als sie ihm sein Essen auf der Terrasse serviert hatte, waren so niedlich hilflos gewesen, dass sie kurz davor gewesen war, zu hoffen, dass sie sich getäuscht und alles missinterpretiert hatte. Als sie sich dann endlich dazu durchgerungen hatte, ein klärendes Gespräch mit ihm zu führen, war er leider schon wieder verschwunden gewesen.

Vielleicht sollte ich ihm wirklich noch eine Chance geben, dachte sie gerade, als Tarek und Karim in den Imbiss stürmten und ihr aufgeregt Zeichen machten.

Kim ging rüber zu den Brüdern. »Na, ihr zwei? Eis oder Cola?«, fragte sie fröhlich.

»Cola«, antworteten die beiden im Chor.

Flüsternd fügte Karim hinzu: »Wir wissen, wer es ist ...«

»Wer was ist?«, fragte sie verwirrt.

Der Junge warf einen skeptischen Blick hinüber zu Jonas, der an der Theke saß und auf sein Smartphone starrte.

»Kannst du uns bitte die Cola raus an den Tisch bringen?«, fragte Karim laut und zwinkerte Kim, die ihn verständnislos ansah, verschwörerisch zu.

»Brauchen die jungen Herren auch Gläser, wenn sie

heute vornehm auf der Terrasse ihre Kaltgetränke zu sich nehmen?«, fragte sie amüsiert zurück.

»Nee, danke. Nicht nötig. Nur diese neuen Strohhalme aus Glas«, antwortete Tarek ernst und marschierte hinter seinem großen Bruder her nach draußen.

Als Kim mit den Flaschen an den Tisch kam, zog Karim ihr einen Stuhl zurecht.

»Wir müssen dir was erzählen. Darf aber nicht jeder mitkriegen«, erklärte er geheimnisvoll und nickte bedeutsam zu dem Mann am Tresen rüber.

Sie setzte sich und fragte lächelnd: »Na, was gibt's denn so Konspiratives? Habt ihr was ausgefressen?«

»Nee! Wir haben eben gerade den Typen aus dem *Hymer* entlarvt«, eröffnete ihr Karim.

»Wen?«

»Na, diesen Leon. Kennste doch«, ergänzte Tarek.

»Äh, ja?« Sie sah ihn fragend an.

»Also, Oma hat uns gestern erzählt, dass Frau Fehrer mitgekriegt hat, dass da wer unseren Campingplatz kaufen und uns alle rausschmeißen will. Und dass das einer aus den großen Wohnmobilen bei uns dahinten sein muss. Frau Fehrer hat gesagt, wir müssten die Augen offen halten und rauskriegen, wer unser Gegner ist. Und du würdest dich dann um den Rest kümmern«, erklärte Karim und fummelte ein zusammengerolltes, blaues Schulheft aus der ausgebeulten Seitentasche seiner Shorts.

»Aha?«, machte Kim gespannt.

»Ja, und deshalb haben wir die Luxuswohnmobile observiert.« Er blätterte das Heft auf und las konzentriert vor: »Achtuhrfünfzehn – älteres Objekt verlässt seinen *Volkner Mobil 800 C*. Geht runter Richtung See. Klopft an *Hymer B-Klasse*. Achtuhrzwanzig – Tür vom *Hymer* wird geöffnet. Männliches *Hymer*-Objekt unterhält sich mit älterem *Volkner*-Objekt. Achtuhrfünfundzwanzig – Frühstück. Pause. Zwölfuhrzehn – zwei Objekte verlassen *Volkner Mobil 800 C* …«

»Was liest du mir denn da alles vor?«, unterbrach Kim ihn verständnislos.

»Wir haben alle Beobachtungen genau notiert. Als Beweis!«, erklärte Tarek stolz.

»Ich verstehe nur Bahnhof«, bekannte Kim. »Könnt ihr mir nicht einfach so erzählen, was bei eurer Spionage herausgekommen ist?«

»Na, gut …« Karim seufzte, klappte sein Heft zu und räusperte sich. »Also, der Dicke und der Typ, der da drüben bei dir an der Bar sitzt, sind mittags mit einem *Porsche* …« Er betonte die Automarke beeindruckt. »… weggefahren und erst nach Ewigkeiten wiedergekommen. Dann ist der Dicke wieder zum *Hymer* rüber und hat mit der dicken, goldbehängten Schickitussi stundenlang rumgeschäkert. Voll peinlich!«

Beide Jungs verdrehten die Augen.

»Und als dann der junge *Hymer*, also dein Leon …«, sprang Tarek jetzt ein.

»Das ist nicht *mein* Leon«, stellte Kim sofort klar.

»Egal«, fuhr er fort. »Jedenfalls, als der sich von da verdrückt hat, sind wir direkt hinterher. Und als er sich auf die Wiese gelegt hat, hat Karim ihm den Ball gegen den Kopp geknallt.« Er lachte laut auf. »Voll guter Schuss!«

»Wie bitte?«, fragte Kim schockiert.

»Nicht hart. Nur ein bisschen. Wir brauchten schließlich einen Grund, um ihn anzusprechen«, verteidigte sich Karim.

»Ihr schießt jemandem einen Ball an den Kopf, um mit ihm anschließend zu plaudern? Das sind ja harte Verhörmethoden ...« Sie sah die Jungs ungläubig an, während die sie breit angrinsten. »Hat er sich verletzt?«

»Nee!«, machten beide gleichzeitig.

»Okay ... Und was dann?«

»Dann haben wir ihn ausgehorcht. Ganz geschickt, damit er nicht mitkriegt, dass wir Bescheid wissen«, erklärte Karim. »Und wir haben ihm ordentlich Angst gemacht vor Sturmschäden und Waldbrand.« Er grinste. »Aber zuerst haben wir so ganz allgemein gefragt ...«

»Komm auf den Punkt, Karim«, unterbrach sie ihn ungeduldig. »Was habt ihr rausgekriegt?«

»Er ist reich, hasst Camping und mag Hotels viel lieber!« Nachdem sie ihre Bombe hatten platzen lassen, lehnten die Brüder sich zufrieden zurück, verschränkten synchron die Arme vor der Brust und sahen Kim triumphierend an.

»Und das macht ihn schon zum gesuchten Investor?«, fragte sie zweifelnd.

»Klar, das passt doch perfekt zum Täterprofil!«, erklärte Karim im Tonfall eines Kriminalkommissars. »Warum sollte so ein reicher Typ, der Camping doof findet, hierherkommen, wenn nicht, um das Terrain abzuchecken? So schlecht gelaunt, wie der seit heute Morgen hier abhängt, kann der nur beruflich hier sein«, folgerte er. »Und er hat Komplizen! Wahrscheinlich arbeiten er und seine Goldtussi mit dem Dicken zusammen.« Karim senkte die Stimme. »Ob der Typ da drüben am Tresen mit drinhängt, müssen wir noch checken. Von dem wissen wir noch nicht genug, weil der bis jetzt meist im Wohnmobil gehockt hat.« Und voller Tatendrang fragte er: »Sollen wir uns den gleich mal vornehmen?«

Kim antwortete nicht. Sie war zu geschockt von den Neuigkeiten, die darauf hinzudeuten schienen, dass ihr

Gefühl sie gestern Abend doch nicht getrogen hatte. Sie musste sich wohl oder übel eingestehen, dass Leon Behrend der gesuchte Investor war, der das *Campingparadies* auslöschen und ihre Lebensgrundlage mitsamt all ihren schönen Plänen zerstören wollte.

»So ein Mistkerl!«, schnaubte sie wütend.

* * *

»N'Abend, die Damen! Hier kommen Eierlikör und Geleebananen«, verkündete Kimberly, als sie um halb acht unter das orange-rot gestreifte Vorzelt von Brigitte Fehrers Wohnwagen trat. Sie stellte die kleine Flasche und die Süßigkeiten ab und erklärte lächelnd: »Das geht heute aufs Haus.«

»Oh!«, machten die versammelten Damen, freudig überrascht.

Bertha Vogt, Elisabeth Möhlke und Margret Schmitz saßen bereits am Tisch vor ihren leeren Gläsern. Bertha mischte mit schnellen, professionellen Handbewegungen den dicken Kartenstapel ordentlich durch, und Brigitte kam gerade aus ihrem Wohnwagen.

»Hallo Kim! Schön, dass du heute mal wieder mitspielst«, begrüßte sie die junge Frau.

»Danke, dass ihr mich mal wieder in eurer illustren Runde mitzocken lasst.«

»Ich hab mich gefreut, als Sybille mir vorhin gesagt hat, dass du heute kommen willst. Hat mir den Weg zum Imbiss erspart«, meinte Brigitte und stöhnte theatralisch. »Mein Knie zwickt nämlich mal wieder fürchterlich. Bestimmt gibt's einen Wetterwechsel. Ich spüre das in meinen alten Knochen.«

Sie zog mit dramatischem Seufzen ihren Rock ein Stück hoch und rieb sich ausgiebig die linke Kniescheibe.

Als die anderen nicht darauf eingingen, wandte sie sich wieder Kim zu. »Gibt's einen besonderen Anlass, oder brauchst du nur mal bisschen Abwechslung von der vielen Arbeit?«

»Ach, ich hatte einfach mal wieder Lust auf eine Runde Mau-Mau mit euch«, antwortete sie unbestimmt.

Margret wies Kim den freien Campingstuhl neben sich zu. »Setz dich hierher zu mir. Du weißt ja, Brigitte guckt immer in die Karten.«

»Was? Das ist doch gar nicht wahr«, widersprach diese mit gespielter Entrüstung. »Als wenn ich das nötig hätte!«

Brigitte Fehrer setzte sich Kim gegenüber und verkündete dann gut gelaunt: »Kann losgehen. Mach hinne, Bertha. Hat sich schon mal jemand totgemischt.«

»Hetz mich nicht. Sonst beschwert sich Elisabeth wieder, dass ich es nicht ordentlich mach«, ließ Bertha sich nicht beirren. Gekonnt glitten die zwei großen Stapel zwischen ihren Daumen mit den rot lackierten Nägeln fächerartig ineinander.

»Denkt dran, nachher eure Stühle reinzustellen. Mein Knie meint Wetterwechsel, und der Wetterheini hat eben auch für morgen Gewitter vorhergesagt«, verkündete Brigitte, riss die Verpackung auf und nahm sich eine Geleebanane. »Ich hab schon mal den Stecker vom Fernsehapparat gezogen. Sicher ist sicher.«

»Ich guck ja kaum noch Nachrichten«, meinte Margret kopfschüttelnd. »Das regt mich zu sehr auf.«

»Also, ohne mein *heute* kann ich nicht. Man will ja schließlich informiert sein, was in der Welt so los ist«, erklärte Brigitte.

»Leider sind es immer schlechte Nachrichten.« Margret seufzte.

»Na, immerhin ist dieser schmucke Mitti Siri eine Augenweide.« Brigitte lächelte verschmitzt.

»Der *heute*-Sprecher heißt Mitri Sirin. Der war ja früher beim Morgenmagazin. Mit dieser schlauen Frau Hallali«, verbesserte Bertha sie und verteilte geübt die Karten.

»Hayali, Dunya Hayali, heißt die«, korrigierte nun Brigitte. »Die ist echt clever. Aber der Mitti sieht ja wirklich gut aus. Fast so gut wie dieser junge Mann, der neuerdings Kim den Hof macht.« Sie zwinkerte Kimberly wissend zu.

»Tja, manchmal täuscht der schöne Schein …«, murmelte Kim verhalten.

Der Unterton entging Brigitte nicht. Auch Bertha hielt mit dem Verteilen kurz inne und musterte die junge Frau, die gerade Eierlikör einschenkte, interessiert.

»Wer ist das denn, und was ist mit dem?«, fragte Elisabeth neugierig.

»Nun quetscht sie doch nicht so aus«, ging Margret dazwischen, warf Kim einen verständnisvollen Blick zu und griff nach ihrem vollen Eierlikörglas. »Außerdem hab ich Durst. Prost, Mädels.« Sie erhob ihr Glas, und die anderen taten es ihr gleich.

Nachdem Brigitte sich die Lippen abgeleckt hatte, forderte sie: »Nun sag schon, Kind, was ist los?«

Kim seufzte auf. »Ich fürchte, ich hab schlechte Nachrichten …«

»Ist was mit Ebi?«, fragte Elisabeth erschrocken.

»Nein, Papa geht's gut. Noch …«

»Kim!«, sagte Brigitte streng. »Nun lass dir nicht alles aus der Nase ziehen. Was ist los?«

Kimberly holte tief Luft. »Ihr hattet da ja schon so einen Verdacht.« Sie seufzte. »Und nun hab ich die Bestätigung.«

Dann erklärte sie den vier alten Damen, dass sie inzwischen sicher war, dass ausgerechnet der scheinbar so sympathische Leon Behrend der gesuchte Investor sei, der sie alle aus dem *Campingparadies* vertreiben und hier ein großes Hotel hinklotzen wolle. Sie berichtete ihnen vom Abend zuvor am See, dass er sich mit seinen Bemerkungen selbst verraten hatte.

»Und dann tat er noch so, als würde er sich für meine Umbaupläne interessieren!«, schimpfte sie wütend. »Dabei will er hier doch eh alles plattmachen!«

»Das ist ja schrecklich!«, stieß Margret aus. »Und du bist dir sicher? Vielleicht hast du ihn ja nur falsch verstanden.«

»Nein, bestimmt nicht. Vorhin waren die beiden Jungs von Katja und Murat noch auf 'ne Cola bei mir. Und auch die hatten interessante Neuigkeiten …«

»Ach guck! Ja, die beiden sind pfiffig. Ich hatte Gunnar angespitzt, dass seine Sippe die Ecke dahinten bei den Luxuswohnmobilen im Auge behält.« Brigitte beugte sich gespannt vor. »Und was haben Karim und Tarek rausgefunden?«

»Die beiden haben heute Leon Behrend in die Zange genommen. Und sie sind sich ebenfalls sicher, dass er mehr ist als nur ein kleiner Restaurantbesitzer, als den er sich ja mir gegenüber ausgegeben hat. Die Jungs haben erzählt, dass der Kerl nicht mal mit der Wimper zuckt, wenn es um Millionen geht. Also scheint er ständig mit solchen Summen zu hantieren. Er scheint genug zu haben, um uns allen unser Zuhause unterm Hintern wegzukaufen. Und außerdem hat er noch Komplizen! Eine groß angelegte Verschwörung. Ich bin so dermaßen wütend!« Kim haute mit der Faust auf den wackligen Klapptisch.

Reflexartig retteten die Frauen ihre halbvollen Gläser und tranken schnell aus, damit nichts verschüttet wurde.

»Das ist ja ein Ding«, sagte Elisabeth dann empört. »Das können wir uns doch nicht gefallen lassen!«

»Auf keinen Fall!«, erklärte Brigitte resolut. »Wir müssen uns wehren. Und dazu brauchen wir die geballte Power der Dauercamper!«

»Genau!«, piepste Margret zaghaft, reckte jedoch mutig ihre Faust in die Höhe. »So wie früher!« Plötzlich leuchteten ihre Augen. »Wisst ihr noch, wie wir den alten Platzwart vertrieben haben? Diesen fiesen IM, der uns alle bespitzelt hat?«

»O ja! Erich, dieser miese Denunziant aus Cottbus, den uns das MfS hier reingesetzt hatte – mit dem konspirativen Auftrag, hier *staatsgefährdende* Bestrebungen aufzudecken und gegen uns wegen angeblicher *politischideologischer Diversion* und *politischer Untergrundtätigkeit* zu ermitteln«, zitierte Bertha abfällig die alten Anschuldigungen.

»Und das nur, weil wir es gewagt hatten, damals hier zu zelten und einen privaten Verein zu gründen, um unser eigenes Ding zu machen. Da waren wir ja gleich lauter *Konterrevolutionäre*.« Brigitte lachte amüsiert auf, und die anderen stimmten mit ein.

»Aber nachdem wir diesen fiesen Erich endlich rausgeekelt hatten, war das doch eine wirklich schöne Zeit«, seufzte Margret. »Als die Kinder noch klein waren, wir alle noch auf Luftmatratzen in diesen kleinen Zelten statt in Wohnwagen geschlafen haben und unsere Männer noch lebten …« Sie lächelte bei der Erinnerung daran selig in die Runde, aber ihre Freundinnen schwiegen.

Bis Brigitte trocken sagte: »Also, seit der olle Meckerpott Otto die Radieschen von unten betrachtet, geht's mir deutlich besser …«

»Mir auch, ohne Willys Geschnarche«, gestand Elisabeth grinsend.

»Und seit Fritz unter der Erde ist, kann ich endlich den ganzen Tag *Rolling Stones* hören, statt ewig seine blöden *Puhdys*«, erklärte Bertha und verdrehte die Augen.

Daraufhin lachten die vier alten Damen lauthals.

»Stimmt«, prustete Margret. »Im Club der glücklichen Witwen hab ich deutlich mehr zu lachen als damals mit Herbert und seinen Schweißfüßen.«

Sie gackerten wieder, und Kim lachte mit ihnen. Das tat gut, nachdem sie den Nachmittag über Frust geschoben hatte. Hier, zwischen diesen gestandenen, selbstbewussten alten Frauen, die ohne ihre Ehemänner sehr viel Spaß miteinander hatten, fühlte sie sich ausgesprochen wohl. Vielleicht war es doch nicht so erstrebenswert, sich lebenslang an irgendeinen Kerl zu binden, nur um nicht allein zu sein, überlegte sie und steckte sich eine Geleebanane in den Mund.

»Darauf trinken wir!« Brigitte hatte nachgeschenkt. »Auf die Männer …«

Ihre Freundinnen sahen sie irritiert an, bis sie fortfuhr: »Mögen sie in Frieden ruhen und uns nicht weiter stören!«

»Jawoll!«

»So sieht's aus!«

»Hoch die Tassen!«

»Prost!«, stimmte Kim fröhlich ein und kippte ihren Eierlikör auf ex.

Gut gelaunt sortierte schließlich jede ihren Kartenfächer und konzentrierte sich aufs Spiel. Nach der ersten

Runde, die Kim unter großem Hallo gewann, wurde nachgeschenkt.

»Sagt mal, aber was machen wir denn jetzt gegen diese Spekulanten?«, fragte Elisabeth besorgt.

»Wir müssen den Großkapitalisten mit geballter Camper-Power das Handwerk legen«, forderte Brigitte und reckte kämpferisch ihre Profi-Handballerinnenfaust in die Luft.

»Ja, aber wie?«, fragte Margret verzagt.

»Hm ...«, machte Bertha und dachte nach. »Zuerst müssen wir mal alle informieren.«

»Aber unauffällig. Ebi darf davon nichts mitkriegen. Der ist schließlich im Gemeinderat«, erinnerte Brigitte. »Da musst du den Mund halten.« Sie sah Kim streng an.

»Okay, okay, ich sag nichts«, stimmte sie schweren Herzens zu.

»Und dann müssen wir ein Plenum organisieren, wo wir unsere Möglichkeiten diskutieren können«, überlegte Bertha.

»Dafür brauchen wir Platz. Das sind doch bestimmt fünfzig Stellplätze für Dauercamper hier. Pro Wohnwagen zwei bis vier Leute. Das sind ...« Elisabeth grübelte.

»Rund hundertfünfzig Menschen«, beendete Kim den Satz und warf zweifelnd ein: »Wo sollen wir uns denn mit so einer großen Truppe unauffällig treffen?«

»Vielleicht müssen wir nicht alle einweihen. Für die Planung unseres Kampfes brauchen wir ja erst mal nur den harten Kern. Die, die es ernst meinen mit dem Verein. Also alle, die schon seit der Gründung hier sind. Und dann noch die paar Neuen, die wir gut kennen. Ich schätze, dann sind wir so zwanzig, dreißig Personen«, überschlug Margret.

»Sehr gut«, stimmte Brigitte zu. »Erst mal bilden wir nur eine strategische Kernzelle, die den großen Plan ausarbeitet. Für Protestmärsche und weitere Aktionen mobilisieren wir dann später die Massen und bekämpfen die Kapitalisten!« Sie holte tief Luft und proklamierte: »*Eure Ordnung ist auf Sand gebaut. Die Revolution wird sich morgen schon rasselnd wieder in die Höhe richten und zu eurem Schrecken mit Posaunenklang verkünden: Ich war, ich bin, ich werde sein!*« Ihre Augen leuchteten, und sie klang plötzlich wie Rosa Luxemburg, die sie da zitierte, und schob nach: »Und zwar hier, auf diesem Campingplatz!«

»Langsam, Brigitte«, beschwichtigte Elisabeth sie. »Vielleicht finden wir ja eine friedliche Lösung.«

Brigitte wollte protestieren, doch Kim kam ihr zuvor. »Also, zwanzig Leute passen locker in den Imbiss, und wenn wir die Tische rausstellen, bestimmt noch ein paar mehr«, überlegte sie laut. »Wir machen einfach eine geschlossene Gesellschaft. Nach zwanzig Uhr, wenn der Laden eh geschlossen ist. Dann dürfen Fremde, und vor allem die Spekulanten, an dem Abend nicht rein!« Sie klang grimmig entschlossen.

»Perfekt!«, stimmte Brigitte zu. »Dann lass uns das gleich für nächsten Freitag planen, wenn die meisten Dauercamper da sind. Und ab morgen schwärmen wir aus und informieren alle, die wir dabeihaben wollen.«

»Ich mach eine Liste«, bot sich Margret an. »Auch von denen, die wir anrufen müssen, weil sie in der Woche nicht da sind.«

»Gute Idee, Grete«, lobte Brigitte, hob ihr nachgefülltes Glas, und alle stießen in der Tischmitte miteinander auf den Plan an.

»Ich bin euch so dankbar«, sagte Kim mit wackliger Stimme. Es ging ihr hörbar nahe, dass es nun wenigstens einen kleinen Hoffnungsschimmer gab.

»Nicht sentimental werden, Kind!«, ermahnte Brigitte sie. »Wir schaffen das schon, wenn wir zusammenhalten. Schließlich geht es um unser aller Zukunft.«

»Genau, Bange machen gilt nicht!«, stimmte Elisabeth zu.

»Aber jetzt wird wieder gespielt!«, forderte Bertha rigoros. »Zweite Runde – ich will diesmal gewinnen! Los, teil aus, Elisabeth. Aber nicht wieder so ein Luschenblatt wie letztes Mal. Hast du auch anständig gemischt?«

»Natürlich«, erwiderte ihre Freundin entrüstet. »Wie immer!« Sie warf locker jeder Mitspielerin ihre abgezählten Karten zu und deckte als erste Spielkarte eine Herz-Sieben neben dem restlichen Stapel auf. »Zwei ziehen, Bertha«, murmelte sie und versteckte sich kichernd hinter ihrem Kartenfächer.

4

Dienstag

»Herr Hoffmann!«, rief Kirsten Faber in Richtung Nebenzimmer. Als ihr Sekretär nicht sofort antwortete, brüllte sie noch mal lauter: »Herr Hoffmann!«

Gehetzt erschien sein Kopf im Türspalt. »Ja, Frau Faber?«

»Was ist das hier für ein Mist?!«

Vorsichtig betrat er ihr großes Bürgermeisterinnenbüro und machte ein paar zögerliche Schritte auf den überdimensionalen Schreibtisch mit den geschnitzten, goldenen Löwenköpfen an allen vier Ecken zu. Dahinter thronte seine Chefin auf einem wuchtigen, ledergepolsterten Stuhl und starrte angespannt auf die Papiere, die vor ihr lagen.

»Worum geht's denn?«, fragte Kevin Hoffmann unsicher.

»Na, um den Bauantrag Tönnissen, den Sie bearbeitet und weitergeschickt hatten!«

»Und den ich wieder zurückgeholt hatte, wie Sie befohlen ... äh ... worum Sie gebeten hatten.« Er knetete nervös seine Hände und trat von einem Fuß auf den anderen.

»Zu Ihrem Glück!«, fauchte sie und sah ihn wütend an. »Da hätten Sie sonst mächtig Ärger gekriegt.«

Mit einer ungeduldigen Handbewegung winkte sie ihn hinter den Schreibtisch an ihre Seite und tippte mit dem Zeigefinger auf eine bestimmte Stelle auf der ausgebreiteten Flurkarte, auf der die Grundstücke von Seelinchen verzeichnet waren.

Die Karte sah auf den ersten Blick aus wie ein wirrer Flickenteppich oder ein Schnittmuster. Die meisten Grundstücke entlang des Waldsees setzten sich aus mehreren, unterschiedlich großen Flächen zusammen. Kleine Flurstücke, markiert mit bunten Strichen, die im Laufe der Zeit verschiedene Eigentümer und Erben gehabt hatten, waren nach und nach von neuen Bauherren zu großzügigeren Anwesen zusammengekauft worden. So bestand auch das sechstausend Quadratmeter große Areal, auf dem das *Campingparadies am Waldsee* lag, aus einzelnen Parzellen, auf denen ursprünglich der Wald einer adligen Familie gestanden hatte. Der Name *Graf von Schreckendorf* war in winziger, altdeutscher Schrift quer über die Grundstücke gekritzelt und später rot durchgestrichen worden.

Im Zuge der Bodenreform in den 1950ern lautete die Parole der DDR: »Junkerland in Bauernhand«, und so waren nach dem Krieg auch die Waldgrundstücke der unliebsamen Großgrundbesitzer enteignet und dem Staat übereignet worden, woraufhin die Gemeinde Seelinchen schließlich, vor über fünfzig Jahren, dort den Campingplatz angelegt hatte. Und weil das Dorf zu dem Landkreis gehörte, in dessen Kreisstadt Bürgermeisterin Faber das Zepter schwang, war es nun an ihr, lukrativere Projekte für das Gelände auszuhecken. Nach dem kurzerhand von ihr abgesagten Hotelneubau von Investor Tönnissen waren das die schicken Terrassenhäuser, die ihr neuer Freund Dieter Zach dort errichten wollte. Doch dummerweise hatte Kirsten Faber gerade ein äußerst ärgerliches Hindernis entdeckt, das all ihre schönen Pläne zunichtezumachen drohte …

Sie fuhr ihren Sekretär, der sich noch immer verständnislos über die Karte beugte, mit ungehalten gerunzelter Stirn von der Seite an: »Haben Sie sich den Katasterplan im Grundbuchamt und das Grundstück selbst überhaupt mal angesehen, bevor Sie den Bauantrag befürwortet und ans Bauordnungsamt geschickt haben?«

»Nun … Ja … Schon … Auf dem Papier. *Sie* waren doch neulich da mit dem Typen aus Frankfurt vor Ort auf diesem Campingplatz. Ich dachte …«, stammelte Kevin Hoffmann und begann zu schwitzen.

»So, der feine Herr *dachte* also«, höhnte sie. »Und was ist dann das da?«, zischte Kirsten Faber zwischen zusammengebissenen Zähnen.

Der Sekretär versuchte angestrengt zu erkennen, worauf sie so hartnäckig geräuschvoll mit ihrem spitzen, roten Fingernagel hämmerte. Da war doch nur der schmale Streifen Strand vom Campingplatz …

* * *

Gleich nach ihrem obligatorischen Mittagsschlaf hatte sich Brigitte Fehrer aufgemacht, ihre Nachbarn über die neuesten Pläne zu informieren.

»Dann kann ich mich auf Sie und Jeanine verlassen?«, fragte Brigitte Fehrer, als sie den bunten VW-Bulli unter dem schattigen Jurtendach verließ.

»Natürlich«, versicherte Thorsten Nielsen, der hinter ihr aus der niedrigen Schiebetür ins Freie krabbelte. »Jeany hat diese Woche noch ihre Yoga-Klassen in Berlin, kommt aber Freitag wieder. Wir sind auf jeden Fall dabei. Soll ich die Gitarre mitbringen und *Bella ciao*, das alte Kampflied der Partisanen, spielen?«, fragte er voller Tatendrang.

»Eine großartige Idee«, stimmte Brigitte erfreut zu. »Musik motiviert und stärkt den Kampfgeist!« Sie lächelte ihm zu. »Und noch mal danke für dieses hübsche Ding.« Sie hielt die Bastelarbeit mit den bunten Federn und

Perlen hoch. »Darunter werde ich sicher schlafen wie ein Baby.«

»Hab ich gern gemacht, Jeany hat mir ja gesagt, dass dir ihr Traumfänger so gefallen hat.« Er deutete auf das geflochtene, runde Netz mit Federn, das im sanften Wind vor dem Zelteingang baumelte.

»Grüßen Sie sie von mir. Ich muss dann mal weiter, die anderen alarmieren. Aber nicht alle ...« Mit hochgezogenen Augenbrauen nickte sie seitlich Richtung Ligusterhecke, hinter der sie die Müllers beim Lauschen vermutete. »Schön den Mund halten bis Freitagabend!« Sie tippte ihren Zeigefinger beschwörend an die Lippen, zwinkerte Thorsten Nielsen zu und marschierte los.

Nach wenigen Schritten legte sie die Hände seitlich an den Mund und rief im Vorübergehen einer Gruppe Jugendlicher zu, die gerade dabei war, ihre bunten Igluzelte direkt vor den Grundstücken der Dauercamper aufzubauen: »Da könnt ihr die Leinen mit den Heringen aber nicht spannen, sonst stolpert man ja drüber. Schiebt den ganzen Kladderadatsch mal lieber ein paar Meter da runter auf die Wiese.«

Sie zeigte Richtung See. »Da isses doch auch viel schöner, und ihr habt eure Ruhe.« Zu sich selbst ergänzte sie leise: »Und wir auch ...«

Während sie weiterging, behielt sie die Gruppe im Auge, die ohne Murren ihre Zelte weiter weg von den Stellplätzen aufbaute. Und schon hatte sie sich am Grundstück der Müllers vorbeigemogelt.

»Danke, Brigitte, dass du da ein Machtwort gesprochen hast!«, rief ihr eine weibliche Stimme vom nächsten Stellplatz direkt neben den Müllers zu. »Ich hatte mir schon Sorgen gemacht, dass die da vor unserem Wohnwagen nachts laut diese schreckliche Technomusik spielen.«

Brigitte drehte sich verblüfft um. »Frauke?! Das ist ja eine Überraschung. Du hier? Mitten in der Woche?« Sie trat zu Frauke Wagner, die mit einem Staubtuch in der Hand an ihrem Vorzelt stand. Über den Campingstühlen hingen die Bettdecken zum Auslüften.

»Ja, ich hab mich heute spontan entschlossen, mit Severin ein paar Tage hier ein bisschen Urlaub zu machen. Er hat Ferien, und das Wetter ist ja recht sommerlich.« Sie hielt kurz inne und schnaubte dann entrüstet: »Und mein Ex ist gestern nach Mallorca.«

»Und da hat er seinen Sohn nicht mitgenommen?«, fragte Brigitte neugierig und trat näher.

Frauke Wagner verschränkte die Arme vor ihrem großen Busen. »Nein!«

»Und warum nicht?«

»Severin hat sich geweigert.«

»Ach so …«

»Mit Recht! Mein Ex hat seine neue Ische mitgenommen. Wie kann dieser Unmensch einfach mit der verreisen, statt die Hälfte der Ferien mit seinem eigen Fleisch und Blut zu verbringen? Wie es das Gericht entschieden hat.«

»Hm, wahrscheinlich wollte er auf Malle mit seinem Sohn *und* der Neuen Urlaub machen …?«, spekulierte Brigitte. Die Hintergründe des Streits zwischen dem Ex-Ehepaar Wagner interessierten sie brennend.

Seit drei Jahren schwelte dieser verbissene Schlagabtausch zwischen den beiden nun schon. Dass sie sich den Stellplatz mit dem Wohnwagen noch immer teilten, machte die Sache nicht besser. Der gemeinsame zwölfjährige Sohn Severin tat Brigitte Fehrer leid.

Frauke Wagner schnaubte entrüstet. »Ja, das war sein hinterhältiger Plan. Ist das nicht eine unglaubliche Frechheit? Wie kommt dieser Mistkerl dazu, mit dieser Schickse Familie zu spielen – mit *meinem* Sohn? Da hab ich natürlich gleich einen Riegel vorgeschoben und Severin erklärt, dass das nicht in Frage kommt.«

»Aber Severin und die Neue mögen sich ja eigentlich. Da musst du dir doch keine Sorgen machen. Diese junge Sylvie geht ganz prima mit ihm um. Als die neulich zusammen hier waren …«

Frauke Wagner riss ungläubig die Augen auf. »Was?! Mirco hat die Schlampe mit hierhergeschleppt? In *unseren* Wohnwagen? Das ist gegen die Regeln! Wann?«

»Irgendwann im Juni«, murmelte Brigitte Fehrer und ahnte, dass sie das nicht hätte ausplaudern sollen. Aber schließlich hatte es ihr auch niemand verboten.

»Das ist ja …« Frauke schnappte nach Luft. »Also, das ist ja … eine bodenlose Frechheit! Der Kerl kann froh sein, dass der weit weg auf dieser Insel hockt, sonst hätte ich dem …«, fluchte sie wutschnaubend weiter.

»Wo ist der Severin denn jetzt?«, unterbrach Brigitte die drohende Tirade, die in den immer gleichen Vorwürfen und Beschimpfungen mündete. Und die kannte sie, im Gegensatz zu den Hintergründen für den neuerlichen Streit, bereits auswendig. Auf dieses Lamento über den betrügerischen Ex-Gatten hatte sie mal gar keine Lust.

Die Ablenkung schien zu funktionieren, denn neben der Causa »der Schuft Mirco und seine Geliebte« war der vergötterte Sohn Severin Frauke Wagners absolutes Lieblingsthema.

»Mein kleiner Schatz ist drinnen«, antwortete sie. »Der daddelt bestimmt auf dem Smartphone rum, das sein Vater ihm, bestimmt aus schlechtem Gewissen, gestern geschenkt hat«, schnaubte sie.

»Der soll mal lieber rüber zu den Jungs von Katja gehen. Tarek und Karim hecken doch immer was Lustiges aus«, schlug Brigitte Fehrer schnell vor, bevor die andere wieder das Thema wechselte. »Als die drei klein waren, haben die doch immer so schön miteinander gespielt. Nur allein im Wohnwagen zu hocken ist doch nix für so einen Jungen. Und dann noch bei dem herrlichen Wetter. Da sollte er die Sonne noch ausnutzen. Morgen soll's ja Gewitter geben.«

»Zu viel Sonne schadet seiner empfindlichen Haut.«

»Hm ... Sollte ja eigentlich heute schon regnen. Da hat sich der Wetterfrosch scheinbar geirrt. Aber da kommt noch was – ich spür's in meinen Knochen.« Als Frauke nicht darauf reagierte, versuchte Brigitte es noch mal. »Vielleicht kann dein Sohn mit den Jungs ein bisschen Beachvolleyball im Schatten unter den Bäumen spielen.«

»Severin mag keine Ballspiele.«

»Oder schwimmen gehen?«

»Das Wasser ist zu kalt.«

»Oder sie gehen zusammen ein Eis essen bei Kim«, ließ Brigitte nicht locker.

»Severin isst nur laktosefreies Eis, und das gibt's hier ja nicht«, erklärte seine Mutter schulterzuckend und fügte mit skeptisch heruntergezogenen Mundwinkeln hinzu: »Außerdem sind mir die beiden Türkenjungen doch ein bisschen zu wild. Mein Severin ist ja sehr sensibel ...«

»Ach, findest du? Ich finde Katjas Söhne sehr höflich und clever«, erwiderte Brigitte Fehrer und verbarg ihren Ärger über derartigen Bemerkungen nicht. »Tarek ist doch so alt wie Severin. Die müssten doch wunderbar zusammen spielen können.«

»Na ja ... Intellektuell liegen da doch Welten zwischen den Rabauken und meinem Sohn ...«

»Dass Tarek nach den Ferien in Steglitz auf das gleiche Gymnasium geht wie sein älterer Bruder, weißt du?«

»Ach ...«, machte Frauke Wagner überrascht. Der spitze Unterton ihrer offensichtlich verärgerten Gesprächspartnerin war ihr nicht entgangen. Mit Nachdruck erwiderte sie: »Also, unser Severin ist ja musisch sehr begabt. Deshalb geht er auf die Waldorfschule bei uns in Mitte. In seinem Zeugnis stand: *Er kann schon einen geraden Faden spinnen ...*«

»Ach guck ...«

»Ja, und er tanzt sehr schön seinen Namen.«

»Na, dann ist ja alles gut«, meinte Brigitte, nickte und versuchte, ernst zu bleiben.

»Das ist Eurythmie!« Frauke Wagner hob die Arme nach vorne und machte eine Art Kniebeuge mit rausgestrecktem Hinterteil. »Das ist das ›S‹ und ...« Sie stand wieder aufrecht und streckte beide Arme schwungvoll nach rechts aus. »Ach, nee ... Warte ... Das war das ›F‹. Das ›E‹ geht so ...«

Brigitte konnte sich angesichts der nun folgenden Verrenkungen das Grinsen nicht mehr verkneifen und wandte sich schnell zum Gehen.

»Sehr interessant, dieses Euryth-Dings, Frauke, aber ich muss dann jetzt mal wieder. Schönen Tag noch.«

Frauke Wagner erschien ihr nicht sonderlich hilfreich bei der Planung einer Camper-Revolution. Es würde reichen, wenn sie später zu den Protesten dazustoßen würde.

Als Nächste standen die Büchles aus Prenzlauer Berg auf Brigittes Liste. Hoffentlich waren die ein bisschen pragmatischer. Immerhin hatten die damals gegen *Stuttgart 21* protestiert, überlegte sie. Die würden sich bestimmt dafür starkmachen, dass Hektor und Andromache hier eine Zukunft hatten.

Brigitte Fehrer machte sich auf zu dem vom See weitab gelegenen Stellplatz, den die Büchles vor ein paar Jahren übernommen hatten, als Andromache noch ein Kleinkind war. Inzwischen war Baby Hektor dazugekommen. Auf ihrem Grundstück erinnerte kaum noch etwas an dessen DDR-Vergangenheit. Vater Alexander, Beamter im gehobenen Dienst, hatte hier seine handwerkliche Ader endlich voll ausleben können und den angejahrten Wohnwagen rundherum mit rustikalen Holzpanelen verkleidet. Seitdem erinnerte der aufgebockte Camper ein bisschen an eine lauschige Wanderhütte auf der Schwäbischen Alb. Sein Versuch, eigenen Ökostrom mit einer Solaranlage auf dem Dach zu erzeugen, war leider gescheitert. Schuld waren die zahlreichen Kienäpfel, die bei starkem Wind wie schwere Geschosse von den hohen Kiefern zu Boden donnerten und das feine Glas an mehreren Stellen zerschlagen hatten. Stattdessen drehte sich jetzt ein kleines Windrad an einer hohen Stange im Vorgarten, das jedoch nur Strom für eine Lampe erzeugte. Der gute Wille zähle, hatte Alexander Büchle seiner enttäuschten Frau erklärt.

»Ach, ihr sitzt jetzt noch beim Essen?«, fragte Brigitte Fehrer verblüfft, als sie Ulrike Büchle mit ihrem Sohn Hektor unter dem großen Zeltvordach antraf. »Ist doch schon nach zwei.«

»Hallo Frau Fehrer, setze Se sich doch dazu«, lud Ulrike sie herzlich ein. »Es isch noch e Tofuschnitzele übrig. Kommet Se.« Sie sprang auf und rückte der alten Frau einen Campingstuhl zurecht.

»Danke, ick hab schon um zwölwe gegessen – Kotelett mit grünen Bohnen. Aber lasst Euch nicht stören. Geht auch ganz schnell.« Damit ließ sie sich entspannt auf dem Stuhl nieder.

Ulrike Büchle hatte Hektor jetzt auf dem Schoß und

versuchte erfolglos, ihren Sohn zu füttern. Der Kleine quengelte und wandte immer wieder den Mund ab, wenn sie sich mit dem Löffel näherte. »Ei nu sei doch bitte lieb, mei Herzele. Des isch ebbes Guts. Die Möhrchen sind bio, mei Schätzele.«

Doch Hektor verschmähte die gesunde Nahrung.

Brigitte verfolgte eine Weile das Schauspiel und fragte dann: »Vielleicht mag er lieber Kotelett?«

»Nein, Hektor und ich ernähren uns vegan«, erklärte Ulrike Büchle lächelnd.

»Ach so … Und Ihr Mann nicht?«, fragte die alte Frau interessiert.

»Ach, der Alex braucht da noch e bissel. Im Moment isch er noch Vegetarier, wie Andromache. Die beiden sind unten am Schtrand an der Grillstelle und braten sich ihre Forelle. Vom Fischer nebenan. Ganz frisch aus dem See, ohne lange Lieferkette, hat der Alex gesagt.«

»Aus dem Waldsee? Da wo die ganzen Kinder reinpullern?«, fragte Brigitte und verzog das Gesicht.

Nach kurzem Überlegen schob die Rentnerin nach: »Also, ich mag ja gerne Fischstäbchen.«

»Ah ja … Na, bis auf den Fisch kommet bei uns ja praktisch gar keine toten Tiere mehr auf den Tisch.« Ulrike Büchle seufzte. »Oder nur ganz selten. Und wenn, dann wenigstens nur glückliche Tiere. Nicht aus diesen schrecklichen Fleischfabriken.«

»Ich sag ja immer: Hauptsache es schmeckt!«, schloss Brigitte das Thema Essen pragmatisch ab, zwinkerte dem kleinen Hektor zu, der endlich sein Tofu aß, und wechselte zu dem Thema, das ihr eigentlich am Herzen lag.

»Also, was ich dringend mit Ihnen besprechen wollte … Es geht um unser *Campingparadies* …«

* * *

»Mensch, dit sieht ja aus wie uff'm Golfplatz bei Ihnen!«, stieß Dieter Zach voller Bewunderung aus. »Wie ham Se dit denn hinjekriecht, hier unter die Bäume?«

Er stand mit in die Hüfte gestützten Fäusten in seinen ausgebeulten Shorts breitbeinig vor dem kleinen Grundstück, wo Ulli Reimann gerade den makellos grünen Rasen vor seinem Wohnwagen ausgiebig wässerte.

Geschmeichelt drehte der Dauercamper die Düse des Wasserschlauchs ab und wandte sich dem fremden Mann zu.

»Das klappt hier nur mit unermüdlicher Pflege.« Er deutete auf die Böschung hinter der kniehohen, akkurat gestutzten Buchsbaumhecke, die seinen Stellplatz begrenzte und auf der sein Gegenüber stand. »Sehen Sie den Unterschied?«

Dieter Zach sah auf seine Füße. »Ja, hier isses auch grün, aber eben mehr so robuste, wilde Wiese. Ihr Rasen dagegen …« Er stieß einen bewundernden Pfiff aus.

»Die Mischung macht's«, erklärte Ulli Reimann fachmännisch, kniete sich hin und strich mit der Hand liebevoll über die zarten Halme. »Das ist der *Green Number One*. Spezielle Golfrasen-Sorte. Lass ich mir aus England schicken. Kostet leider mehr als doppelt so viel wie der ordinäre Rasensamen aus dem Baumarkt, aber die Qualität ist natürlich auch eine ganz andere.« Er nickte stolz.

»Doll!« Dieter Zach ließ seinen Blick über das Grundstück streichen – und entdeckte etwas. Er beugte sich ein Stückchen vor, kniff die Augen zusammen und zeigte auf eine Stelle zu Füßen der Flamingo-Metallskulptur. »Aber die ollen Gänseblümchen kommen hier trotzdem immer wieder durch, wa? Sieht aus, als wenn der komische Vogel da die Blume fressen will.« Er lachte gemütlich.

»Was? Wo?« Ulli Reimann folgte schockiert dem Blick seines Gesprächspartners und entdeckte das winzige, weiße Blümchen, das sich im satten Grün versteckte. Mit zwei hektischen Schritten war er an dem Schandfleck und rupfte die Blüte ab.

»Monika!«, rief er laut, mit Panik in der Stimme. »Schnell! Komm!«

Einen Moment später flog die Tür des Wohnwagens auf, und Monika Reimann erschien im Bikini, mit Lockenwicklern auf dem Kopf, im Türrahmen.

»Was ist denn los? Ich mach mir gerade die Haare. Das passt jetzt überhaupt nicht, Ulrich«, stöhnte sie genervt.

»Bring mir sofort den Unkrautausstecher! Los, beeil dich!«

Doch seine Gattin reagierte nicht. Sie stand wie angewurzelt da und starrte den Mann vor ihrem Grundstück an, der ihr bewundernd zuzwinkerte.

»Hallo Monika …« Dieter Zach winkte ihr erfreut zu und betrachtete ihre Bikinifigur eingehend. »Holla …!«

»Dieter …« Geschmeichelt warf sie ihm ein Lächeln zu, griff sich in die Haare und bemerkte, dass ihr Kopf voller bunter Lockenwickler war. Peinlich berührt verschwand sie wortlos wieder nach drinnen und knallte die Tür zu.

»Monika …?«, rief Ulli Reimann ihr irritiert hinterher und sah dann fragend Dieter Zach an. »Sie kennen meine Frau?«

Er klang etwas misstrauisch.

»Kennen ist zu viel gesagt. Ich wollte mir neulich Ihren Kahn leihen, aber leider hatte die fesche Monika was dagegen.« Er lachte dröhnend auf. »Na, dann will ich Sie mal nicht länger stören. Ich muss mich hier noch ein bisschen umsehen.«

Dieter Zach tippte mit zwei Fingern an sein Basecap mit dem blau-weißen Hertha-Emblem. Mit einem entspannten »Man sieht sich« marschierte er los und hörte hinter sich Ulli Reimann ungehalten rufen: »Monika! Der Unkrautstecher!«

Auf der Besichtigungsrunde über seinen zukünftigen Grundbesitz begutachtete Dieter Zach auch die anderen Stellplätze, mit den größtenteils sehr alten, großen und oftmals recht marode wirkenden Wohnwagen. Es gefiel ihm, wie jeder Dauercamper es sich auf seinem winzigen Areal auf seine Art gemütlich gemacht hatte. Überall war noch etwas angebaut, ein großzügiger Zeltvorbau mit Tisch und Stühlen oder ein kleiner, augenscheinlich selbstgezimmerter Schuppen. Über einigen der fest stehenden Campingwagen schwebten schützende Plastikplanen, die wohl Regen, Schnee und vor allem die Kienäpfel abfedern sollten. Obwohl reichlich angejahrt, wirkten die meisten Feriendomizile mit ihren akribisch und liebevoll gepflegten Vorgärten heimelig.

Wenn er die entspannten Urlauber betrachtete, die es sich auf Sesseln und Liegestühlen im Schatten der hohen Bäume nett gemacht hatten, überkam Dieter Zach geradezu ein Gefühl von Sehnsucht. Er beneidete diese Camper, zumeist in seinem Alter, die scheinbar völlig stressfrei ihr Leben genossen. Ihr Anblick brachte ihn ins Grübeln, und er fragte sich, weshalb er selbst, obwohl längst im Rentenalter, sich eigentlich immer noch dermaßen abstrampelte, ständig auf der Suche nach neuen Optionen. Aber ganz ohne eine wichtige Aufgabe und dann noch allein in so einem Wohnwagen rumhocken? Wäre das eine Alternative? Nein, das war nichts für einen wie ihn.

Vielleicht lieber eine schicke Wohnung in seinen geplanten Terrassenhäusern, die er vor seinem geistigen Auge hier schon stehen sah.

Er marschierte weiter zu der Campinggaststätte, von deren Betreiberin ihm sein Sohn Jonas vorgeschwärmt hatte. Doch hinterm Tresen stand nur der mürrische Platzwart. Also verschob er das geplante Bierchen auf später und ging runter zum Strand, bis an die äußere Grundstücksgrenze des Campingplatzes, wo die kleine Fischerei mit Bootsverleih angrenzte.

Das recht verwahrloste Nachbargrundstück dort drüben sollte man gleich mitkaufen, überlegte der Baulöwe gerade, als ihm der unverwechselbare Geruch nach Grillkohle in die Nase stieg. Er bekam Appetit und trat neugierig hinter den Sichtschutz aus Schilfmatten, wo er drei gemauerte Grillplätze für die Camper entdeckte.

Vor einem der schwarzen Metallroste bückte sich ein jüngerer Mann und blies zaghaft in die Glut. Neben ihm hüpfte ein blondes Mädchen auf und ab und versuchte, auch zu pusten.

»Hauen Se da mal ordentlich Brennspiritus rein. Denn klappt dit«, riet Dieter Zach ungefragt.

Der Mann richtete sich auf und erwiderte mit gerunzelter Stirn entrüstet: »Ja om Hemmls Willa! Des isch doch pures Gift!«

»Funktioniert aber super auf Holzkohle.«

»Wir nehma Briketts aus gepresste Kokosnussschale«, erklärte der Griller und pustete wieder.

»Das ist nachhaltiger als Holzkohle«, ergänzte das Mädchen altklug und zog dabei ihre winzigen, blonden Augenbrauen kritisch zusammen.

Dann drehte sie eine Strähne ihres Haars und betrachtete den Neuankömmling interessiert. »Willst du auch grillen?«

»Nee, ick kiek mir hier nur allet an«, erwiderte Dieter Zach.

»Warum?«

»Diese Ecke kannte ick noch nich.« Er wollte sich wieder abwenden, doch die Kleine war noch nicht fertig.

»Warum nicht?«

»Weil mein Wohnmobil uff der ander'n Seite vom Campingplatz steht.«

»Warum?«

»Andromache, nun frag den Herrn doch nicht so aus.« Der jüngere Mann lächelte Dieter Zach um Verständnis bittend an. »Des Mädle isch halt in dem Alter, wo Kinder älles hinterfrage.« Er streckte die Hand aus. »Büchle, mein Name. Alexander Büchle. Und des isch mei Tochter Andromache.«

»Dieter Zach«, stellte der sich vor und sah das Mädchen fragend an. »*Andromache?*«

»Eine Prinzessin aus der griechischen Mythologie«, antwortete sie selbstbewusst und wie aus der Pistole geschossen.

»Du kennst aber schwierige Wörter, Prinzesschen«, meinte Dieter Zach amüsiert.

»Ich bin keine Prinzessin, sondern ein Pirat!«, erklärte die Fünfjährige mit Nachdruck und zeigte auf ihr T-Shirt, auf dem *Captain Hook* als Comiczeichnung diabolisch grinste.

»Oha!«, machte ihr Gesprächspartner beeindruckt.

»Und Hektor ist *Peter Pan*«, ergänzte sie.

»Hektor isch mei Sohn«, warf ihr Vater erklärend ein und tätschelte seiner Tochter stolz die Schulter.

»Der ist aber noch ein Baby!«, krähte sie.

»Und deine Mutter ist Wendy, die euch immer Geschichten erzählt?«, fragte Dieter Zach, der inzwischen Spaß an der frechen Göre hatte, grinsend.

»Nee, die ist Professorin und heißt Ulrike.«

»Ach so«, machte er angemessen beeindruckt.

»Willst du mit uns essen? Es gibt Tofuschnitzel mit selbstgemachten Spätzle und Forelle.« Sie sah ihn erwartungsvoll an.

»Nee, danke. Lass mal. Ick brat mir nachher een schönet Steak inner Pfanne.«

»Bio?«, hakte sie sofort nach.

»Keene Ahnung.« Er zuckte mit den Schultern. »Vom Fleischer.«

»Aber man darf nur Fleisch von glücklichen Tieren essen. Nicht aus Massentierhaltung. Da sind die Tiere nämlich traurig«, erklärte sie ernst.

Dieter Zach schien nachzudenken. »Hm, denn findest du dit also besser, glückliche Tiere zu schlachten und zu essen als unglückliche? Is dit nich viel gemeiner?«

Andromache sah ihn aus ihren großen blauen Augen, die langsam feucht wurden, irritiert an.

Abrupt drehte sie sich zu ihrem Vater um und schluchzte: »Ich ess kein Bio mehr. Nur noch Tiere, die sowieso lieber sterben wollen!« Sie stampfte mit dem Fuß auf.

»Aber Schatz …« Herr Büchle kniete sich vor seine Tochter. »Des Bio isch doch viel g'sünder.«

»Mir egal!« Damit machte sie auf dem Absatz kehrt und rannte davon.

Alexander Büchle richtete sich auf und sah Dieter Zach erbost an.

»Was sollte das denn?«, fragte er ungehalten.

»Tut mir leid, aber ich finde das logisch.« Der Ältere zuckte mit den Schultern.

»Na, vielen Dank! Wenn Ulrike das hört, gibt's ab morgen gar kein Fleisch oder Fisch mehr«, schnaubte Alexander Büchle erregt. »Dann muss *ich* auch noch Veganer werden.« Genervt drehte er sich zum Grill um und pustete seine ganze Wut in die glimmenden Briketts, die endlich Feuer fingen.

»Na bitte, jeht doch …«, brummte Dieter Zach und machte, dass er wegkam.

5

Mittwoch

»Der Weißwein steht im Kühlschrank, die Pasta in der Mikrowelle, und die Polster hab ich draußen auf die Stühle gelegt«, rief Leon seiner Schwester, die im Bad war, zu, als er am Nachmittag das Wohnmobil verließ. Er war froh, ihren Launen und ihrem Schnarchen für eine Nacht zu entkommen. »Ich mach mich dann mal auf den Weg nach Berlin. Bis morgen.«

»Warte!«, schrie Sophia und riss die Tür auf. »Die Antenne muss noch aufs Dach, sonst kann ich nicht fernsehen!«

Er verdrehte die Augen und schnappte sich beim Rausgehen das lange Kabel samt dem fußballgroßen Klotz, der daran hing.

»Und kleb das Ding ordentlich fest da oben«, rief sie ihm nach.

»Natürlich, wie immer«, antwortete Leon so entspannt wie möglich. Er kletterte aufs Dach des Campers, fixierte eilig die Antenne mit mehreren Klebestreifen und rüttelte daran – sie saß bombenfest. Wieder unten, wollte er die Tür, durch die das Kabel nach innen zum Fernseher führte, anlehnen.

»Lass bloß auf, damit hier frische Luft reinkommt«, forderte Sophia, die sich gerade stöhnend in ihren Sessel fallen ließ, das Bein mit dem klobigen Orthopädiestiefel hochlegte und auf Knopfdruck den großen Bildschirm, der sonst hinter der Bank verborgen war, hochfuhr. Praktisch alles in diesem Camper ließ sich mit der Fernbedienung an- und ausschalten, was Sophia super fand, weil sie sich so kaum zu bewegen brauchte. Für den restlichen Komfort sorgte – sofern ihr neuer Verehrer nicht zugegen war – ihr Bruder, der sie nun allerdings hier sitzen ließ, was sie ärgerte. »Es stinkt hier drinnen nach Knoblauch!«, maulte sie.

»Es *duftet* nach der leckeren Soße, die ich für deine Pasta gekocht habe«, korrigierte er genervt. »Und du könntest dich ja auch einfach nach draußen setzen.«

»Das ist mir viel zu schwül heute. Ich mach lieber die Aircondition hier drinnen an und guck meine Serie weiter.«

»Wie du meinst … Ich muss jetzt wirklich los. Ich hab einen Termin mit dem Koch. Bin schon viel zu spät dran.«

»*Ich* halte dich doch nicht auf«, entgegnete seine Schwester entrüstet.

»Na, denn …«

»Ja, lass mich ruhig allein hier mit meinem kaputten Fuß zwischen diesen ganzen Ostlern.« Ihre Stimme triefte vor Selbstmitleid. Eigentlich hatte Sophia geplant, die sturmfreie Bude – ohne ihren lästigen kleinen Bruder – für ein Schäferstündchen mit Dieter Zach zu nutzen. Sie hatte gehofft, dass ihr Nachbar sie besuchen würde. Doch der treulose Geselle war verschwunden.

»Du weißt doch, dass ich zwischendurch ein paar Sachen fürs Restaurant erledigen muss. Morgen Nachmittag bin ich ja schon wieder da. Und morgen früh bringen dir die beiden Jungs von nebenan Brötchen mit. Hab ich mit ihnen abgesprochen.«

»Die Türkenjungs?«, fragte sie entgeistert. »Die kommen hier zu mir?«

»Sie heißen Tarek und Karim und sind sehr nette Kerlchen. Die Brötchentüte legen sie dir draußen auf den Tisch, damit du ausschlafen kannst.«

»Aha ... Na gut ...«

»Also dann ...«, verabschiedete er sich endgültig, ging ans Heck des Wohnmobils und öffnete den großen Stauraum.

Darin stand Leons geliebte alte *Moto Guzzi*. Er schob das Motorrad raus, zog Lederjacke und Handschuhe an, setzte Helm und Sonnenbrille auf und startete die Maschine. Das kräftige Blubbern und Brummen beim Anlassen des Motors war Musik in seinen Ohren. Er spürte die Vibration tief im Bauch und freute sich auf den Fahrtwind, der seinen Kopf hoffentlich gleich freipusten würde. Endlich eine Ruhepause von seiner nervigen Schwester – und den zermürbenden Gedanken an Kim.

»Boah! Was für ein Sound!«, flüsterte Karim hinter der Hecke beeindruckt.

»Das ist mindestens eine *Harley*«, behauptete Tarek.

Die Jungs hatten am späten Nachmittag wieder ihren Beobachtungsposten bezogen, um die Wohnmobilbewohner, die ihr *Campingparadies* zerstören wollten, im Auge zu behalten.

»Und was, wenn er zu den *Hells Angels* gehört?« Tarek sah seinen großen Bruder mit ängstlich aufgerissenen Augen an.

»Ach, Quatsch. Der hat ja nicht mal ein Tattoo.«

»Okay, und was machen wir jetzt? Sollen wir so lange warten, bis die Goldtussi rauskommt?«

»Kommt ihr jetzt endlich wieder mit ins Wasser?«, rief ihre Cousine Jala, die gerade mit einer kalten

Flasche Eistee aus dem Wohnwagen hinter ihnen kam.

»Okay«, antwortete Tarek und stand auf. »Aber lass uns lieber bisschen rumschippern. Papa hat doch heute Morgen das Boot aufgepumpt.«

»Au ja!«, stimmte Jala freudig zu.

Gemeinsam mit ihren Cousins schleppte die Siebenjährige das prall aufgeblasene, orange-grüne Gummiboot runter zum Strand, wo es sich die Großfamilie auf Liegestühlen gemütlich gemacht hatte. Jalas kleiner Bruder Matayo ließ sofort den Eimer, mit dem er im feuchten Sand eine Burg baute, fallen und rannte seiner Schwester entgegen.

»Ich will auch mit!«, verkündete er angesichts des Boots begeistert.

»Aber du kannst doch noch gar nicht richtig schwimmen, mein Schatz«, bremste ihn seine Mutter Amandla. »Das ist zu gefährlich. Komm, ich geh mit dir im flachen Wasser planschen.« Sie stand auf und nahm den sich sträubenden Jungen an die Hand.

»Aber ich will Boot fahren!«, jammerte er, als seine beiden Cousins das große Paddelboot zu Wasser ließen.

»Wenn du dein Seepferdchen hast, darfst du mit«, versicherte seine Schwester großzügig und hüpfte ins Boot. Tarek und Karim reichten ihr die Paddel, schubsten sie an und sprangen hinterher.

»Aber nicht so weit raus! Es ist schon spät. Und setz dich hin, Dschalla!«, rief Oma Sybille ihnen besorgt nach, als die Jungs eifrig lospaddelten, während das Mädchen vorne im Bug auf und ab hüpfte und mit ausgestrecktem Arm die Richtung vorgab.

»Sie heißt Jala«, korrigierte Amandla mal wieder, nachsichtig lächelnd.

»Ich weiß doch«, antwortete ihre Schwiegermutter lachend. »Aber bis ich ihren Namen richtig ausgesprochen habe, sind die drei Seefahrer schon auf und davon.«

»Auch wieder wahr.« Mit ihrem zappelnden Sohn an der Hand ging Amandla Richtung Wasser und rief ihrerseits dem sich schnell vom Ufer entfernenden Boot laut hinterher: »Bitte bleibt in dem Bereich, wo wir euch sehen können!« Sie beschrieb einen Halbkreis mit dem Arm, ahnte jedoch, dass sie sie nicht mehr hörten.

Murat und Katja beobachteten ihre paddelnden Söhne entspannt.

»Keine Sorge, Tarek und Karim sind schon vorsichtig, wenn sie mit ihrer kleinen Cousine unterwegs sind«, meinte Murat.

»Ich hoffe …«, murmelte Jalas Vater Sven.

»Hat hier jemand Lust auf eine Partie Rommé?«, fragte Katja in die Runde.

»Gute Idee! Das haben wir schon lange nicht mehr gespielt«, stimmte ihr Vater Tobias sofort zu. »Sybille? Was ist mit dir?«

»Jetzt noch?« Sie setzte sich auf. »Es ist doch schon fünfe durch.«

»Na, bis zum Abendessen ist es doch noch ein Weilchen«, versuchte ihr Mann sie zu überzeugen. »Was ist mit euch?«, fragte er seine Schwiegereltern.

»Och, ich mach lieber ein Nickerchen«, erklärte Opa Gunnar, lüftete kurz seinen ausgefransten Strohhut und bedeckte dann wieder seine Augen damit.

Nachdem die Familie mit großem Spaß mehrere Runden gezockt hatte, lehnte Sybille sich für einen Moment entspannt auf ihrer Liege zurück, hielt die flache Hand schützend vor die Augen und blickte suchend über den See.

»Wo sind eigentlich die Kinder?«

Amandla folgte erschrocken ihrem Blick und legte die Stirn in Falten. »Sind sie das da?« Sie deutete in die Ferne.

»Nee, das Boot da ist blau«, antwortete Sven, der aufgestanden und nervös ein paar Schritte ans Ufer gegangen war.

Jetzt guckten alle Erwachsenen besorgt in Richtung See.

»Die sind doch bestimmt schon seit fast einer Stunde da draußen«, stellte Tobias mit Blick auf die Uhr fest.

»Ich schwimme mal ein Stück raus hinter den Schilfgürtel und guck, ob ich sie irgendwo sehen kann«, erklärte Sven.

»Ich komm mit«, schloss sich seine Schwester Katja an und schnappte sich ihr SUP-Board.

»Wo ist Jala?«, fragte Matayo verschlafen. Er hatte bis eben, eingekuschelt in ein großes Badetuch, neben seinem ebenfalls schlafenden Uropa auf der Liege gelegen.

»Papa geht sie suchen«, versuchte Amandla ihn und sich selbst zu beruhigen.

Ihre Schwiegermutter deutete auf das Paar im weißen Boot, das gerade Richtung Anlegestelle steuerte, und rief: »Sven, frag mal die Charlottenburger, ob die was gesehen haben.«

Ihr Sohn machte Monika und Ulli Reimann Zeichen und watete zu ihnen rüber. Nach einem kurzen Gespräch schalteten die Reimanns in den Rückwärtsgang, drehten um und tuckerten mit ihrem langsamen Elektromotor wieder los.

»Was haben sie gesagt?«, wollte Sybille wissen, als Katja und Sven aus dem Wasser kamen.

»Sie meinten, dass sie das Boot ganz hinten im Bereich vom Strandbad bei der schwimmenden Insel und der Wasserrutsche gesehen haben. Jetzt gucken sie, ob die drei noch da sind«, berichtete Sven. Sein Ärger war nicht zu überhören.

»Na, die Jungs können sich auf was gefasst machen …«, schimpfte Katja. »Das ist doch viel zu weit. Bestimmt ein Kilometer von hier. Da brauchen sie ewig, bis sie zurückgepaddelt sind.«

»Und dann auch noch bei dem Wind«, murmelte ihr Vater Tobias. »Der kommt aus Süd-Südwest. Gegenwind. Und es frischt auch noch auf«, verkündete er mit besorgtem Blick zum Himmel, wo sich inzwischen die Kronen der Bäume bei jeder Windböe bedrohlich bogen und dunkle Wolken aufzogen.

Um ihren kleinen Sohn und sich selbst abzulenken, baute Amandla mit Matayo weiter an seiner Sandburg. Angespannt starrte die restliche Großfamilie aufs Wasser, wo sich erste schaumige Wellen zeigten, die der zunehmende Wind vor sich her pustete.

Endlich! Eine Dreiviertelstunde später tauchte das weiße Boot der Reimanns hinter dem weit in den Waldsee reichenden Schilfgürtel auf – im Schlepptau das kleine Paddelboot mit den fröhlich quietschenden Kindern, die sich bequem ziehen ließen.

»Da sind sie!«, rief Sybille erleichtert aus, sprang auf und lief ihren Enkeln ins Wasser entgegen.

Karim knotete das Seil zum Elektroboot ab und paddelte die wenigen Meter an den Strand. Seine und Jalas Eltern riefen den Reimanns, die ihren Liegeplatz ansteuerten, ihren Dank zu. Dann wandten sie sich zu ihren Kindern um, die aus dem Boot hüpften.

»Ich hab mich von der großen Rutsche getraut!«, verkündete Jala stolz, als Amandla sie erleichtert in die Arme schloss.

»Seid ihr verrückt geworden?«, schimpfte Murat mit seinen Söhnen, die eben noch ein breites Grinsen im Gesicht gehabt hatten.

»Aber Jala wollte doch so gerne …«, erwiderte Tarek.

»Und weil ein kleines Mädchen etwas will, vergesst ihr alles, was wir euch beigebracht haben?«, fragte Katja ungehalten.

»Wir haben doch auf sie aufgepasst«, rechtfertigte sich Karim.

»Und dahinten am Strandbad ist es auch ganz flach«, ergänzte sein Bruder.

»Aber dazwischen doch nicht!«, widersprach Murat. »Ihr seid doch quer über den tiefen See da hingepaddelt!«

»Kein Problem! Ich kann ja schwimmen, hab sogar schon Fahrtenschwimmer«, verteidigte Jala ihre Cousins.

»Aber wenn du mitten auf dem See aus dem Boot gefallen wärst … Da wärst du doch gar nicht mehr reingekommen«, wandte Sven ein.

»Doch, wir hätten sie reingezogen«, behauptete Tarek selbstbewusst.

»Und was ist mit dem Wind?«, fragte ihn sein Opa Tobias streng, leckte den Zeigefinger an und hielt ihn drohend in die Luft. »Süd-Südwest! Gegenwind!«

»Nun lasst die Kinder doch erst mal an Land kommen«, meldete sich Sybille zu Wort. Mit einem ausgebreiteten Badetuch nahm sie Jala in die Arme und rubbelte sie kräftig ab. »Du bist ja ganz durchgefroren, mein Schatz.«

»Es war toll«, flüsterte ihre Enkelin ihr ins Ohr.

»Ich weiß. Ich finde Wasserrutschen auch toll«, wisperte ihre Oma verschwörerisch zurück. »Nächstes Mal komm ich mit.«

Die Kleine kicherte.

»So, dann lasst uns mal zusammenpacken. Zeit fürs Abendbrot. Ich krieg langsam Hunger«, erklärte Gunnar und stemmte sich aus seinem Liegestuhl. »Ihr drei könnt das Boot hochtragen.« Er deutete auf die Kinder.

»Aber das ist ganz schön schwer, den ganzen Weg nach oben bis zum Stellplatz«, wandte Tarek ein und stöhnte.

»Strafe muss sein«, meinte sein Uropa grinsend. »Dafür musstet ihr nicht zurückpaddeln. Also los jetzt. Pack mit an, Dschalla«, forderte er die Kleine lächelnd auf.

»Wir sollten uns beeilen.« Tobias tippte konzentriert auf seinem Smartphone herum. »Packt schnell ein. Da kommt heute Abend noch was …« Er deutete auf die grauen Wolken, die sich jetzt langsam über dem See zusammenballten, und klappte dann energisch seine Liege zusammen.

***

Brigitte Fehrer rückte ihren Campingtisch unter den seitlich geschlossenen Zeltvorbau, während ihre Freundinnen Bertha, Margret und Elisabeth die Stühle hinterhertrugen.

»Macht hinne. Da kommt noch was«, orakelte Brigitte.

»Hattest du uns das große Unwetter nicht schon vor zwei Tagen angekündigt?«, fragte ihre Freundin Bertha skeptisch. »Und dann kam doch nichts. Bis es in der Streusandbüchse Mark Brandenburg mal richtig regnet, dauert's.«

»Nee, nee, heute bestimmt!« Brigitte deutete Richtung See. »Guckt euch mal die Wolken an, wie die da oben rasen. Ist ja schon fast dunkel, obwohl es erst halb acht ist.« Die Kiefern über ihnen wiegten bedrohlich ihre ausladenden Äste, und Margret starrte ängstlich in den sich verdunkelnden Himmel.

»Bange machen gilt nicht«, meinte Elisabeth energisch.

»Aber bei *heute* hat der Wettermann vor Starkregen gewarnt«, insistierte Brigitte.

»Ach, die warnen doch heutzutage vor jedem kleinen Regenschauer. Oder vor *Todeshitze* … Früher hat es auch mal kräftig geregnet und gewittert oder war mal ein paar Tage lang heiß. Das nennt sich Sommer. Die sind doch alle verrückt geworden, mit ihrer ständigen Warnerei vor allem und jedem. Für wie doof halten die uns denn? Lernt denn heutzutage niemand mehr, wie man sich bei Gewitter verhält?«, schimpfte Bertha.

»Eichen sollst du weichen, und Buchen sollst du suchen, wenn's blitzt«, führte Margret die alte Volksweisheit an.

»Das ist doch Aberglaube«, widersprach Elisabeth. »Hat dieser schlaue Waldheini Wohlleben auch gesagt. Außerdem nützt uns das sowieso nix. Hier stehen ja fast nur Kiefern und Birken.« Sie zeigte nach oben zur Zeltplane.

»Man soll sich ja hinhocken, wenn es blitzt, hab ich gelesen. Auf den Boden, weit weg von den Bäumen«, meinte Brigitte, in den Händen den obligatorischen Eierlikör und eine Packung Geleebananen, die sie gerade aus dem Kühlschrank im Wohnwagen geholt hatte. Mit ausgestreckten Armen deutete sie eine Kniebeuge an. »Aber wenn ich das mit dem Hinhocken probiere, komm ich ja im Leben nicht wieder hoch – mit meinen kaputten Gelenken und dem Ischias.« Sie seufzte übertrieben. »Vielleicht würde mir so ein Blitzschlag ja sogar guttun. So als kleiner Energieschub.« Sie gackerte los, und die anderen fielen mit ein.

»Ach, das ist doch alles Quatsch. Wir machen es uns einfach unterm Vordach gemütlich und spielen 'ne Runde Mau-Mau«, meinte Bertha. »Mach mal lieber noch die Plane vorne runter, Brigitte.« Mit skeptischem Blick auf die drohende Wolkenwand ließ sie sich auf einen der Stühle fallen, der unter ihrem Gewicht bedenklich nachgab. »So isses schön. Jetzt kann es da draußen stürmen und regnen. Hier isses warm und trocken.« Sie knallte den dicken, bereits gemischten Kartenstapel auf den Tisch. »Margret, du gibst.«

* * *

Kimberly Baumann klappte gerade die angejahrten Sonnenschirme auf der Terrasse zusammen und reichte sie ihrem Vater, der sie in die Gaststätte trug, als Jonas Zach auftauchte.

»Na, haben Sie Angst vor dem Gewitter?«, fragte er sie lächelnd.

»Angst nicht, aber bei dem Wind sind die alten Dinger drinnen besser aufgehoben«, antwortete sie.

»Bekomme ich noch einen Drink?«

»Eigentlich mache ich gerade Feierabend«, entgegnete sie, wenig begeistert.

»Aber es ist doch erst kurz vor acht.«

»Ja, und um acht ist hier Schluss.«

»Ach, kommen Sie. Nur ein kleiner *Negroni*.« Er schenkte ihr ein charmantes, bittendes Lächeln. »Ich trink den auch hier draußen, wenn Sie zumachen wollen. Nach so einem anstrengenden schwülen Tag brauche ich einfach noch eine kleine Erfrischung.«

»Ich hatte auch einen anstrengenden Tag und freu mich auf die kühle Dusche zu Hause«, erwiderte sie und klappte den letzten Schirm zusammen.

»Bitte …«, ließ er nicht locker und wedelte mit einem Zwanzig-Euro-Schein. »Der Rest ist für Sie.«

Diesem Angebot konnte Kim nicht widerstehen. Im Kopf überschlug sie den Warenwert von je sechs Zentilitern Campari, Gin und rotem Wermut, einer Handvoll Eiswürfel und einer Orange. Das Geschäft war zu gut, um es sich entgehen zu lassen.

»Okay, okay. Überredet.« Sie grinste ihn an. »Da drüben stehen noch Stühle am Tisch. Setzen Sie sich da hin. Ich bringe Ihnen den Drink gleich.« Sie verschwand samt Sonnenschirm nach drinnen.

Jonas setzte sich auf einen der wackligen Plastikstühle und klappte den Kragen seines hellgrünen Polohemds hoch, um seinen Nacken vor der steifen Brise, die über die fast leere Terrasse wehte, zu schützen. Hier war es zwar reichlich ungemütlich, aber er freute sich auf den Drink und hoffte, dass Kim sich noch ein bisschen Zeit zum Plaudern nehmen würde.

Sie war der einzige Lichtblick nach diesem Tag voller Termine in verschiedenen Ämtern der Kreisstadt und beim Notar in Berlin, um alles für den Kauf des Grundstücks, auf dem auch Kims kleine Gaststätte stand, in die Wege zu leiten. Um den kleinen Imbiss und seine Betreiberin tat es ihm schon ein bisschen leid, aber »wo gehobelt wird, da fallen Späne«, hatte sein Vater ihm geantwortet, als er seine Bedenken geäußert hatte. Vielleicht konnte er ihn wenigstens überreden, Kim eine gut bezahlte Anstellung in dem geplanten Sterne-

Restaurant auf dem Gelände zu geben, überlegte er gerade, als eine tiefe Stimme ihn aus seinen Gedanken riss.

»N'Abend«, brummte Eberhard Baumann hinter ihm.

Jonas drehte sich erschrocken um. Er fühlte sich ertappt. Aber zum Glück wusste hier ja niemand, was die *Zach Hoch- & Tiefbau* AG plante. Mit einem harmlosen Lächeln grüßte er zurück.

Der Campingplatzwart ging an ihm vorbei, stellte sich breitbeinig in den Wind am Rand des betonierten Terrassenbodens und blickte über den See. Er nahm seine Schiebermütze ab und wischte sich mit dem Handrücken den Schweiß von der Stirn.

»Schwül heute.«

»Ja, da haben Sie recht …«

Eberhard Baumann stemmte die Hände in die Hüften und beobachtete schweigend den idyllischen Waldsee, auf dem jede Menge weiße Schaumkronen tanzten.

»Da zieht wat uff«, murmelte er schließlich und deutete auf die dunkle Wolkenwand, die sich über dem Wasser zusammenbraute. »Wat heftijet.«

Jonas folgte seinem Fingerzeig. »Ja, könnte heute Nacht mächtig rummsen.«

»Besser, Sie sichern Ihren Wohnwagen oder Zelt oder wat Sie hab'n, noch mal ordentlich, bevor's losgeht. Graben ums Zelt ausheben, Heringe festkloppen und so.«

»Nicht nötig. Zum Glück liege ich nachher nicht in einem kleinen Zelt, sondern im stabilen Wohnmobil.« Er zeigte vage ans andere Ende des Campingplatzes.

Eberhard drehte sich zu ihm um, musterte ihn und schien kurz zu überlegen.

»Ach ja, Sie gehören zu dem *Volkner*«, erkannte ihn der Platzwart schließlich.

»Das Wohnmobil gehört meinem Vater. Ich hoffe, da drinnen sind wir sicher, falls es tatsächlich stürmt und regnet.«

»Och doch, die Dinger sind ja stabil. Aber stell'n Se rechtzeitig allet rinn, und behalten Se den Weg zum See jenau im Ooje. Der ist ja abschüssig. Bei Starkregen schießt da über den Schotter vor Ihre Türe ordentlich dit Wasser runter.«

»Meinen Porsche parke ich natürlich oben an der Straße. Die paar Schritte runter zum Wohnmobil werden wir wohl trotz bisschen Nässe lebend überstehen, wenn wir nachher vom Essen zurückkommen.«

»Ick mein' ja nur …« Eberhard zuckte mit den Schultern.

»Fahr doch schon mal vor, Papa«, meinte Kimberly, die gerade mit zwei Gläsern wieder auf die Terrasse trat. »Ich schließ ab und komm gleich nach.«

Ihr Vater nickte, tippte zum Abschied stumm an den Schirm seiner Mütze und schwang sich aufs Rad.

»Hier, bitte!« Kim reichte Jonas ein Glas. »Ich leiste Ihnen noch ein bisschen Gesellschaft. Mir tut ein Feierabenddrink auch gut.« Sie setzte sich ihm gegenüber an den Tisch, schnappte sich den Geldschein, den er ihr hinhielt, und stopfte ihn in die Tasche ihrer Jeansshorts, bevor sie ihr Glas hob. »Prost!«

»Auf Ihr Wohl und vielen Dank.« Er sah ihr tief in die Augen und stieß an. »Wirklich lecker«, lobte er nach dem ersten Schluck.

»Na, dann erzählen Sie mal, was heute so anstrengend war. Eigentlich machen Sie hier ja schließlich Urlaub.« Ehe er antworten konnte, schob sie hinterher: »Ach, und eigentlich duzt man sich ja auf einem Campingplatz. Ich bin Kim.« Sie hob ihm lächelnd ihr Glas entgegen.

»Jonas!«, prostete er ihr erfreut zu.

»Also Jonas, dann erzähl doch mal, was dich heute so gestresst hat.«

»Mein Vater!«, stieß er, ohne nachzudenken, aus.

Kim lachte amüsiert auf. »Das kenn ich.«

»Mein alter Herr kann einfach nicht abschalten. Ständig hat er neue Pläne, scheucht mich durch die Gegend, wenn ich einfach nur ein bisschen rumsitzen und chillen will.« Er stöhnte erschöpft.

»Was plant er denn so alles …?« Kim versuchte, ihre Frage möglichst harmlos klingen zu lassen und hoffte, so herauszufinden, ob dieser Jonas und sein Vater mit Leon und seiner Gangsterbraut unter einer Decke steckten. Sie konnte sich das allerdings kaum vorstellen – so unterschiedlich, wie diese beiden Wohnmobil-Paarungen waren.

»Ach, nichts Spezielles …«, antwortete er ausweichend. »Er kann einfach nicht lange an einem Ort sitzen. Heute musste ich ihn schon wieder in die Kreisstadt kutschieren …«

»Ach, ja …?«, hakte Kim sofort nach. »Was wolltet ihr denn da?«

Die kleine Stadt war nicht gerade ein ergiebiges Ausflugsziel. Außer dem Rathaus aus Kaisers Zeiten gab es dort nicht viel zu sehen.

»Nun ja … Nichts Besonderes …«, murmelte Jonas ertappt. »Einfach nur ein bisschen Abwechslung.«

»Verstehe. Ich bin, ehrlich gestanden, auch froh, wenn ich mal aus Seelinchen rauskomme. Allerdings schaffe ich es höchstens zum Einkaufen in die *Metro*«, meinte sie seufzend.

»Komm mich doch mal in Berlin besuchen«, bat er eifrig. »Ich hab 'ne nette Penthouse-Wohnung in Mitte. Ich lade dich zum Essen ein.« Als er ihren skeptischen Blick sah, ergänzte er eilig: »Es gibt da diesen total angesagten Koreaner bei mir um die Ecke. Wird dir bestimmt gefallen.« Er strahlte sie mit stolzgeschwellter Brust an. »Ich kenne den Besitzer. Da kann ich uns einen Tisch organisieren.«

»Nette Idee ... Mal sehen ...« Sie zuckte seufzend mit den Schultern und trank einen Schluck. »Wird wahrscheinlich Herbst werden, bevor ich für so etwas Zeit habe.«

»Ich kann warten ...«, antwortete er mit einem vielsagenden Lächeln.

Kim wurde nicht recht schlau aus diesem Jonas. Aber je länger sie mit ihm sprach, desto mehr verschwanden ihre Vorbehalte. Es gefiel ihr, dass er sich so rührend um seinen alten, anstrengenden Vater zu kümmern schien, sogar mit ihm Urlaub machte. Der junge Mann war zwar ein kleiner Angeber, aber ihr inzwischen trotzdem recht sympathisch. Selbst wenn sich seine Angebote am Ende als heiße Luft entpuppen würden, genoss sie es doch, so von ihm umworben zu werden. Nach der Enttäuschung mit Leon tat ihr ein bisschen Geflirte ausgesprochen gut.

Während sie trank, beobachtete sie ihn über den Glasrand hinweg. Er entsprach zwar nicht wirklich ihrem bevorzugten Typ Mann, aber andererseits war sie mit dem dunkelgelockten, grünäugigen, lässigen Leon, der genau in ihr Beuteschema passte, ja gerade gründlich reingefallen. Vielleicht sollte sie sich umorientieren.

In sich hineinschmunzelnd, sah sie in Jonas' graublaue Augen und stellte schließlich ihr leeres Glas ab.

»So, mein Lieber, da es hier morgen wieder früh losgeht, ist jetzt wirklich Feierabend.« Sie lächelte ihn an. »Außerdem möchte ich noch trocken nach Hause kommen.« Sie deutete auf den See hinaus, wo die dunklen Wolken immer bedrohlicher erschienen. »Besser, du verkriechst dich auch langsam in dein Wohnmobil.«

»Zu meinem Vater …« Jonas verdrehte die Augen und stöhnte theatralisch, bevor er auflachte. »Wenn du mich einfach im Stich lässt, bleibt mir wohl nichts anderes übrig …«

»Du wirst es überleben«, meinte sie lachend. »Morgen soll ja wieder die Sonne scheinen.«

»Dann komme ich wieder!«, kündigte er an.

»Nur zu. Wir haben ab sieben auf.«

»Ich komme lieber auf einen ungestörten Feierabenddrink mit dir vorbei …« Er zwinkerte ihr zu. »Wenn ich darf …«

»Bei dem großzügigen Trinkgeld darfst du gerne wiederkommen«, erwiderte sie scherzend, griff sich die leeren Gläser und stand auf.

Er verabschiedete sich mit einem Lächeln und machte sich auf den Weg.

Als sie gleich darauf den Imbiss abschloss, schaute Kim Jonas hinterher, der sich gerade zwischen den Zelten auf der Wiese hindurchschlängelte. Genau in dem Moment wandte auch er den Kopf. Ihre Blicke trafen sich. Fröhlich winkte er ihr zu, und sie winkte zurück.

***

Ein tiefes Donnergrollen weckte Sophia Behrend trotz ihrer Ohrstöpsel aus dem Tiefschlaf. Als es einige Sekunden später grell aufblitzte und gleich darauf ein mächtiger Donnerschlag direkt über ihr die Stille zerriss, zog sie sich erschrocken die Decke über den Kopf. Mit klopfendem Herzen lauschte sie in die Dunkelheit, hörte jedoch nur den Wind draußen um ihr Wohnmobil pfeifen. Nachdem scheinbar nichts weiter passierte, wagte sie es, vorsichtig unter der Decke hervorzublinzeln und sich in ihrem Schlafzimmer umzusehen. Sie grübelte, wo sie die Fernbedienung, mit der auch die Beleuchtung in ihrem mobilen Heim gesteuert wurde, vor dem Schlafengehen hingelegt hatte. Vermutlich lag sie immer noch drüben auf dem Esstisch. Oder hatte sie sie mit ins Bad genommen? Oder in das Regal im Flur gelegt? Sie konnte sich nicht erinnern.

Bevor sie zu Bett gegangen war, hatte Sophia versucht, herauszufinden, welches der unzähligen Knöpfchen was steuerte. Darum kümmerte sich sonst Leon, aber der hatte sie ja hier allein sitzen lassen. Und Dieter war offenbar auch noch nicht zurück – in seinem Wohnmobil nebenan hatte den ganzen Abend über kein Licht gebrannt. Genervt hatte sie schließlich den dicken roten Knopf gedrückt, der alles gleichzeitig ausschaltete, und war im Dämmerlicht in ihr Wasserbett gekrochen.

Jetzt war es stockfinster. Als es erneut blitzte und donnerte, widerstand Sophia nur mühsam der Versuchung, sich wieder unter ihrer Bettdecke zu verstecken. Sie musste sich zusammenreißen und diese dämliche Fernbedienung finden, um wenigstens Licht machen zu können. Ärgerlich setzte sie sich auf und suchte mit zusammengekniffenen Augen den Marmorboden nach ihrem orthopädischen Stiefel ab, ohne den sie sich mit ihrem angebrochenen Sprunggelenk nicht fortbewegen konnte. Schließlich erkannte sie die Umrisse des dicken Stiefels am Boden vor der geschlossenen Tür, gegen die sie ihn gestern vom Bett aus voller Wut geworfen hatte, so genervt, wie sie gewesen war. Nun lag er außerhalb ihrer Reichweite.

»Verdammt!«, fluchte sie laut und bereute es sofort, denn ihr mächtiger Brummschädel vertrug keinen Lärm.

Den ganzen Nachmittag und Abend hatte sie allein in ihrem klimatisierten Wohnmobil gehockt, zahllose Folgen einer Serie geguckt, die kalten Nudeln gegessen, weil sie die neue Mikrowelle nicht bedienen konnte, und dabei fast zwei Flaschen Wein getrunken.

Draußen waren immer mehr dunkle Wolken aufgezogen, also hatte sie versucht, Leon zu erreichen. Doch der hatte sich totgestellt. Ihre zahlreichen Sprachnachrichten waren unbeantwortet geblieben, und ans Telefon war er auch nicht gegangen. Unverschämt!

Schließlich hatte sie sich so sehr gelangweilt, dass sie sogar ihren Ex angerufen hatte, doch der schien auch keine Lust zu haben, sich anzuhören, wie schrecklich sie mit ihrem gebrochenen Fuß litt. Der Geräuschkulisse nach zu urteilen, hatte er in einem Restaurant gesessen. Mit wem aß er da?, hatte sie sich wütend gefragt und einfach aufgelegt. Frustriert und genervt war sie früh zu Bett gegangen.

Und nun hatte sie dieses Gewitter geweckt! Schon als kleines Mädchen hatte sie Angst vor Blitz und Donner gehabt. Jetzt hockte sie hier mitten in der brandenburgischen Wildnis in einem Wohnmobil unter riesigen Bäumen, die jederzeit auf sie stürzen konnten. Und niemand war da, der sie vor diesen gefährlichen Urgewalten beschützte, von hier wegbrachte, tröstete oder wenigstens ihre Hand hielt.

Sie war gefangen in diesem rollenden Monstrum. Mutterseelenallein. Sophia stellte sich vor, was passieren würde, wenn der Blitz hier einschlug. Dem drohenden Inferno würde sie nicht entkommen können, weil dieser dämliche Orthopädiestiefel außer Reichweite lag. Sie war verängstigt, furchtbar deprimiert angesichts ihres schweren Schicksals und tat sich selbst schrecklich leid.

Wenn sie sich den Fuß nicht gebrochen hätte, überlegte sie verbittert, könnte sie jetzt an der schicken *Croisette* in Cannes flanieren, eine *Crêpe Grand Manier* in Saint-Tropez essen oder mit einem charmanten Franzosen in einem kleinen, romantischen Restaurant am Meer eine köstliche *Bouillabaisse* und Champagner schlürfen. Wütend schlug sie mit der Faust auf die Bettdecke und brüllte ihren ganzen Frust heraus. Doch der Aufschrei und das anschließende schmerzhafte Stöhnen über ihren verkaterten Kopf gingen in einem erneuten Donnerschlag unter, gefolgt von Regen, der wie aus dem Nichts plötzlich dröhnend laut auf das Wagendach prasselte. Es klang, als hätte der Himmel sämtliche Schleusen gleichzeitig geöffnet.

Mit einem erschöpften Seufzen ließ Sophia sich wieder zurück aufs Bett fallen. Wozu sollte sie jetzt aufstehen? Vermutlich wurden ihre teuren Campingsessel samt der schicken, nagelneuen Leoparden-Polster gerade weggeschwemmt und landeten in dem grässlichen, braunen Waldsee.

Doch das war ihr in diesem Moment völlig egal.

Sie zog sich die Decke über den Kopf und lauschte dem, dank ihrer Silikon-Ohrstöpsel nur noch gedämpft zu hörenden gleichmäßigen Rauschen des Regens. Sie stellte sich vor, auf einer hübschen Jacht im Mittelmeer auf dem

Sonnendeck zu liegen, umsorgt von flotten Matrosen in schicken weißen Uniformen, geschaukelt von sanften Wellen – und ließ sich von ihrem Wasserbett erneut in den Schlaf wiegen.

6

Donnerstag

»Sophia?!« Leons Stimme klang äußerst besorgt, als er in das Wohnmobil hineinrief. »Geht's dir gut, Sophia?«

»Was?«, tönte es verschlafen hinter der geschlossenen Tür zu ihrem Schlafzimmer. »Leon?«

»Ja!«

»Na, endlich!«

»Kann ich reinkommen?«

»Natürlich! Los, hilf mir!«

Er musste mehrmals fest gegen ihre Tür drücken, weil sich innen irgendetwas verkantet hatte und ihm den Weg versperrte. Als er es endlich geschafft hatte, die Tür zu öffnen, sah er in dem abgedunkelten Raum seine Schwester, die mit wirrem Haar ihm gegenüber auf ihrem Bett thronte und ihn wütend anstarrte.

»Alles okay mit dir?«, fragte er vorsichtig.

»Gar nichts ist okay! Ich kann nicht aufstehen, weil mein Stiefel dahinten liegt.« Sie deutete auf die halb geöffnete Tür. Leon, der noch in Lederjacke und Handschuhen war, weil er nur schnell sein Motorrad abgestellt hatte, folgte ihrem Blick und bückte sich nach dem dicken Orthopädiestiefel aus grauem Plastik, der sich zwischen Schrank und Tür verkeilt hatte.

»Wie kommt der denn da hin?«, fragte er irritiert.

»Keine Ahnung«, behauptete sie. »Wahrscheinlich durch das Unwetter …«

Sie war noch immer nicht ganz wach und rieb sich die Augen. »Wie spät ist es denn?«

»Halb acht.«

»So früh? Wieso weckst du mich denn um diese Zeit? Und weshalb bist du überhaupt schon wieder hier?« Sie klang ungehalten.

»Weil ich mir Sorgen gemacht habe, als ich in den Nachrichten von dem Gewitter mit Starkregen im südlichen Brandenburg gehört habe. In Berlin sind nur ein paar Tropfen runtergekommen. Aber hier scheint es ja echt mächtig gerummst zu haben. Gut, dass du die Stühle und den Tisch noch rechtzeitig in Sicherheit gebracht hast.«

»Hab ich nicht.«

»Oh, ich dachte … Weil sie nicht mehr draußen vor dem Wohnmobil stehen …«

»Keine Ahnung. Wohl weggeschwemmt. Ist mir auch egal. Nun gib mir endlich meinen Stiefel, damit ich aus diesem Bett rauskomme!«

Leon hielt den wassertriefenden, schaumstoffgefütterten Plastikstiefel hoch. »Ich glaub nicht, dass du den so anziehen kannst …«

»Wieso ist der denn so nass? Was hast du damit gemacht?«, fragte sie erbost.

»Weil er hier auf dem Boden gelegen und sich vollgesogen hat.«

Sophia blickte entgeistert auf den Marmorboden vor ihrem Bett, der komplett mit einer dünnen Schicht Wasser bedeckt war.

»O verflucht!«, stieß sie völlig undamenhaft aus. »Wo kommt das denn her?«

»Vom Regen. Als ich eben hier ankam, stand die Tür zum Wohnmobil sperrangelweit offen. Da hat es wohl die ganze Nacht reingeregnet. Vorne ist auch alles klitschnass«, eröffnete er ihr schulterzuckend.

»O nein …!«

»Nicht so schlimm. Zum Glück ist das ja Steinboden, das feudel ich gleich weg. Aber du bleibst bis dahin besser im Bett. Sonst rutschst du noch aus.«

»Aber wieso war die Tür nicht zu? Ist jemand eingebrochen?«

»Nein, bestimmt hat der Wind sie aufgeweht. Wegen des Antennenkabels kann man sie ja nicht ganz schließen. Du hast scheinbar vergessen, das Kabel vom Fernseher abzuziehen und rauszuhängen, bevor du schlafen gegangen bist …«, versuchte er, eine Erklärung zu finden.

»Ach, dann bin ich jetzt wohl schuld daran, dass hier alles unter Wasser steht? Wer hat denn dieses bescheuerte Kabel durch die Tür aufs Dach geführt und sich dann einfach aus dem Staub gemacht?« Sie sah ihn vorwurfsvoll an.

»Weil du kein Loch im Dach haben wolltest.«

»Wer die Antenne aufs Dach packt, muss sie auch wieder reinholen! So haben wir das doch immer gemacht!«

»Und ich hatte dir erklärt, dass du einfach nur das Kabel vom Fernseher abstöpseln musst, wenn ich nicht da bin und du die Tür richtig schließen willst«, verteidigte er sich. »Aber nun ist es, wie es ist. Ich besorge mir an der Rezeption mal Eimer und Feudel, und dann beseitige ich das Malheur.«

»Bestimmt ist die ganze Elektronik jetzt kaputt«, jammerte Sophia.

»Das probieren wir aus, wenn der Boden wieder trocken ist«, beruhigte er sie. »Jetzt leg dich wieder hin. Im Bett bist du am besten aufgehoben. Deinen Stiefel packe ich zum Trocknen in die Sonne. Die scheint nämlich schon wieder.«

Ehe seine Schwester weiterlamentieren konnte, verschwand Leon schnellstens aus dem Wohnmobil.

Der Campingplatz sah nach dem Unwetter aus wie ein Schlachtfeld. Auf der Wiese räumten einige Jugendliche gerade die Reste ihrer teils zusammengebrochenen Zelte und nassen Schlafsäcke zusammen. Diese Kurzzeitcamper hatte es schlimmer erwischt als die Bewohner der festen Campingwagen. Dennoch hatte der Starkregen auch so manchen Nippes von den Stellplätzen mit sich gerissen, der nun verstreut im Matsch unterhalb der Böschung lag. Der durchgeweichte Waldboden war bedeckt mit herabgefallenen Ästen und Massen von Kienäpfeln – dazwischen lagen Gartenzwerge, Blumentöpfe und abgerissene Lichtgirlanden.

Hoffentlich ist Kims Gaststätte heil geblieben, dachte Leon und beschloss, zuerst dort vorbeizuschauen.

Das Holzschild mit der Aufschrift »*Elli's Imbiß*«, das bisher über dem Eingang gehangen hatte, lag am Boden neben der Tür. Auf der Terrasse standen weder Tische noch Stühle, dafür lagen auch hier jede Menge kleine Äste, Blätter und Kienäpfel herum. Am Gebäude selbst waren zum Glück keine Schäden zu erkennen.

Leon trat ein, und sofort begann sein Herz wild zu schlagen, als er Kim hinter der Theke sah. In ihrer rot-weiß-karierten Bluse mit den hochgekrempelten Ärmeln wirkte sie ausgesprochen frisch und dynamisch. Das blonde Haar hatte sie zu einem kleinen Zopf im Nacken zusammengebunden. Mit einem Lächeln im Gesicht versorgte sie geschäftig ihre frühen Kunden mit Brötchen und Kaffee.

Einige Familien hatten heute scheinbar ihr Frühstück –

samt mitgebrachter Marmeladen, Käse und Wurst aus der Kühlbox – an die Tische im Innenraum verlegt. Vermutlich waren das Camper, denen Zelt oder Wohnwagen abgesoffen war.

In der Warteschlange vor dem Tresen entdeckte Leon die Brüder Tarek und Karim. Da konnte er ihnen direkt sagen, dass er sich heute selbst um die Brötchen kümmern würde.

»Hallo, ihr zwei. Habt ihr die Nacht gut überstanden?«, begrüßte er sie freundlich.

»Ach, Sie sind schon wieder da?«, antwortete Karim überrascht. »Wir wollten gerade die Brötchen für die Goldtu … äh, für die Dame im Wohnmobil holen.«

»Da habe ich euch ja gerade noch erwischt.«

Die beiden Jungs schwiegen und sahen ihn abwartend an, bis er erklärte: »Nachdem ich im Radio von dem Unwetter gehört habe, bin ich lieber gleich heute Morgen wieder hergekommen, um nach dem Rechten zu sehen. Zum Glück! Bei uns hat's nämlich reingeregnet.«

»Wir hatten uns schon über die offene Tür gewundert«, meinte Tarek. »Isses schlimm?«

»Kann ich noch nicht sagen. Bis jetzt hab ich nur den nassen Boden gesehen. Den kann man aber schnell trocken wischen. Ob die Elektronik auch was abgekriegt hat, werden wir danach feststellen«, meinte er schulterzuckend. »Aber scheinbar hat der Regen unsere Campingstühle und den Tisch weggespült.«

»Nee, die hat Papa letzte Nacht zusammengeklappt und hinten in Ihr Wohnmobil gepackt, bevor es heftiger wurde«, sagte Karim.

»Oh, das ist ja toll! Vielen Dank! Sagt das bitte eurem Papa.«

»Ist doch logo. Unter Campern hilft man sich«, meinte Tarek grinsend.

Leon klopfte dem Jungen anerkennend auf die Schulter und stellte sich hinten in der Schlange an.

Als er schließlich an der Reihe war, um mit klopfendem Herzen seine Brötchenbestellung aufzugeben, blickte Kimberly Baumann überrascht auf.

»Du? So früh?«, platzte sie heraus.

»Ja, als ich heute Morgen in Berlin im Radio gehört habe, dass …«

»Berlin? Heißt das … Du warst schon abgereist?«, unterbrach sie ihn entgeistert. »Einfach so? Ohne dich zu verabschieden?!«

Sie sah ihn mit einem strengen Gouvernanten-Blick entrüstet an und ärgerte sich im selben Moment über ihre heftige Reaktion.

Worüber regte sie sich eigentlich auf? Es ging sie doch gar nichts an, wie und wo dieser Leon Behrend seine Zeit verbrachte. Wahrscheinlich mit irgendwelchen miesen Immobiliendeals! Und trotzdem war sie enttäuscht, dass er sich scheinbar grußlos aus ihrem Leben hatte stehlen wollen. Eigentlich sollte sie ja froh sein, wenn dieser Typ endlich von hier verschwand! Aber nun, wo er wieder vor ihr stand … Sie war wirklich verwirrt.

Hoffentlich hatte er ihr das nicht angemerkt, dachte sie verärgert und zwang sich zu einer Art professionellem Lächeln.

»Ich hatte nur kurz was in der Stadt zu erledigen«, erklärte Leon verunsichert und fragte sich, weshalb sie ihn erst so angeblafft hatte und jetzt so eigenartig lächelte.

Diese Frau machte ihn fertig. Er hatte das Gefühl, sich rechtfertigen und erklären zu müssen, also brabbelte er hektisch los: »Ursprünglich wollte ich erst nachmittags aus Berlin zurückkommen, aber dann hab ich meinen Termin heute abgesagt und bin sofort hierher. Um nach Sophia zu sehen. Das Gewitter muss ja heftig gewesen sein. Ich hoffe, bei dir sind die Schäden nicht allzu groß? Bei uns hat's ins Wohnmobil reingeregnet. Weißt du vielleicht, wo ich hier einen Feudel herbekomme?«

Kim hatte gar nicht richtig zugehört, sondern nur seiner sonoren Stimme gelauscht und ihn dabei versonnen gemustert. Nicht nur sein frühes Auftauchen, sondern auch dieser lässige Biker-Look brachte sie völlig durcheinander. In der coolen alten Lederjacke, mit seinen verwuschelten, dunklen Locken wirkte Leon heute so anders, irgendwie verwegen und leider noch attraktiver. Sie blickte fasziniert in seine leuchtend grünen Augen, als ihr plötzlich bewusst wurde, dass er sie etwas gefragt hatte.

»Äh … Was?«, fragte sie irritiert.

Ein Mann in der Warteschlange räusperte sich genervt, weil es nicht voranging.

»Nicht so wichtig …«, murmelte Leon. »Ich frag mal an der Rezeption.« Er machte Anstalten zu gehen.

»Wonach denn?«, beeilte sie sich nachzufragen. »Ich hab dich nicht richtig verstanden.«

»Ich brauche einen Eimer und einen Feudel. In unser Wohnmobil hat's reingeregnet.«

»Oh, das tut mir leid«, sagte sie mit ehrlichem Bedauern. »Klar, kann ich dir gleich geben. Ich muss nur noch schnell die Brötchenschlange fertig bedienen. Möchtest du auch welche?« Sie zwang sich wieder zu einem verbindlichen Lächeln.

»Ach ja …« Das hätte er beinahe vergessen. »Zwei Schrippen, zwei Mohn, bitte.«

Sie händigte ihm die Brötchentüte aus und bat ihn, sich zu setzen, bis sie mit der Schlange fertig war. Nachdem auch die letzten Kunden bekommen hatten, was sie wünschten, verschwand Kim im Hinterraum und tauchte einen Moment später mit Wischmob und Eimer auf.

Leon sprang auf, um ihr beides abzunehmen, als sie den Durchgang am Tresen hochklappte.

»Danke. Ich bringe dir das gleich wieder, sobald ich alles aufgewischt habe«, versicherte er und lächelte sie dankbar an.

»Hat keine Eile«, murmelte sie und stand unschlüssig vor ihm.

Leon überlegte angestrengt, was er sagen könnte, damit sie sich noch einen Moment länger mit ihm unterhielt, doch ihr Gesicht wirkte schon wieder verschlossen, als sie hinter ihm auf den Tisch deutete und kühl sagte: »Vergiss deine Brötchen nicht.« Dann drehte sie sich abrupt um.

Was hatte er dieser Frau bloß getan?, fragte sich Leon frustriert, legte die Brötchentüte in den Eimer und marschierte ohne ein weiteres Wort mit dem Wischmob in der Hand raus, zurück zum Wohnmobil, wo seine Schwester sicher schon ungeduldig auf seine Rückkehr wartete.

* * *

Als Leon am Nachmittag vom See zurückkam, bot sich ihm ein vertrautes Bild. Dieter Zach hatte es sich mal wieder vor Sophias Wohnmobil bequem gemacht – breitbeinig fläzte der Baulöwe sich auf Leons Campingstuhl.

Er war überrascht, seine Schwester hier draußen sitzen zu sehen. Nachdem er, begleitet von ihrem Gezeter, morgens eilig den Boden trocken gefeudelt hatte, hatte er ihr aus dem Bett ins Bad geholfen und sie später gestützt, als sie zu ihrem Ledersessel gehumpelt war und sofort wieder den Fernseher eingeschaltet hatte. Da sie es strikt abgelehnt hatte, sich ein bisschen in die Sonne zu setzen, hatte Leon sich nach dem Frühstück eine Liege und sein Buch geschnappt und war allein an den See gegangen.

Und nun saß Sophia in ihrer geblümten Tunika, perfekt geschminkt und frisiert, doch hier draußen auf den pinkschwarzen Leoparden-Polstern neben ihrem dickbäuchigen Nachbarn und unterhielt sich lebhaft mit ihm. Das lädierte Bein hatte sie auf einem Hocker hochgelegt, ohne den dicken Stiefel, der noch längst nicht wieder getrocknet war. Dennoch war sie offensichtlich bester Stimmung und plauderte angeregt und gestenreich, mit einem Glas Chardonnay in der Hand. Ihren Bruder beachtete sie nicht weiter.

»Na, sind die Sitzpolster schon wieder trocken?«, fragte Leon, um auf sich aufmerksam zu machen.

»Die waren gar nicht nass«, antwortete Sophia. »Mein Dieterlein war so lieb, die Sachen hinten aus dem Stauraum zu holen und alles aufzubauen. Und dann hat er mich quasi auf Händen hinausgetragen.« Sie schenkte ihrem Sitznachbarn ein keckes Lächeln.

»War mir een Verjnüjen, Jnädigste«, brummte Dieter Zach mit einem vielsagenden Augenzwinkern. »Schließlich musste ick ja irjendwie wiederjutmachen, det ick dir letzte Nacht so schmählich im Stich jelassen hab. Aber dit war echt schon reichlich spät, als Jonas und icke vom Essen zurückjekommen sind. Hätte ick jewusst, det du meene Hilfe brauchst, wäre ick natürlich sofort zu dir rüberjekommen. Ick konnte ja nich ahnen, det du mutterseelenalleene warst, meen armer Schatz.« Er zupfte sinnlos an ihrem Stuhlpolster herum. »Sitze ooch bequem?«

Sophia kicherte und warf dann Leon über die Schulter einen abfälligen Blick zu. »Du hattest ja auch heute Vormittag keine Zeit, dich um mich zu kümmern, sondern bist lieber schwimmen gegangen.«

»Nach dem Wischen war ich durchgeschwitzt, und du wolltest fernsehen«, murmelte er genervt und marschierte an den beiden vorbei zum Wohnmobil, um sich umzuziehen.

Drinnen war es angenehm kühl, also funktionierte die Aircondition scheinbar einwandfrei. Leon nahm die Fernbedienung zur Hand und checkte einige andere Funktionen. Zum Glück schien auch der Rest der Technik keinen Schaden genommen zu haben. Selbst die Außenantenne hatte das Unwetter unbeschadet überstanden – der Fernseher lief noch. Er schaltete ihn aus.

So still, wie es hier drinnen war, hörte Leon die Unterhaltung draußen gezwungenermaßen durch das angekippte Küchenfenster, während er T-Shirt und Shorts anzog.

»Nun sag doch mal, wie du meine Idee findest. Würde dir so 'ne Penthouse-Wohnung am See gefallen?«, fragte Dieter Zach gerade.

»Ohne all diese schrecklichen Camper wäre es vermutlich recht idyllisch«, antwortete Sophia Behrend. Abschätzig ergänzte sie: »Ohne diese ganzen primitiven Leute, die ihr altes DDR-Leben in diesen abgewrackten Wohnwagen zelebrieren. Wenn du mir versprichst, dass ich um mich herum zukünftig kein Sächsisch mehr hören werde, überleg ich's mir vielleicht.« Sie kicherte albern.

»Dit reguliert sich allet über den Preis«, erklärte er großspurig und lachte. »Ick träume von eine janz eigene Welt – Luxus pur, abjeschottet vom Ost-Elend drumrum.«

Wovon sprach dieser unangenehme Mensch da?, fragte Leon sich verständnislos. Als Dieter Zach seine Stimme verschwörerisch senkte, hörte er, neugierig geworden, genauer hin.

»Dieser janze Schrott wird abjerissen«, fuhr der Baulöwe gedämpft fort. »Und da, wo diese olle Imbissbude steht, kommt een schicket Sterne-Restaurant nur für die Anwohner und ihre Gäste hin. Am Wasser plane ick eene *Marina* für lauter hübsche *Riva*-Boote. Und der Strand wird mit Sand von Sylt uffjefüllt. Du wirst jar nich merken, det du in Brandenburg bist.« Er seufzte zufrieden. »Ick sehe dit allet schon vor mir, Sophilein. Du und ick und der Sonnenuntergang...«

Leon schüttelte es bei der Vorstellung, und er versuchte, sich einen Reim auf dieses ganze prahlerische Gerede von Zach zu machen. Wahrscheinlich gab dieser großkotzige Westberliner einfach nur mächtig an, um Sophia zu beeindrucken. Und es schien zu wirken, wie er an der Reaktion seiner Schwester erkannte.

»Fantastisch! Eine Terrassenwohnung mit Seeblick...«, schwärmte Sophia. »Aber eigentlich wollte ich ja im Alter an die Côte d'Azur ziehen.«

»Ach, dit können wir ja immer noch. Dit is doch noch ewig hin, det Alter, du junger Hupfer!« Der säuselnde Unterton in seiner Stimme verriet, dass er sie bei diesem Kompliment vielsagend angrinste.

»Ach, du übertreibst, Dieterlein ...« Sophia giggelte wie ein Teenager. »Ich hab meine besten Jahre doch schon hinter mir ...«

»Du?! Papperlapapp! Wat redest du denn da? Du bist echt een scharfer Hase, mein süßes Sophilein ...«, schnurrte er mit aufreizend tiefer Stimme.

»Ach, Dieter, du Charmeur!« Sie lachte geschmeichelt auf. »Du weißt, wie man ein unschuldiges Mädchen in Versuchung führt«, schmachtete sie kokett und kicherte gleich darauf. »Huch, was macht denn deine Hand da, du Schlingel?« Sie quietschte wieder. »Dieter! Du ungezogener Junge ... Du kannst doch nicht ...«

»Oh, doch, ick kann. Warte, Schätzken, ick zeig's dir ...«

Ungläubig hielt Leon den Atem an. Er hörte das Quietschen des Campingstuhls, das erwartungsvolle Lachen seiner Schwester und dazu das angestrengte Ächzen von Dieter Zach, der sich scheinbar aus seinem Sessel hochstemmte. Dann war es verdächtig still.

Leon wurde schlecht, als er sich vorstellte, dass die beiden da draußen womöglich gerade knutschten. Nein, das wollte er nicht sehen. Dies Bild würde er nie wieder loswerden.

Er ließ sich seufzend auf einen der eierschalenfarbenen Ledersessel fallen, starrte an die Decke und zählte langsam bis hundert. Dann stand er auf und griff sich eins der Gläser selbstgemachten Pestos, die er aus dem *Chino* mitgebracht hatte. Er öffnete vorsichtig die Tür und spähte durch den Spalt nach draußen.

Dieter Zach stand mit dem Rücken zu ihm, eine Hand auf der Lehne von Sophias Campingstuhl abgestützt, der andere Arm umschlang ihren Hals, und seine große Pranke ruhte auf ihrem wogenden Busen. Offensichtlich hatte er sie tatsächlich gerade geküsst. Jetzt richtete der schwergewichtige Mann sich mühsam wieder auf, ließ sich seufzend zurück auf seinen Sessel fallen und entdeckte dabei Leon.

Zachs grotesk mit Lippenstift verschmierter Mund grinste breit. »Na, Brüderchen? Wat glotzte so quadratisch?«

Sophia sah sich wie ertappt um, griff sich nervös in die dunklen Locken und pflaumte Leon an: »Spionierst du mir nach?«

»Auf keinen Fall!«, antwortete der kopfschüttelnd und hielt das Schraubglas hoch. »Ich gehe nur mal eben rüber zu unseren Nachbarn und bedanke mich dafür, dass sie letzte Nacht unsere Möbel gerettet haben.«

Leon sprang aus dem Wohnmobil, murmelte: »Viel Spaß noch«, und erklomm mit ein paar schnellen Schritten die Böschung zum Stellplatz der Großfamilie auf der Ecke gegenüber.

Er erschrak, als hinter der dichten Hecke plötzlich die Köpfe von Karim und Tarek auftauchten, die ihn frech angrinsten.

* * *

»N'Abend, Ebi«, grüßte Brigitte Fehrer den Campingplatzwart, als er abends um kurz nach sieben den Imbiss betrat.

Seine Tochter Kimberly reichte der Rentnerin gerade das obligatorische Fläschchen Eierlikör und die Geleebananen über den Tresen, die diese in ihrem geblümten *Dederon*-Beutel verstaute. Eberhard Baumann nickte beiden Frauen stumm zu.

»Hallo, Papa. Wie war's?«

»Och …« Er setzte sich auf einen Barhocker an der Theke und schwieg.

»Na, dann viel Spaß beim Mau-Mau, Brigitte. Grüß die Mädels von mir«, verabschiedete Kimberly ihre Kundin.

»Mach ich. Komm doch wieder vorbei, wenn du nachher Lust hast«, schlug sie vor.

»Mal sehen … Ich bin heute eigentlich ganz schön kaputt. Ich musste ja alle Überbleibsel des Gewitters beseitigen. Das waren echt viele Kienäppel und Äste, die ich von der Terrasse fegen musste.«

»Kannst auch später noch kommen, falls *er* keine Zeit hat, den Laden hier abzuschließen.« Hinter Eberhard Baumanns Rücken nickte sie mit dem Kinn in Richtung des Platzwarts.

»Und denk dran, was wir besprochen haben …« Sie tippte mit dem Zeigefinger an ihre Lippen und zwinkerte Kimberly vielsagend zu.

Während Brigitte die Gaststätte verließ, murmelte sie leise, aber laut genug, dass Eberhard es hören konnte: »Oller Grummelpott.«

Als die Tür hinter der Camperin ins Schloss fiel, sah Kim ihren Vater auffordernd an.

»Nun erzähl doch mal, Papa, was gibt's Neues im Gemeinderat? Irgendwelche schlimmeren Sturmschäden im Dorf?«, fragte sie, während sie ihm sein Feierabendbier zapfte.

»Hm, nö.«

»Habt ihr euch wegen des Spielplatzes geeinigt?«

»Hm, hm.«

»Und die Finanzierung des Sommerfestes ist geklärt?«

»Hm, hm.«

»Och, Papa, nun lass dir doch nicht alles aus der Nase

ziehen!« Obwohl sie seine Einsilbigkeit gewohnt war, nervte es sie.

»Was soll ich erzählen? Unsere Sitzungen sind schließlich geheim.« Er zuckte mit den Schultern und nahm einen Schluck Bier.

»Ach, das ist doch nun wirklich albern! Was soll denn an den Themen, die da zwischen dir, Doktor Schulze und Fischer Sven besprochen werden, geheim sein? Ob die Feuerwehr nun einen neuen Schlauch bekommt oder die Eintrittspreise im Strandbad erhöht werden müssen. Das ist doch nicht das Geheimrezept von Coca Cola«.

Erschrocken über die ungewohnt heftige Reaktion seiner Tochter blickte er sie an und druckste dann herum. »Nun ja … Da gibt's ja noch ein anderes, größeres Problem, das uns seit Kurzem beschäftigt … Aber das ist leider *top secret* …« Er seufzte und nahm wieder einen Schluck.

»Du meinst die Zukunft unseres Campingplatzes?«, fragte Kimberly geradeheraus und sah ihn forschend an.

Seine Augen weiteten sich erschrocken. »Hat Brigitte etwa doch gequatscht?«, stieß er ungehalten aus.

»Denkst du wirklich, ihr könnt so was geheim halten und uns alle vor vollendete Tatsachen stellen?«, fragte sie erbost zurück. »Hier geht's doch um jede Menge Dauercamper und auch um meine Zukunft! Du weißt doch, was ich alles plane – mit dem Laden und überhaupt. Ich will mir hier eine Existenz aufbauen. Und du sorgst im Gemeinderat heimlich dafür, dass alle meine Herzenspläne kaputtgehen! Wie kannst du nur?« Sie schluchzte auf.

Plötzlich brachen sich die seit Tagen aufgestauten Emotionen Bahn. Bisher hatte sie ihre Sorgen und Ängste unter Kontrolle gehalten, gehofft, dass sich alles in Luft auflösen würde. Aber nun überrollte sie eine Welle aus Wut und Trauer. Wut auf ihren Vater, der sie scheinbar ins offene Messer laufen ließ, nicht mal warnte, dass hier in Kürze all ihre Hoffnungen zerstört werden würden.

»Wie konntest du nur …?«, schluchzte sie noch mal leise, wischte sich die aufsteigenden Tränen energisch aus den Augenwinkeln und starrte ihn wütend an.

»Aber Kim …« Er griff hilflos über den Tresen nach ihrer Hand, doch sie entzog sie ihm ungehalten. »Ich konnte … Ich wollte … Ich durfte doch nicht …« Er suchte nach Worten. »Wir wurden doch zu absolutem Stillschweigen verdonnert. Die Bürgermeisterin hat uns gedroht, dass sie und der Finanzier uns verklagen würden, wenn wir uns verquatschen und nicht mitspielen.« Er sah seine Tochter flehend an. »Und wir haben doch im Endeffekt dabei auch gar nichts zu melden. Das wird alles in der Kreisstadt entschieden. Von der Faber höchstpersönlich. Wir sollten das nur der Form halber abnicken.«

»Und ihr habt nicht mal versucht, es zu verhindern?«, fauchte Kim und zog ihre Augenbrauen zornig zusammen.

»Doch, wir haben lange darüber diskutiert. Ich war natürlich dagegen, aber Doktor Schulze meinte, dass so eine Hotelanlage ja auch neue Arbeitsplätze in den Ort brächte. Und ich hab gedacht, dass das vielleicht auch für dich eine Chance wäre. Dann könntest du wieder in deinem eigentlichen Job als Hotelfachfrau arbeiten und müsstest nicht in diesem ollen Imbiss Currywurst und Bier verkaufen.« Er zuckte mit den Schultern.

»Aber ich *will* gar nicht zurück in meinen alten Job!«, widersprach Kim vehement. »Ich will aus diesem Laden ein Schmuckstück machen. Meine eigene Chefin sein. Mir gefällt es in Seelinchen und im *Campingparadies*! Wie kommst du dazu, mir quasi einfach einen neuen Job zu besorgen?!«

»Hat sich ja inzwischen auch schon wieder erledigt …«, stellte ihr Vater leise fest und ließ den Kopf hängen.

»Was?«, fragte Kim überrascht.

»Das mit dem geplanten Hotelkomplex.«

»Dann ist der Plan vom Tisch, und wir können bleiben?« Kim schöpfte einen Moment lang Hoffnung.

»Nein …«, murmelte Eberhard und rang mit sich.

»Ja, nein … Was denn nun? Spuck's aus, Papa! Was heißt das?«

»Die Faber hat schon wieder einen neuen Investor an der Hand … Der will hier Luxuswohnungen bauen.«

»*Luxuswohnungen* in Seelinchen? Was ist denn das für ein Quatsch? Wer soll denn hierherziehen? Hier gibt's doch nichts, was Reiche mögen.« Sie sah ihn ungläubig an.

»Mit Seelinchen wollen die ja auch gar nichts zu tun haben. Der Investor will das ganze Gelände einzäunen, mit Privatstrand, Schicki-Restaurant und eigenem Hafen für die Jachten dieser reichen Fatzkes. Mit Security am Tor und allen Schikanen. Eine Stadt in der Stadt, also im Dorf. Da hätte unsereins überhaupt keinen Zutritt«, schnaubte er, nun selbst wütend.

»So eine Art *Gated Community*?«, fragte Kim fassungslos.

»Ja, so nennt man den Quatsch, hat die Faber gesagt«, bestätigte er.

»Das darf doch nicht wahr sein …« Kim war erschüttert und zapfte sich erst mal selbst ein Bier auf den Schock.

»Das dachten wir auch, als wir heute im Gemeinderat darüber gesprochen haben. Im Gegensatz zu dem Hotelplan hätte Seelinchen nämlich gar nichts davon. Die Steuereinnahmen würden sämtlich in die Kreisstadt fließen.«

»Ich fasse es nicht …« Kim nahm sich ihr volles Glas, kam hinter der Theke hervor und setzte sich auf den Barhocker neben ihren Vater.

Sie schwiegen eine Weile. Kim dachte nach, ob sie ihr Versprechen, das sie Brigitte gegeben hatte, weiter halten sollte. Nach dem, was ihr Vater ihr da gerade eröffnet hatte, schien es ihr sinnlos. Inzwischen war er doch genauso gegen das, was ihnen allen hier drohte wie sie. Also fasste sie einen Entschluss.

»Hab ich dich richtig verstanden, Papa, dass der Gemeinderat diese neuen Pläne ablehnt und sich für den Erhalt des Campingplatzes einsetzen würde?«, fragte sie vorsichtig.

»Ja klar, wenn das irgendeine Aussicht auf Erfolg hätte, schon«, bestätigte er und sah sie fragend an. »Aber was sollen wir schon gegen die Faber tun?«

»Genau das werden wir morgen hier im Imbiss, in einer Vollversammlung mit den Vereinsmitgliedern des *Campingparadieses am Waldsee e.V.* diskutieren. Und ich bin mir sicher, gemeinsam werden wir eine Lösung finden!«

Er sah sie überrascht an. »Wie willst du das denn so schnell organisieren?«

»Die Vorbereitungen laufen bereits seit Anfang der Woche …« Kimberly konnte sich angesichts seines ungläubigen Blicks ein Schmunzeln nicht verkneifen.

»Was? Wie …?«

»Seit Brigitte mitbekommen hat, dass da ein ganz krummes Ding läuft und wir hier vertrieben werden sollen, plant sie eine Revolution!« Sie lachte auf, als sie sein schockiertes Gesicht sah. »Wir haben beschlossen, uns gegen diese miesen Baulöwen zu wehren. Und wir wissen inzwischen sogar, wer dahintersteckt!«

»Wie bitte? Das wissen ja nicht mal wir. Die Faber schweigt sich aus, meinte nur, dass es wohl ein Berliner Großinvestor wäre, der hier diese Terrassenwohnungen mit Seeblick bauen will.«

»Ja, das deckt sich mit unseren Nachforschungen«, bestätigte Kim.

»Tatsächlich?« Eberhard staunte.

»Und das miese Schwein hat sich sogar hier bei uns eingenistet, spioniert alles aus, und hat sogar versucht, sich mein Vertrauen zu erschleichen«, stieß sie hitzig hervor. »Aber ich bin natürlich nicht darauf reingefallen!«

»Das ist ja'n Ding! Wer ist es denn?« Eberhard Baumann sah sie mit angehaltenem Atem erwartungsvoll an.

»Dieses dubiose Pärchen mit der *Hymer B-Klasse*! Leon Behrend und seine goldbehängte Tussi, die angeblich seine *Schwester* ist ...«

»Nein!«

»Doch!«

»Oh ...« Diese Nachricht musste Eberhard Baumann erst mal verdauen. Er stand auf, ging hinter den Tresen und füllte sein Glas am Zapfhahn.

Auch Kim dachte nach. Über Leon. Jetzt, wo sie wusste, was für eine Art Projekt er hier plante, war sie noch wütender auf ihn. Eine *Gated Community* für schwerreiche Leute, die sich in ihrem Luxus vom Rest des gemeinen Volkes abschotten wollten. So etwas Perverses hatte sie ihm echt nicht zugetraut. Er hatte sich wirklich gut verstellt, mit seinem lässigen Auftreten in T-Shirt und Jeans – die perfide Tarnung eines skrupellosen Immobilien-Tycoons.

Seine angebliche »Schwester« gab sich deutlich weniger Mühe, sich zu verstellen. Zwar hatte Kim sie bisher nur einmal kurz gesehen, als sie heute Nachmittag bei Sybille und Tobias gewesen war, aber ein Blick hatte genügt, um die Tussi richtig einzuordnen. Wie diese Schicki-Madame in ihrer Seidentunika vor ihrem Wohnmobil gesessen hatte, von oben bis unten mit diesem angeberischen Goldschmuck behängt. Wie sie arrogant ihren Weißwein geschlürft und nicht mal gegrüßt hatte, als Kimberly vorbeiging. Es schüttelte sie, als sie an dieses schreckliche Weibsstück dachte.

»Und was genau haben Brigitte und du nun ausgeheckt?«, riss die Frage ihres Vaters sie aus ihren Gedanken.

»Wir haben alle vertrauenswürdigen Dauercamper eingeladen. Morgen werden wir ihnen en détail erzählen, was wir herausgefunden haben und anschließend diskutieren, welche Protestmaßnahmen am vielversprechendsten sind, um den Verkauf unseres *Campingparadieses* zu verhindern«, erklärte sie und sah ihrem Vater ernst in die Augen. »Bist du dabei?«

»Ja, natürlich!«, stimmte Eberhard Baumann, ohne zu zögern, zu, kippte sein halbvolles Bier auf ex und redete sich dann in Rage. »Wir müssen dieser korrupten Bürgermeisterin Faber in die Suppe spucken, ihr das Handwerk legen, sie …«

»Ja, ja, beruhig dich, Papa«, unterbrach Kim ihn lächelnd. »Gemeinsam finden wir schon einen Weg, ihre Pläne zu durchkreuzen.«

Ihr Vater atmete tief durch. »Ich bin so froh, dass ich dieses schreckliche Geheimnis nicht länger allein mit mir herumtragen muss.« Er sah sie bedauernd an. »Es tut mir furchtbar leid, Kim.«

»Schon gut. Ist ja noch nicht zu spät.« Sie lächelte ihm versöhnlich zu. »Wenn du etwas tun willst, dann kannst du mir beim Ausräumen vom Imbiss helfen. Gunnar und Tobias kommen morgen Mittag vorbei und wollen mit anpacken, damit wir hier abends genügend Platz für all die Leute haben. Hilfst du uns?«

»Na, klar! Ich bin dabei, meene Kleene.«

Kim beugte sich über den Tresen, umarmte ihren Vater und drückte ihm einen feuchten Schmatzer auf die Wange.

»Wir schaffen das schon – gemeinsam!«

7

Freitag

Obwohl er mit seiner schnellen Morgentoilette längst fertig war, stand der zweiundsiebzigjährige Horst Müller, seine dunkelblaue abgegriffene Kulturtasche, in der die gelbe Plastikdose mit einem Stück Seife, Zahnbürste, Zahnpasta und sein elektrischer Rasierapparat verstaut waren, in der einen Hand, die Klopapierrolle in der anderen, das grüne Frotteetuch über seiner Schulter, wie angewurzelt da und starrte den jungen Mann schräg hinter sich durch den Spiegel an.

Jetzt, um halb zehn, war der allmorgendliche Andrang im Gemeinschaftswaschraum der Herren vorüber. Um diese Zeit war der Rentner hier normalerweise allein und hatte seine Ruhe.

Was machte ausgerechnet einer dieser neuen Luxus-Wohnmobil-Camper, die nicht weit von dem Dauerstellplatz parkten, den seine Frau und er seit Jahrzehnten gepachtet hatten, jetzt hier?, überlegte er.

Soweit Horst und Elke Müller das hinter ihrer Ligusterhecke beobachten konnten, hielten diese feinen Pinkel sich doch sonst von den Waschräumen fürs gemeine Volk fern und benutzten die schicken Privatbäder in ihren Schlössern auf vier Rädern. Aber nun wusch sich einer von denen hier. Horst Müller war irritiert.

Schon seit einer ganzen Weile hantierte der Mann, nach Gesichtswäsche und Zähneputzen, mit mehreren dubiosen Creme-Töpfchen und -Tuben herum, betupfte mit den Fingerspitzen nacheinander sorgfältig Stirn, Augenlider und die Lachfalten drumherum.

Er selbst hatte sich noch nie irgendwas ins Gesicht geschmiert. Und seine Elke benutzte, solange er denken konnte, auch nur ihre *Florena*-Creme mit Kamille – für die Hände. Dieses Eincremen war doch Frauenkram. Aber das da drüben war ein *Mann*! Und der hatte drei, vier verschiedene Cremes, die er in dem kleinen Teil seines Gesichts verteilte, der nicht von dem opulenten Bart bedeckt war. Wozu sollte das gut sein?, fragte sich Horst Müller mit skeptisch zusammengezogenen Augenbrauen, während er den Mann beobachtete.

Er konnte sich einfach nicht von dem Schauspiel trennen, das sich ihm bot, die Gewissenhaftigkeit, mit der sich der junge Mann seinem morgendlichen Pflegeritual widmete, faszinierte ihn überaus.

Jonas Zach fing den Blick durch den Spiegel auf, als er gerade damit begann, seinen imposanten Vollbart mit den Händen einzuseifen. Während der Schaum in seinem Gesicht immer üppiger und steifer wurde, nickte er höflich hinüber, doch der andere reagierte nicht.

»Shampoo nur alle drei Tage. Sonst trocknet die Haut aus«, erklärte Jonas schließlich fachmännisch, um das unheimliche Schweigen zu brechen. Dann beugte er sich runter zum Wasserhahn und spülte den weißen Schaum, der seinen üppigen Hipster-Bart bedeckte, nach und nach aus.

»Shampoo?«, fragte Horst Müller irritiert. »Im Gesicht?«

»Ja.«

»Ich dachte, das wäre Rasierschaum und Sie wollten sich die lange Matte abrasieren.«

»Um Himmels willen. Das hat monatelang gedauert, den Bart so lang zu züchten. Der kommt nicht ab, sondern wird schön gepflegt.«

»Mit Shampoo?«

»Das ist ein spezielles Bartshampoo von meinem *Barber*«, erklärte Jonas und spülte den Rest Schaum weg.

»Barber?« Horst sah ihn stirnrunzelnd an.

»Ja, mein Friseur, speziell für Bärte.«

»So was gibt's bei uns in Mahlsdorf nicht.«

Jonas lachte auf. »In Mitte gibt's dafür etliche Barbershops.«

»Ach guck …« Horst schien nachzudenken und murmelte schließlich: »Früher hatte ich mal 'nen Schnäuzer. Musste ich abnehmen. Mag sie nicht, hat Elke gesagt.«

Jonas griff sich das Handtuch, trocknete sein Gesicht ab und blickte dabei in den Spiegel. »Elke ist Ihre Frau?«

»Seit zweiundfuffzig Jahren«, antwortete Horst seufzend, lächelte jedoch zufrieden.

»Hui! Das ist aber lang«, staunte Jonas. »Das werde ich in meinem Leben wohl nicht mehr schaffen.« Er grinste hinüber. »Wie lange müssen Sie denn noch?«, fragte er augenzwinkernd, nachdem der andere wieder nicht reagierte.

»Was?« Horst Müller sah ihn verständnislos an.

»Das war nur ein blöder Scherz«, erklärte Jonas lächelnd. »Aber mal im Ernst … Warum will Ihre Elke das nicht? Stört es sie beim Knutschen?«

Horst Müllers Augen weiteten sich ungläubig. »Knutschen …?« Er schüttelte entrüstet den Kopf. »Nee, nach der Goldenen Hochzeit wird nicht mehr geknutscht.« Er stockte. »Eigentlich gibt's solche Albernheiten bei uns schon seit der Silberhochzeit nicht mehr …«

»Aha … Aber wieso lassen Sie sich von Ihrer Frau trotzdem immer noch vorschreiben, wie Sie auszusehen haben?«

Sein Gegenüber zuckte mit den Schultern. »Na, Elke muss mich ja schließlich den ganzen Tag angucken. Ich nur die paar Minuten, wenn ich mich rasiere.« Er grinste.

Der Logik konnte Jonas sich nicht entziehen.

»Verstehe …« Er konzentrierte sich wieder auf seinen Vollbart, der durch einen dicken Schnauzer auf der Oberlippe gekrönt wurde. Mit dem Kamm brachte er alles in Form, kürzte mit der Schere hier und da einige vorwitzige Haare und griff schließlich nach einem kleinen, braunen Fläschchen. Nachdem er es vorsichtig aufgeschraubt hatte und wieder aufsah, schreckte er zusammen, weil sein Gegenüber plötzlich dicht neben ihm ans Waschbecken getreten war und ihm genau auf die Finger schaute.

Als er die Pipette herauszog, fragte Horst Müller neugierig: »Was ist das?« Er schnupperte. »Rasierwasser?«

»Bart-Öl«, antwortete Jonas knapp. Langsam wurde ihm dieser alte Mann ein bisschen unheimlich.

»Wozu ist das gut?«

»Zur Pflege des Barts. Und der Haut darunter. Eigentlich nehme ich meist Bart-Wachs, aber das hab ich leider zu Hause vergessen.« Er ließ ein paar Tropfen in seine Hände fließen und massierte das Öl sorgfältig ein.

»Das riecht aber gut«, erklärte Horst anerkennend und schnupperte noch mal. »Fast so gut wie mein *Tüff*.«

Jonas hielt irritiert inne. »TÜV?«

»Ja, *Tüff*.« Er nickte. »Nummer zwei – herb.«

»Ich verstehe nicht … Was hat der Auto-TÜV denn mit Bärten zu tun?«

»Nicht der TÜV, sondern das *Tüff*. Mit zwei ›F‹. Rasierwasser. Gab's schon in der DDR. Kriegste heute nur noch online. Bückware, wie früher.« Horst Müller lachte auf. »Dit riecht super und tut, was es soll. Noch immer genauso gut wie früher.« Er kramte in seinem Kulturbeutel und holte eine kleine Flasche mit knallrotem Papieretikett heraus. »*Tüff*.«

»Ach so!« Jonas grinste, hob sein Fläschchen hoch und zeigte auf das Etikett. »Meins heißt *Protect*. Also *Beschützen*.«

»Alberner Name«, konstatierte Horst Müller gnadenlos. »Aber riechen tut's gut. Nicht ganz so herb wie *Tüff*, aber auch irgendwie männlich.«

»Na, da bin ich aber froh«, meinte Jonas amüsiert. Er räumte sämtliche Pflegeprodukte in sein *Gucci*-Täschchen und sagte freundlich: »Grüßen Sie Ihre Frau unbekannterweise von mir. Sie soll sich noch mal überlegen, ob sie nicht doch mit einem coolen Bartträger leben könnte.«

Horst Müller schüttelte den Kopf, als sie gemeinsam das Waschhaus verließen. Seufzend meinte er: »Ach nee, lieber nicht. Elke ist da sehr eigen in ihren Ansichten. Und die paar Jahre, die uns noch bleiben, überstehe ich jetzt auch noch glatt rasiert.«

»Mit dem Duft der weiten Welt – *Tüff*«, ergänzte Jonas komplizenhaft grinsend.

»Ganz genau!« Der Rentner lachte mit. »Sollten Sie auch mal probieren, junger Mann. Die Frauen stehen auf den Duft von *Tüff*. Da können Sie meine Elke fragen …« Er zwinkerte Jonas zu. »Vielleicht schaffen Sie es dann wenigstens noch bis zur Silberhochzeit.«

Bester Laune verabschiedeten sich die beiden Männer voneinander. Horst Müller ging zurück zu seinem Stellplatz und seiner Elke. Jonas machte sich auf den Weg zum Imbiss, um die vorbestellten Brötchen abzuholen – für sein erstes Frühstück und das zweite seines Vaters, der wie immer schon um sechs sein Birchermüsli gegessen hatte, bevor er ein paar Bahnen im See geschwommen war. Jonas hoffte, dass der Alte sich heute mal entspannte und nicht wieder den ganzen Tag verplant hatte.

* * *

Gunnar Witte, sein Schwiegersohn Tobias Gerber und Eberhard Baumann schwitzten, als sie sich in der Mittagshitze bemühten, auch noch die klobige Holzeckbank aus dem Imbiss nach draußen zu bugsieren.

»Setz mal kurz ab, Ebi. Das Ding rutscht mir sonst weg«, bat Tobias. Stöhnend richtete er seinen schmerzenden Rücken auf. »Das ist aber auch schwer.«

»Und hinten voller Spinnweben«, bemerkte Kimberly, die das Möbelrücken beaufsichtigte. »Wurde echt Zeit, dass der alte Plunder rausfliegt.«

Sie griff sich einen Stuhl und schlängelte sich damit an den Männern vorbei auf die Terrasse, wo sich schon die vier Tische und zahlreichen dunkelbraunen Holzstühle mit den geblümten Polstern stapelten, die sie bereits gemeinsam aus der Gaststube geschleppt hatten.

Kim sah sich um. »Am besten stellt ihr die Bank hinten um die Ecke, sonst ist hier kein Platz mehr für die Terrassenmöbel und Sonnenschirme«, wies sie ihren Vater an, der daraufhin wieder anpackte.

»Auf drei, Tobias«, kommandierte er. »Eins, zwei – uff…« Ächzend drehten sie die schwere Eckbank vorsichtig durch die schmale Tür.

»Sehr gut«, lobte Kimberly und machte Zeichen, wohin das Monstrum verschwinden sollte. »Ich danke euch vielmals. Damit wäre das Gröbste geschafft.« Sie strich sich ihre staubigen Hände an den Shorts ab. »Jetzt muss ich die Bude nur noch gründlich durchputzen ...« Sie stöhnte theatralisch, lachte aber gleich darauf herzlich. »Das ist mein heutiges Fitnessprogramm, statt mit dem SUP-Board über den See zu paddeln.«

»Guck mal, dahinten kommen Brigitte und ihre Mau-Mau-Gang.« Gunnar zeigte in Richtung der Dauerstellplätze. »Vielleicht helfen die dir ja ein bisschen.«

»Nein, nein, das ist nicht nötig«, wehrte Kim ab.

»Aber du musst doch bestimmt heute noch ein paar Curry-Pommes verkaufen«, meinte Tobias zweifelnd. »Wie willst du da zwischendurch auch noch putzen?«

»Ach, das schaffe ich schon. Hab ja Zeit bis heute Abend.«

»Aber sag Bescheid, wenn nachher die Plastikstühle für die Versammlung reinsollen. Du findest mich auf meiner Liege am See. Bis dahin ist mein Rücken auch wieder okay.« Er fasste sich lachend ans Kreuz.

»Ja, ich pack dann auch gerne wieder mit an«, erbot sich sein Schwiegervater tatendurstig.

»Ach was«, widersprach Eberhard Baumann gleichmütig. »Die kann ich später allein aufstellen. Die wiegen ja nix. Wir sehen uns dann um kurz nach acht mit den anderen hier.«

»Wenn du meinst ...«, stimmte sein alter Freund Gunnar zweifelnd zu.

»Ja, sicher«, grummelte der Platzwart. »Nun macht, dass ihr zu eurer Mischpoke kommt. Ich muss dann auch mal wieder nach vorne zur Rezeption. Bis später, Kimberly.«

Brigitte Fehrer, Bertha Vogt, Elisabeth Möhlke und Margret Schmitz betraten gerade die Terrasse.

»Na, Ebi, hab gehört, du hast dich nun doch unserem Kampf angeschlossen?«, grüßte ihn Brigitte Fehrer. Ihre Stimme klang skeptisch. Eberhard Baumann nickte nur stumm, tippte sich an den Schirm seiner Schiebermütze und trollte sich.

»Kannst Sybille Bescheid sagen, dass wir da sind«, rief die Rentnerin dann Tobias, der mit seinem Schwiegervater Richtung Strand marschierte, laut hinterher. Er reckte im Gehen den Daumen zur Bestätigung hoch.

Staunend betrachtete Kimberly die vier alten Frauen, die in Kittelschürzen und Gummihandschuhen, bewaffnet mit Eimern, Putzmitteln und Lappen, fröhlich grinsend vor ihr standen.

»Was habt ihr denn vor?«, fragte sie ungläubig.

»Na, wir sind das Putzkommando«, verkündete Bertha gut gelaunt und schwenkte ihren rosafarbenen Lappen wie einen Propeller in der Luft.

»Sybille hat erzählt, dass Tobias und Gunnar beim Ausräumen helfen, und da haben wir uns gedacht, dass doch sicher noch mal kurz durchgefeudelt werden muss, bevor wir uns nachher hier zum Plenum treffen«, erklärte Brigitte.

»Aber das ist doch nicht nötig«, versuchte Kim abzuwehren. »Das kann ich doch machen.«

»Nichts da! Das Campingplatz-Kollektiv steht zusammen!« Brigitte reckte ihre Profi-Handballerinnenfaust kämpferisch in den Himmel und stimmte inbrünstig eine neue Version des alten Arbeiterlieds an:

»*Schwestern, zur Sonne, zur Freiheit, Schwestern zum Lichte empor! Hell aus dem dunklen Vergangnen leuchtet die Zukunft hervor ...*«

»Nun mach mal halblang!« Elisabeth rollte grinsend die Augen und bremste ihre Freundin. »Das wird hier nicht die Weltrevolution. Wir wollen erst mal nur feudeln.« An Kim gewandt, bekräftigte sie allerdings: »Wir haben doch sonst nichts zu tun. Und im Putzen haben wir Übung. Also lässt du uns nun helfen, Kind?«

Kimberly strahlte. »Das ist so toll von euch. Danke!«

»Machen wir doch gerne, Kleene«, erklärte Margret. »Viele Hände schaffen schnelles Ende«, schob sie noch hinterher.

»Gibt's eigentlich irgendwas, wozu du keinen dummen Spruch auf Lager hast, Grete?«, fragte Brigitte seufzend.

»Alle für einen, einer für alle!«, konterte Margret verschmitzt und ließ mit einem eleganten Ausfallschritt ihren rechten Arm nach vorne schnellen, als wenn sie mit einem Degen zustechen würde.

»Andersrum, Grete: *Unus pro omnibus, et omnes pro uno*, wie wir Lateiner sagen«, korrigierte Bertha streng.

»*Odin za vsekh, vse za odnogo*«, übersetzte Brigitte, ohne lange nachzudenken, den Spruch. »Wir sprechen kein Latein in Pankow, aber Russisch.«

»Bei den drei Musketieren hieß es im französischen Original: *Un pour tous, tous pour un*«, ergänzte Elisabeth fast akzentfrei. »Stammt von Alexandre Dumas und ist übrigens seit dem 19. Jahrhundert auch der Wahlspruch der Schweiz.« Sie blickte triumphierend in die Runde.

»Na, wenn unsere ehemalige Latein-Lehrerin, die Landesmeisterin im Fechten und die Frau Studienrätin für Französisch und Geschichte mit Putzlappen und Eimer genauso flott sind wie mit dem Mund, dann sind wir hier in einer halben Stunde sicher durch«, meinte Brigitte lachend. »Los, Mädels, dann wollen wir mal. Ist die Bahn frei?«

Kim amüsierte sich prächtig über die Frotzeleien dieser vier energiegeladenen Frauen. »Ja, ist leer drinnen. Die Jungs haben alles ausgeräumt.«

»Dann lasst uns mal loslegen«, kommandierte Brigitte Fehrer.

Voller Tatendrang machten sich die rüstigen Rentnerinnen ans Werk, während Kimberly Baumann hinterm Tresen weiter ihre Kunden bedienen konnte. Nach einer guten Stunde erstrahlte der alte Gastraum zumindest oberflächlich in neuem Glanz, befreit von Staub und Spinnweben der letzten Jahrzehnte. Sogar die Bodenfliesen glänzten an den Stellen, die die Frauen bereits gewienert hatten, wieder weiß statt grau. Es roch streng nach Chlorreiniger.

»Wenn jetzt noch die Wände gestrichen werden und mit neuen Möbeln, wird das hier echt hübsch«, meinte Kim zufrieden, als sie sich umsah. Doch gleich darauf huschte ein Schatten über ihr Gesicht und sie murmelte: »Falls vorher nicht alles abgerissen wird …«

Sie verstummte erschrocken, als sie entdeckte, dass ausgerechnet Leon Behrend, wie aufs Stichwort, geradewegs den Imbiss ansteuerte.

»Unsinn, Kim!«, widersprach Brigitte Fehrer laut. »Wir werden heute sicher …«

»Pssst, Mädels, Mund halten. Der Feind naht«, zischte Kim alarmiert und deutete nach draußen.

Die anderen hielten kurz inne, guckten hoch und erkannten die Gefahr. Augenblicklich starrten sie wieder betont konzentriert zu Boden und wischten schweigend weiter, während Kimberly ein möglichst neutrales Gesicht aufsetzte. Mit einer nervösen Geste strich sie ihre Haare hinter die Ohren, griff sich ein leeres Glas und beugte sich damit über das Spülbecken.

»Hui, was ist hier denn los?«, fragte Leon überrascht, als er durch die offen stehende Tür hereinkam. In der Hand trug er Eimer und Wischmob. »Da komme ich ja wohl gerade richtig.« Er lachte fröhlich auf. »Sorry, dass es etwas länger mit der Rückgabe gedauert hat.« Vorsichtig die Stellen vermeidend, die bereits sauber waren, trat er an den Tresen und schob die Putzutensilien unter der Durchreiche hindurch. »Wenn ich geahnt hätte, dass hier heute Großreinemachen angesagt ist …«

»Kein Problem«, erwiderte Kim kühl. »Wir haben nicht nur den einen Wischer.«

»Ja, das sehe ich. Guten Tag, die Damen.« Er nickte den vier alten Frauen freundlich zu, doch die reagierten nur mit unverständlichem Murmeln. »Geht's mit deiner Renovierung los?« Leon lächelte Kim erwartungsvoll an. »Kann ich auch irgendwie helfen?«

»Nein, danke, wir schaffen das schon«, lehnte sie schroff ab. »Ist auch nur so 'ne Art Frühjahrsputz.« Sie rieb pro forma weiter an dem Glas herum. »Was kann ich für dich tun?«

Leon spürte Kims Widerwillen gegen ihn mal wieder deutlich und fragte sich, ob es in diesem Moment daran lag, dass er ihren Wischmob nicht sofort zurückgebracht hatte? Sie hatte doch gesagt, dass es nicht eilen würde.

»Ich hätte gern eine Cola – wenn's nicht zu viel Mühe macht«, antwortete er und merkte, dass seine Stimme patziger geklungen hatte als beabsichtigt. Aber das hatte sie sich schließlich selbst zuzuschreiben, rechtfertigte er sich bockig vor sich selbst.

»Kommt sofort«, erklärte sie geschäftsmäßig, griff in den Kühlschrank und öffnete zischend die kleine Flasche. »Macht einsfünfzig. Glas?«

»Nicht nötig.« Er schob zwei Euro über den Tresen und blieb trotzig stehen. »Lieber so einen Knickstrohhalm.«

Kimberly trocknete kurzerhand das Bierglas in ihrer Hand ab und knallte es neben der Cola auf die Theke. »Wir vermeiden Plastik. Aus Umweltgründen.«

»Ach so.«

»Ja.«

»Finde ich gut.«

»Wir haben ein paar Glasstrohhalme, aber die sind alle dreckig.«

»Geht auch so.«

»Eben.«

Die vier Aushilfsputzfrauen rieben mechanisch mit ihren Wischern und Putzlappen auf der Stelle hin und her und beobachteten dabei gespannt den zickigen Dialog zwischen Kim und Leon wie bei einem Tennismatch.

Er schenkte sich ein und nahm einen Schluck.

»Danke noch mal für den Feudel«, sagte er schließlich.

»Gern geschehen.«

»Ich musste noch ein zweites Mal durchwischen, weil sich auch unter den Schränken noch Wasser gesammelt hatte.«

»Aha.«

»Ja. Ist aber zum Glück nichts kaputtgegangen.«

»Erfreulich.« Kim griff in die Kasse. »Hier, dein Wechselgeld.«

»Nein danke. Stimmt so.«

»Danke.«

Brigitte Fehrer schmunzelte in sich hinein und war sehr zufrieden, wie Kimberly den miesen Baulöwen eiskalt abblitzen ließ.

»Was ist denn hier los?«, ertönte eine laute Stimme von

der Tür, und aller Augen richteten sich auf Jonas Zach, der selbstbewusst den Gastraum betrat.

Er warf einen kurzen Blick in die Runde, rümpfte die Nase über den Chlorgestank und checkte in Sekundenbruchteilen den Mann an der Theke ab, mit dem Kimberly sich gerade unterhalten hatte.

Olles T-Shirt, labbrige Shorts – keine Konkurrenz, stellte er selbstzufrieden fest und trat mit großer Geste und einem breiten Lächeln auf sie zu.

»Hallo, meine Schöne!«, rief er etwas zu laut.

Die vernichtenden Blicke der Rentnerinnen angesichts der dunklen Spuren, die er mit den schmutzigen Sohlen seiner weißen Segelschuhe auf dem frisch geputzten Boden hinterließ, bemerkte er nicht.

Kim strahlte ihn an. »Jonas?! Heute so früh?«, zwitscherte sie, ließ Leon stehen und wandte sich demonstrativ dem Neuankömmling zu. »Schon Lust auf einen *Negroni*?«

»*Lust* schon …« Er betonte das Wort vielsagend und zwinkerte ihr zu. »Aber den trinke ich lieber nach Feierabend mit dir. Allein …« Er warf einen kurzen, triumphierenden Blick rüber zu Leon, der ihn mit versteinerter Miene anstarrte.

»Oh, daraus wird heute leider nichts. Wir haben abends geschlossene Gesellschaft.«

»Muss ja wichtig sein, dass du dafür gleich vier Putzen beschäftigst. Geburtstagsparty?«

Dankbar für die Erklärung, die Jonas ihr damit geliefert hatte, bestätigte Kim: »Ja, genau. Einer von den älteren Dauercampern. Die wollen hier feiern.«

Sie suchte entschuldigend den Blick von Brigitte Fehrer, die entrüstet schwieg. Kim sah ihr an, dass sie nur mit Mühe eine Retourkutsche zu den »Putzen« zurückhalten konnte. »Meine *Freundinnen* hier helfen mir ein bisschen, den Laden dafür auf Vordermann zu bringen«, erklärte sie schnell.

»Aha …«, machte Jonas, wenig interessiert. »Dann hast du ja Zeit, mit mir auszugehen, wenn diese Camper den Laden übernehmen.«

»Nein, ich muss mich um die Bar kümmern.«

»Schade. Wie wär's mit morgen Abend? *Saturday Night Fever* …« Er deutete einen albernen Tanzmove an, lehnte sich grinsend über den Tresen und sah Kimberly tief in die Augen. »Wir könnten was Schnuckliges essen gehen und dann noch in eine Bar oder irgendwo tanzen?«

»Im *Dorfkrug*?«, meinte sie schmunzelnd.

»Ganz bestimmt nicht! Vielleicht finden wir was Passendes in der Kreisstadt?«, gab er nicht auf.

»Kann ich noch einen Espresso haben?«, meldete sich Leon zu Wort. Man hörte ihm an, wie sehr ihn das Getue dieses Kerls neben ihm nervte.

»Macchiato?«, fragte Kim, ohne den Blick von Jonas abzuwenden, zurück.

»Nein, schwarz.« Seine Stimme klang ebenso düster wie der bestellte Kaffee.

Mit einem entschuldigenden Lächeln für Jonas drehte sie sich um und machte sich an der Espressomaschine zu schaffen. Dabei sprach sie weiter mit ihm.

»Also, außer dem *Schwarzen Schwan* gibt's in der Kreisstadt nur noch eine Pizzeria, einen Griechen und 'ne Dönerbude. Ach, und einen Chinesen.« Sie zuckte mit den Schultern und meinte: »Da koche ich lieber zu Hause was Leckeres.«

»Lädst du mich ein?«, fragte Jonas frech und grinste sein breites, strahlend weißes Lächeln.

Kim lachte kokett auf, servierte Leon nebenbei den Espresso und wandte sich wieder Jonas zu.

»Sorry, aber unser Haus ist privat«, bedauerte sie. »Keine Campinggäste. Hat mein Vater vor Ewigkeiten so entschieden.« Sie zuckte mit den Schultern. »Das gilt ausnahmslos bis heute.«

»Ach, verdammt!«, seufzte Jonas übertrieben. »Dann muss ich mich wohl mit einem Drink hier begnügen, wenn ich in deiner Nähe sein will«, säuselte er und zwinkerte ihr zu. »Hast du einen Energy-Drink für mich?«

»Na, klar.«

Kim holte eine bunte Dose aus dem Kühlschrank. Aus den Augenwinkeln sah sie, dass Leon ihr Geflirte mit Jonas grimmig verfolgte. War er etwa eifersüchtig? Oder nur sauer, dass ein anderer seine Pläne durchkreuzte – seinen Schlachtplan, sie einzuwickeln, um sich Stress zu ersparen, wenn er hier sein Bauprojekt durchzog?

Sie sah einen Moment länger als nötig zu ihm hinüber. Dabei verfing sie sich im traurigen Ausdruck seiner sanften grünen Augen. Er schien ehrlich frustriert zu sein, stellte sie verwirrt fest, riss ihren Blick los und servierte Jonas den Drink mit einem freundlichen Lächeln. »Zwei Euro, bitte. Möchtest du ein Glas dazu?«

»Nein, danke. Du reichst mir völlig …« Er grinste und schob ihr mit großer Geste einen Zehn-Euro-Schein rüber. »Stimmt so …«

Kimberly musste sich eingestehen, dass das Schauspiel, das sie und Jonas hier aufführten, tatsächlich reichlich lächerlich war. Doch das hatte dieser Betrüger da drüben nicht anders verdient. Er ahnte ja nicht, dass sie ihn längst durchschaut hatte.

* * *

Der kleine Imbiss platzte fast aus allen Nähten, als sich die Vereinsmitglieder des *Campingparadieses am Waldsee e.V.* am Abend nach und nach in der Gaststätte einfanden. Die zwanzig Plastikstühle reichten längst nicht aus, also stellten sich die Besucher auch an den Seiten und hinten in den Raum. Die Luft hier drinnen war angesichts der vielen Menschen und der sommerlichen Wärme zum Schneiden. Einige der Anwesenden benutzten die Getränkekarten als Fächer.

Eberhard Baumann und Brigitte Fehrer betätigten sich als Türsteher, um darauf zu achten, dass nur die richtigen Leute Einlass fanden. Bevor es losging, hatte Kim hinter dem Tresen gut zu tun, die Camper mit kühlen Getränken zu versorgen. Um halb neun kehrte Ruhe ein. Inzwischen schienen alle da zu sein, die Brigitte und ihre Freundinnen persönlich von dem heutigen Treffen informiert hatten. Also schloss die Rentnerin die Tür, ließ den Campingplatzwart dort zur Bewachung stehen und drängelte sich in die erste Stuhlreihe durch, wo Bertha und Elisabeth ihr einen Platz zwischen sich freigehalten hatten.

Gespannt blickte sie zu Kimberly auf, die auf den Tresen geklettert war und ein paarmal in die Hände klatschte, um auf sich aufmerksam zu machen.

»Hallo liebe Camper, danke, dass ihr heute so zahlreich erschienen seid. Einige von euch wissen sicher schon grob, worum es geht, aber vermutlich noch nicht alle. Also ...«

Sie holte tief Luft und erklärte dann die brisante Lage. Während sie den bevorstehenden Verkauf des gesamten Geländes an einen Großinvestor und die Pläne zum Abriss des Campingplatzes erläuterte, gab es jede Menge entrüstetes Murren. Lauter Protest machte sich breit, als sie von den Terrassenhäusern und der geplanten *Gated Community* berichtete.

»Des isch Willkür!«, rief Ulrike Büchle aufgebracht. »Mir habet schließlich Verträge! Die könnet uns doch net einfach enteigne!« Dafür bekam sie spontanen Applaus.

Ihre Tochter Andromache krähte: »Gemeinheit!«

»Mich müssen die hier wegtragen«, rief Sybille Gerber. »Freiwillig gehen wir nicht!« Dafür gab's zustimmende Rufe von den Mitgliedern ihrer großen Familie, und es wurde wieder geklatscht.

»Vielleicht könnte uns der Gemeinderat mal erklären, wieso nichts gegen diese unmöglichen Pläne aus der Kreisstadt unternommen wurde«, forderte Monika Reimann ungehalten.

»Genau!«, stimmte ihr Mann Ulli zu und drehte sich zur Tür um, wo Eberhard Baumann sich hinter den stehenden Gästen zu verstecken schien. »Ist unser Platzwart nicht Mitglied in dem Gremium?« Seine Frage klang provozierend.

Ulrike Büchle schloss sich sofort an. »Ja, wieso lasse Se sich des g'falle, Herr Baumann? Los, saget Se uns des!«

»Nun hackt doch nicht auf dem armen Ebi rum. Der kann doch nix dafür, wenn die in der Kreisstadt was beschließen«, verteidigte ihn sein alter Freund Gunnar.

»Aber er muss es uns doch wenigstens erklären!«, widersprach Monika Reimann.

»Ja, welche Rechtsgrundlage gibt's da überhaupt?«, fragte ihr Mann. »Gehört das Gelände nicht der Gemeinde Seelinchen?«

Immer mehr Camper drehten murrend ihre Köpfe nach hinten, und Kimberly spürte die feindselige Stimmung ihrem Vater gegenüber stärker werden. Es tat ihr leid, dass sich die ganze Wut auf ihn richtete, doch er war der einzige Amtsträger, der vielleicht erklären konnte, wie es so weit hatte kommen können.

»Papa, sei doch so lieb, und komm hier nach vorne, damit du uns erzählen kannst, was da los ist«, bat sie und winkte ihn zu sich.

Die Leute, die vor ihm standen, traten rechts und links einen Schritt zur Seite und bildeten eine Gasse für Eberhard Baumann. Der zögerte noch einen Moment, sah unschlüssig zur Tür, die er eigentlich bewachen sollte, und dann in die skeptischen Gesichter vor sich. Schließlich gab er sich einen Ruck. Mit gesenktem Kopf schob er sich zum Tresen vor, drehte sich zur Menge um und sagte: »Also, ich weiß ja auch nicht ...«

»Lauter!«, rief jemand aus der hinteren Stuhlreihe.

Der Platzwart räusperte sich und erklärte gut hörbar: »Ihr habt recht, das Gelände des Campingplatzes gehört der Gemeinde ...«

»Hört, hört!«, rief jemand und ein anderer: »Na, bitte!«

Eberhard Baumann reagierte nicht darauf, sondern sprach weiter: »Als hier damals nach dem Krieg die Grundstücke der Großbauern und Adeligen enteignet wurden, bekam die Gemeinde das Gelände zugesprochen, auf dem dann der Campingplatz gebaut wurde. Aber Seelinchen ist Teil des Landkreises und wird von der Kreisstadt aus regiert und verwaltet. Wir haben ja keinen eigenen Bürgermeister, nur einen Ortsvorsteher und unseren kleinen Gemeinderat. Es gibt nur wenig, was wir selbst entscheiden können, wie den Eintrittspreis fürs Strandbad oder die Organisation des Osterfeuers oder die Stände für unser Sommerfest. Aber schon beim neuen Spielplatz ist Schluss. Immer, wenn es um größere Summen oder Projekte geht, müssen wir das in der Kreisstadt beantragen ...«

»Komm auf den Punkt, Ebi!«, rief Tobias Gerke ungeduldig, doch Eberhard ließ sich nicht aus dem Takt bringen.

»Als die Bürgermeisterin Kirsten Faber hier vor Kurzem mit einem Herrn aus Frankfurt ...«

»Oder?«, fragte Sybille Gerber interessiert.

»Nein, Main. Das reiche Frankfurt in Westdeutschland. Jedenfalls schneite die Faber unangemeldet in mein Büro und erklärte kurzerhand, dass der Anzugträger hier ein schniekes Hotel bauen wolle.« Eberhard atmete tief durch, und man merkte ihm an, dass es ihm schwerfiel, das zu erzählen. »Sie schilderte das Bauprojekt in schillernden Farben, schwärmte von all den Vorteilen und Arbeitsplätzen, die das für uns hier mit sich brächte. Das sei doch viel besser als dieser olle Campingplatz, der kaum Einnahmen abwirft ...«

»Wie bitte?!«, echauffierte sich Sybille. »Wir zahlen schließlich seit Jahrzehnten regelmäßig unsere Mieten für die Dauerstellplätze! Das wandert doch alles ins Steuersäckel von der Faber!«

Eberhard Baumann schüttelte den Kopf. »Von den tausend Euro, die ihr da jährlich zahlt, wird der Campingplatzbetrieb finanziert. Da bleibt nix übrig. Meist müssen die aus der Kreisstadt noch was zubuttern, wenn was Größeres ansteht, wie neulich der neue Babywickelraum in den Damenwaschräumen. Die Faber hat recht: Wir sind leider unrentabel, und so ein Luxushotel würde tatsächlich Geld einbringen ...« Er zuckte seufzend mit den Schultern. »Aber das war dann ja auch schnell wieder vom Tisch ...«

Als ihr Vater verstummte, sprang Kimberly ein.

»Inzwischen haben wir es, wie gesagt, mit einem Berliner Großinvestor zu tun, der hier alles plattmachen will, um eine Luxuswohnanlage für Superreiche hinzuklotzen!«, stieß sie wütend aus.

»Skandal!«, schallte es von hinten durch den mittlerweile noch stickigeren Raum.

»Unverschämtheit!«, rief Monika Reimann und fächelte sich hektisch Luft zu.

Ulrike Büchle verfiel vor lauter Aufregung nun in tiefstes Schwäbisch, als sie fluchte: »Overschemdheid! Do kennsch grad brilla! Gottverdammich!«

»Mama?« Andromache sah ihre sonst so beherrschte Mutter angesichts ihrer Ausdrucksweise irritiert von der Seite an.

»Aber Ulrike …«, versuchte ihr Mann Alexander sie zu bremsen, doch für die Professorin für Altgriechisch gab's kein Halten mehr. Sie stand auf, reckte die Arme erregt in die Luft und schimpfte, angesichts der bedrohten Zukunft ihres Nachwuchses, mit hochrotem Kopf weiter: »Des isch an rechdr Dregg! Was isch mit Andromache und Hektor, uns're kloi Kendle? Donnderlabbich no amol!« Sie ballte wütend die Fäuste.

Teils irritiert, teils fasziniert lauschte Bertha Vogt den schwäbischen Flüchen. »Was immer sie da gesagt hat«, meinte die ehemalige Latein-Lehrerin beeindruckt. »Ich hätt's nicht besser formulieren können.« Laut rief sie: »Bravo!«

»Danke«, seufzte Frau Professor Büchle erschöpft und setzte sich. »Des dürfe mir uns net biete lasse!«, ergänzte sie, nun wieder in moderatem Dialekt.

»Völlig richtig!«, ergriff nun Brigitte Fehrer das Wort und stand auf, damit alle sie sehen und hören konnten. »Wir müssen uns wehren, und dafür wollen wir heute Ideen sammeln. Wer hat einen Vorschlag, wie wir diesen dreisten Plänen ein Ende machen können?«

»Eine Bombe ins Rathaus!«, rief jemand johlend aus der Menge, erntete damit aber nur abfälliges Murren.

»Nur konstruktive Vorschläge, bitte«, forderte Brigitte ungehalten und zischte in die Richtung, aus der der Einwurf gekommen war: »Idiot!«

Ulli Reimann meldete sich zu Wort:

»Könnten wir das Gelände nicht einfach selber kaufen?«

»Einfach …?«, fragte Sybille Gerber mit hochgezogenen Augenbrauen. Amüsiert blickte sie in die Runde. »Na, wer von euch hat mal flott die nötigen Milliönchen dafür übrig?« Alle lachten.

»Man könnte ja einen Kredit aufnehmen«, unterstützte Monika eingeschnappt ihren Gatten.

»Das ist doch Blödsinn«, warf Elisabeth Möhlke ein. »Als Erstes sollten wir die Presse informieren. Die sind doch immer auf einen Skandal scharf. Kennt jemand einen Journalisten bei der *Märkischen Allgemeinen*?«

Alle sahen sich gegenseitig an, aber niemand meldete sich.

»Lasst uns eine Demo in der Kreisstadt machen«, schlug der VW-Bus-Dauercamper Thorsten Nielsen vor. »Jeany und ich waren früher in Kreuzberg ständig auf Demos. Wir könnten das anmelden und organisieren.«

»Und die Kinder könnten Plakate malen und schreiben«, ergänzte Katja Aydin enthusiastisch und sah Karim und Tarek neben sich an, die eifrig nickten.

»Wir könnten vielleicht Briefe an unsere Abgeordneten schreiben«, überlegte ihr Mann Murat laut.

»Aber die meisten Dauercamper sind doch Berliner«, wandte seine Schwiegermutter Sybille ein. »Unsere Abgeordneten im Roten Rathaus sind hier doch gar nicht zuständig.«

»Und wenn wir versuchen, direkt mit dieser Bürgermeisterin zu sprechen? Vielleicht hat sie ja ein Einsehen, wenn wir ihr das persönlich erklären«, schlug Amandla Gerber vor.

»Bei der Faber beißt du auf Granit«, orakelte Eberhard Baumann. »Die hat bestimmt dafür gesorgt, dass auch sie selbst von dem Deal mit dem Baulöwen profitiert. Da lässt die sich bestimmt nicht davon abbringen.«

»Politiker sind doch alle korrupt!«, krakeelte jemand.

Ein anderer fiel ein: »Die da oben machen doch sowieso, was sie wollen. Denen sind wir kleinen Leute doch total egal.«

Eine Frauenstimme rief laut: »Scheiß-Bonzen!«

»Genau, alles Verbrecher, diese korrupten Politiker, hofiert von der Lügenpresse!«, tönte ein Mann von ganz rechts und erntete dafür vereinzelten Applaus, aber vor allem entrüstete Blicke und Kopfschütteln.

»Pfui! Schämt euch! Euer dusseliges Gequatsche und Gepöbel sind hier fehl am Platz«, ging Gunnar Witte aufgebracht dazwischen. »Und deine dummen Parolen kannst du dir für den nächsten AFD-Parteitag aufsparen, Bernd!«, schimpfte er voller Abscheu. »Wir suchen hier ernsthaft nach einer Lösung. Streng mal lieber dein bisschen Restgrips an, statt hier dusselig rumzukrakeelen.« Er warf dem Angesprochenen einen finsteren Blick zu.

Brigitte wandte sich wieder an die anderen. »Wir müssen an die Presse und an die Brandenburger Landesregierung ran. Die können bestimmt diese eigenmächtige Bürgermeisterin aufhalten. Ebi, der Gemeinderat muss in Potsdam vorstellig werden!«

»Wir? In Potsdam?«, fragte er erschrocken und warf Brigitte Fehrer einen skeptischen Blick zu. »Die werden doch auch bloß auf die Wirtschaftlichkeit des Projekts gucken. Die künftigen Steuereinnahmen und so ...« Der Campingplatzwart hob mit einer hilflosen Geste die Arme.

»Aber hier geht es doch auch um ein Stück Natur, all die Bäume, die dafür abgeholzt werden müssten. Die ganzen Eichhörnchen und Vögel, die da leben. In Zeiten des Klimawandels muss das doch auch eine Rolle spielen. Wir müssen den NABU, den BUND und die Umweltbehörde informieren«, warf Amandla Gerber voller Überzeugung ein.

Ihre Tochter Jala klatschte in die Hände und rief begeistert: »Eichhörnchen!«

»Gute Idee«, stimmte Brigitte zu. »Am besten sollten wir gleich Naturschutzgebiet werden. Hatte ich dir ja schon mal vorgeschlagen, Ebi! Dann dürfen die hier gar nichts hinbauen.«

»Ich fürchte, in dem Fall müsste der Campingplatz erst recht verschwinden«, widersprach der Platzwart kopfschüttelnd. »Damit schießen wir uns selbst ins Knie. Nein, Brigitte, ich fürchte, wir haben keine Chance, das noch zu verhindern. Die kompletten sechstausend Quadratmeter unseres Grundstücks stehen unter der Fuchtel dieser Kirsten Faber, die damit praktisch machen kann, was sie will.«

Die Menge stöhnte wütend auf, und es entwickelten sich lauter einzelne Gespräche und Diskussionen.

Kim stand mit hängenden Schultern noch immer oben auf dem Tresen. Frustriert setzte sie sich schließlich an die Kante der Theke, ließ die Beine baumeln und grübelte angestrengt. Es musste doch irgendeine Lösung geben, das drohende Unheil abzuwenden. Sie blickte in die Runde und fragte laut: »Haben wir hier nicht einen kompetenten Rechtsanwalt, also eine Anwältin für Immobilienrecht oder so unter uns? Vielleicht gibt's ja eine rechtliche Handhabe, von der wir Laien keine Ahnung haben, den Verkauf des Grundstücks doch noch irgendwie zu verhindern …«

Aller Köpfe drehten sich hoffnungsvoll hin und her, aber niemand meldete sich. Daraufhin verfielen die versammelten Camper in deprimiertes Schweigen.

»Tja, das war's dann wohl …«, murmelte Kimberly Baumann. »Vielleicht machen wir wenigstens eine Demo, aber ansonsten …« Sie seufzte. »Also dann, beenden wir die Versammlung. Wenn jemandem noch etwas einfällt, kann er sich gerne bei mir melden. Schönen Abend allerseits.« Sie sprang von der Theke, und die Vereinsmitglieder standen nach und nach auf.

»Es gäbe da vielleicht eine Möglichkeit …«, war plötzlich eine schüchterne Stimme von ganz hinten bei der Tür zu hören.

Überrascht sah Kim auf. Wer hatte da gesprochen?

»Moment noch!«, rief sie in den Aufbruch. »Wartet mal einen Moment.« Die Versammelten sahen sie fragend an, setzten sich jedoch wieder, als Kim laut in den Raum fragte: »Wer war das? Wer meint, dass er doch noch einen Ausweg wüsste?«

»Wir …«, rief es leise zurück.

Kim kletterte zurück auf den Tresen, blickte von oben über die Köpfe der dicht gedrängt Stehenden hinweg und entdeckte Elke und Horst Müller direkt bei der offenen Tür. Wie kamen die denn hierher? Hatte Brigitte nicht gesagt, dass die beiden ehemaligen Stasi-Spitzel auf keinen Fall von dieser Versammlung erfahren sollten, weil man denen nicht trauen konnte?

»Habt ihr das gerade gesagt?«, fragte sie zweifelnd in Richtung des alten Ehepaars.

Beide nickten stumm.

»Wer ist es denn?«, rief Brigitte Fehrer ungehalten. Von ihrem Platz aus konnte sie nicht erkennen, mit wem Kim sprach. »Nun macht's doch nicht so spannend. Raus mit der Sprache, wenn's ein konstruktiver Vorschlag ist!«

Kim sah vielsagend zu ihr hinüber, deutete dann zur

Tür und sagte zögernd: »Scheinbar haben die Müllers uns etwas mitzuteilen …«

»Die Stasis?«, stieß Brigitte schockiert aus.

»Brigitte!«, versuchte Kim sie zu bremsen.

»Aber die sind nicht eingeladen – aus gutem Grund!«, schimpfte die Rentnerin weiter und schob wütend hinterher: »Spitzelt ihr jetzt für die olle Faber?«

»Nun lasst uns doch erst mal hören, was sie zu sagen haben.« Kim wandte sich wieder den Müllers zu, die sie ängstlich anstarrten. »Bitte, erklärt uns, was ihr damit meintet, dass es eventuell noch eine Möglichkeit gäbe …« Sie machte den beiden Zeichen, zu ihr nach vorne zu kommen.

Murrend gaben die Umstehenden den Weg frei, bis Elke und Horst mit unsicheren Trippelschritten und gesenkten Köpfen durch das Spalier Richtung Tresen schlichen.

»Na, da bin ich ja mal gespannt, was da jetzt kommt«, höhnte Brigitte Fehrer.

Horst Müller legte beschützend den Arm um seine Frau. »Elke hätte da eine Mitteilung zu machen«, sagte er steif und schob sie näher zu Kim. Er selbst trat einen Schritt zur Seite und vergrub die Hände in den Taschen seiner ausgebeulten Hose. Sein Blick zuckte unruhig durch den Raum. Man konnte förmlich spüren, wie unangenehm es ihm war, plötzlich im Rampenlicht zu stehen. Seiner Frau ging es augenscheinlich ebenso. Wie versteinert stand Elke Müller in ihrer schmucklosen, hellgrauen Bluse und dem dunkelgrauen Rock da und knetete nervös ihre Hände.

»Bitte«, sagte Kim sanft und lächelte der alten Frau aufmunternd zu. »Du hast das Wort, Elke.«

Doch die schwieg, verschlang nur weiter ihre Finger in-

einander und blickte sich zu ihrem Mann um. Unschlüssig sah das alte Ehepaar einander in die Augen, schien in stummer Zwiesprache zu klären, wer von ihnen denn nun sprechen sollte. Schließlich atmete Horst Müller tief durch, starrte eine Weile schweigend an die Decke, als ob dort sein Text stünde, und ergriff endlich das Wort: »Also ... Es ist so ... Wir ... Oder vielmehr Elke ...«
»Lauter!«, brüllte jemand.
Er senkte erschrocken den Blick. »Also, Elke hat da dank ihrer früheren Tätigkeit Informationen, die jetzt vielleicht hilfreich sein könnten ...«, setzte er mit zittriger Stimme erneut an, wurde aber gleich wieder von Bertha Vogt in der ersten Reihe unterbrochen, die giftete: »Ach guck ... Na, dann profitieren wir ja im Nachhinein wenigstens von den Informationen, die ihr für das *MfS* gesammelt habt.«
»Mit dem *Ministerium für Staatssicherheit* hatte ich in meinem Beruf und auch persönlich nie etwas zu tun«, erklärte Elke Müller überraschend energisch und warf Bertha einen bösen Blick zu. »Wir waren nicht bei der Stasi!«
»Aber doch mindestens IM ...«, meinte Elisabeth Möhlke skeptisch.
»Nein!«, widersprach Horst Müller entschieden. »Ich war Dispatcher in der Energieversorgung und Elke Vermesserin im Katasteramt ...«
Die ehemalige Vermesserin straffte die Schultern und blickte stolz in die Runde. »Ich war seit 1979 im Amt und auch noch unter Arnulf Trendelkamp«, ergänzte sie gewichtig. Als niemand darauf reagierte, erklärte sie: »Das war mein direkter Vorgesetzter. Der war nach der Wende Chef des Kataster- und Vermessungsamts im Kreis Teltow-Fläming.«

»Ja, und?«, fragte Eberhard Baumann verständnislos. »Wen interessiert das heute noch?«

Doch Elke Müller ließ sich von seinem Einwurf nicht irritieren, sondern fuhr stoisch fort: »Zu meinen Aufgaben im Amt gehörte auch die Kartierung und Vermessung der Flurstücke hier.«

»Hier?«, fragte Kim gespannt.

»Ja, hier!« Elke Müller zeigte vor sich auf den weißen Fliesenboden, der schon wieder ein paar schmutzige Stellen von den vielen Besuchern des heutigen Abends aufwies. »Ich meine das Gelände des Campingplatzes in Seelinchen.«

»Interessant, aber was nützt uns das?«, grätschte Eberhard Baumann erneut dazwischen. »Wir wissen doch, dass der Grund und Boden seit den Fünfzigerjahren der Gemeinde gehört und damit zur Kreisstadt.« Der Platzwart klang genervt. »Die alte Karte hängt seit damals im Gemeindehaus an der Wand.«

»Tja, nach der Wende, Anfang der Neunziger, wurde ja alles neu überprüft«, erklärte Elke selbstbewusst. »Und dabei habe ich dann einen Fehler entdeckt …« Sie seufzte missmutig auf. »Aber dafür hat sich damals natürlich niemand weiter interessiert, weil der Campingplatz ja schon seit Ewigkeiten hier war und sich niemand vorstellen konnte, dass sich daran jemals etwas ändert. Aber inzwischen …« Sie zuckte mit den Schultern und schien auf eine Reaktion zu warten.

Kim starrte die Müllers befremdet an. Sie kannte die beiden seit Jahrzehnten, hatte als Teenager deren Dackel entführt, um sie zu ärgern, und in all den Jahren kaum mal länger mit ihnen gesprochen, weil jeder dieses merkwürdige Pärchen sicherheitshalber mied. Elke und Horst Müller waren schon immer Eigenbrötler gewesen. Das Ehepaar hatte selbst keine Kinder und war dafür berüchtigt, sich über Kindergeschrei und zu laute Feiern vor den Wohnwagen der anderen Camper zu beschweren. Niemand konnte die beiden leiden, und alle waren sich immer sicher gewesen, dass die Müllers für die Stasi spionierten. Und nun stand diese sonst so wortkarge, unscheinbare, griesgrämige alte Frau hier neben ihr am Tresen und blühte förmlich auf, während sie von ihrem ehemaligen Job erzählte. Eine erstaunliche Wandlung, die scheinbar auch die anderen Camper bemerkten. Inzwischen lauschten alle aufmerksam, was sie zu berichten hatte.

Kim lächelte ihr aufmunternd zu. »Wenn du etwas weißt, das helfen könnte, dann erzähl es uns«, forderte sie freundlich.

Ein Anflug von Lächeln huschte über das runzlige, verkniffene Gesicht von Elke Müller. Sie wechselte wieder einen stummen Blick mit ihrem Horst, der ihr leicht zunickte, und dann holte sie tief Luft.

»Dazu muss ich ein wenig ausholen, weil die Vorgeschichte entscheidend ist«, entschuldigte sie sich. »Ihr wisst ja, dass nach dem Krieg der gesamte Großgrundbesitz enteignet wurde …«

»Junkerland in Bauernhand!«, rief Brigitte mit erhobener Profi-Handballerinnenfaust dazwischen, doch Elisabeth Möhlke maßregelte ihren kämpferischen Einwurf mit einem entschiedenen *Pscht!*.

Brigitte warf ihrer Freundin einen erbosten Blick zu.

Elke Müller ignorierte die Bemerkung und fuhr fort: »Anders als im Westen, wo Verwaltungsbehörden und Gerichte die Liegenschaften in Kataster und Grundbuch getrennt registrierten, wurden Grund und Boden in der DDR einheitlich erfasst – durchweg als EDV, also *Eigentum des Volkes*.«

»Richtig so!«, rief Brigitte Fehrer wieder, wurde jedoch erneut von ihren Sitznachbarinnen zum Schweigen gebracht.

»Nach der Wiedervereinigung galten bei uns übergangslos plötzlich die westdeutschen Vorschriften über die ostdeutsche Bodenordnung. Deshalb mussten wir die ganzen alten DDR-Akten auseinanderfieseln – ein aufwendiges, zeitraubendes Unternehmen«, seufzte Elke Müller. »Die deutschdeutsche Bürokratie machte die Neuvermessung der alten DDR nicht gerade einfacher ... Um unsere Verzeichnisse auf den neuesten Stand zu bringen, mussten die Katasterämter moderne Satellitenbilder, aber auch jahrhundertealte Landkarten und Urkunden wälzen. Teilweise mussten wir auch helfen, möglicherweise zu Unrecht enteignete Vorbesitzer ausfindig zu machen. Da war ich Fachfrau, weil ich noch der Sütterlinschrift mächtig bin und so die uralten Eintragungen und Urkunden entziffern konnte.« Der Stolz in ihrer Stimme war nicht zu überhören. »Und so bekam ich dann auch die Flurkarte von Seelinchen auf meinen Schreibtisch.« Sie blickte auf, deutete einen Halbkreis mit dem Arm an und ergänzte: »Das gehörte hier alles mal den Grafen von Schreckendorf. Uralter Adel ... Die waren über Jahrhunderte die Besitzer der riesigen Forstflächen, die aus diversen, unterschiedlich großen Flurstücken bestanden, rund um den Waldsee.«

»Sag ich doch«, warf Brigitte Fehrer ein. »Die Junker ...« Doch ihre erneute Bemerkung klang nicht mehr aggressiv, sondern eher verblüfft. Inzwischen hing auch sie fasziniert an den Lippen von Elke Müller, die weiter erklärte: »Bei meinen umfangreichen Recherchen stellte sich heraus, dass die von Schreckendorfs mit den Nazis kollaboriert hatten und deshalb nach der Wende keine

Ansprüche auf Entschädigung oder Rückübertragung der durch unsere Behörden enteigneten Ländereien hatten.«

»Bravo!«, rief Brigitte wieder. »Das wäre ja noch schöner, wenn die Brut der alten Faschisten hier auftauchen und dann noch profitieren würde!«

»Keine Sorge, Brigitte, die männliche Linie ist damals sowieso an der Front gefallen oder später in sowjetischer Kriegsgefangenschaft gestorben ... Und da hat sich nach der Wiedervereinigung auch sonst niemand gemeldet, der was wiederhaben wollte.«

»Und wieso erzählst du uns das dann alles?«, fragte die Rentnerin verständnislos. »Das beweist doch nur, dass das Gelände rechtmäßig enteignet wurde und nach wie vor in Volksbesitz ist. Was in diesem Fall allerdings leider bedeutet, dass es quasi der ollen Faber gehört, die damit machen kann, was sie will!« Brigitte schnaubte entrüstet.

»Nicht ganz ...«, murmelte Elke Müller und schien nach den richtigen Worten zu suchen.

»Nun sag's ihnen, Elke«, ermunterte ihr Mann sie.

»Ja, los! Spuck's aus! Was nützt uns das alles?«, erregte sich nun auch Gunnar Witte und erntete dafür zustimmendes Gemurmel.

Elke Müller räusperte sich und straffte die Schultern. »Also ... Was ich entdeckt habe ... Und was damals totgeschwiegen wurde ... Meine Vorgesetzten hielten das wohl für eine Lappalie ... Es war ja auch nur eine winzige Kleinigkeit und schwer zu erkennen auf den alten Katasterkarten ...« Sie seufzte.

»Elke! Bitte!«, ermahnte Kim, die langsam ebenfalls die Geduld verlor, sie streng.

Die alte Frau sah sie erschrocken an, riss sich zusammen und fuhr mit fester Stimme fort: »Eins der Flurstücke wurde damals nicht ordnungsgemäß enteignet.«

Ungläubiges Murmeln erhob sich im Gastraum.

»Wie jetzt?«, fragte Margret Schmitz verwirrt.

»Wovon spricht sie?«, wollte Bertha Vogt wissen.

»Was bedeutet das denn für uns?« Brigitte Fehrer zog die Stirn in Falten und starrte Elke Müller verständnislos an.

»Es geht um den Strand …«, erwiderte diese schließlich leise.

»Der Strand? Unser Strand?«, erkundigte sich Eberhard Baumann fassungslos.

»Ja, das schmale, lange Stück hat man seinerzeit übersehen, wohl weil es am Ufer nur knapp zwei Meter breit ist und auf der Katasterkarte für die Uferlinie gehalten wurde. Aber so ein Flurstück geht noch fünf Meter ins Wasser rein. Dort müssten auch noch irgendwo die alten Grenzsteine verbuddelt sein. Ungefähr auf Höhe der rotweißen Nichtschwimmer-Kordel mit der Boje …«

»Nein!«, stieß Kim mit aufgerissenen Augen aus.

»Doch«, bestätigte jetzt Horst Müller. »Und das zieht sich über gut dreißig Meter Länge. So lang, wie der Strand ist.« Er blickte triumphierend in die Runde.

»Das gibt's ja nicht!« Brigitte Fehrer starrte ihn mit offenem Mund an. »Bedeutet das …?«

Elke Müller schnitt ihr energisch das Wort ab. Mit fester Stimme erklärte sie die Konsequenzen: »Das gut zweihundert Quadratmeter große Flurstück gehört bis heute den Nachfahren der Familie von Schreckendorf und nicht der Gemeinde. Also auch nicht der Bürgermeisterin. Sprich: Kirsten Faber kann vielleicht den Wald, in dem unser Campingplatz liegt, verkaufen, aber kein Seegrundstück mit Zugang zum Wasser. Und einen Jachthafen kann da auch kein Neubesitzer einfach hinbauen!«

»Boah!«, stieß Gunnar Witte aus.

»Das ist ja der Hammer!«, meinte seine Tochter Sybille verblüfft.

»Des isch a oglaubliche Sach«, schwäbelte Ulrike Büchle überwältigt.

Amandla Gerber fing an, leise zu klatschen, und augenblicklich begannen alle zu applaudieren und laut durcheinanderzureden. Immer wieder rief jemand laut: »Wahnsinn! Das ist ja der Wahnsinn! Wahnsinn!«

Die Vereinsmitglieder des *Campingparadieses am Waldsee e.V.* waren völlig aus dem Häuschen, als ihnen nach und nach die Konsequenzen dieser Offenbarung bewusst wurden. Brigitte Fehrer brachte es auf den Punkt: »Das bedeutet das Aus für die Terrassenhäuser mit Privatstrand am See! Ha!«

Sie strahlte übers ganze Gesicht und klatschte sich übermütig mit ihren drei Freundinnen ab. Dann sah sie Elke Müller an, die noch immer wie festgewurzelt vor dem Tresen stand und den Trubel um sie herum argwöhnisch beäugte. Brigitte erhob sich entschlossen und ging direkt auf sie zu. Die andere Frau wich verängstigt einen Schritt zurück.

»Elke, ich möchte mich entschuldigen!«, sagte Brigitte laut genug, dass es, trotz des allgemeinen Tumults, alle hören konnten. »Es tut mir leid, dass ich dich und Horst all die Jahre fälschlich verdächtigt hab. Danke, dass ihr die rettende Idee hattet, wie man den ganzen Mist vielleicht noch aufhalten kann.« Sie streckte der sichtlich irritierten Elke Müller entschlossen die Hand entgegen. Da diese nicht darauf reagierte, sondern ihr Gegenüber weiterhin stumm anstarrte, schloss Brigitte die zarte Frau kurzerhand fest in ihre muskulösen Arme, drückte sie herzlich an ihren Busen und strich ihr überraschend sanft über den Rücken. Die intime Geste dauerte nur einen winzigen

Moment, doch als sie sich wieder voneinander lösten, lächelten die beiden alten Frauen sich vorsichtig an.

Angesichts dieser öffentlichen Versöhnung brandete erneuter Applaus auf. Angesteckt von der euphorischen Stimmung, reichte die Yogalehrerin Jeanine Mertens ihrem Partner Thorsten Nielsen eilig seine Gitarre.

Der zögerte nicht lange, stimmte umgehend die ersten Töne einer vertrauten Melodie an, und rief über den Lärm: »Das kennt ihr bestimmt alle – das Lied der Partisanen und des italienischen Widerstands, die gegen die faschistische Diktatur Mussolinis und die Besetzung durch Hitlers Nazi-Soldaten kämpften.« Er holte Luft und rief: »Kampf den Unterdrückern und der Tyrannei!«

Automatisch ging die Profi-Handballerinnenfaust bei seinem kämpferischen Ausruf in die Höhe, doch dann entschied sich Brigitte, lieber mit den anderen zu applaudieren. Als es ruhiger wurde, begann der Musiker aus Kreuzberg leise zu singen: »*Una mattina mi sono alzato. O bella ciao, bella ciao, bella ciao ciao ciao. Una mattina mi sono alzato, e ho trovato l'invasor.*«

Dann wurde seine Stimme kräftiger, und voller Inbrunst schmetterte er: »*O partigiano portami via. O bella ciao, bella ciao, bella ciao ciao ciao. O partigiano portami via, che mi sento di morir.*«

Nach und nach summten alle die Melodie mit und sangen schließlich bei den nachfolgenden Strophen lauthals und beschwingt den schmissigen Refrain mit: »*O bella ciao, bella ciao, bella ciao ciao ciao!*«

Nur Kimberly Baumann hockte nachdenklich auf ihrem Tresen und überlegte, was all das zu bedeuten hatte, was sie in den vergangenen Minuten erfahren hatte. Was würde passieren, wenn die Bürgermeisterin erfuhr, dass es da ein paar Quadratmeter gab, die ihr einen Strich durch die Rechnung machten? Würde Kirsten Faber ihre Pläne aufgeben? Wohl eher nicht, befürchtete Kim. Sehr wahrscheinlich würden sie und ihr Investor Leon Behrend stattdessen alles daransetzen, sich auch das fehlende Puzzlestück einzuverleiben.

Sollten sie unter diesen Umständen die Bürgermeisterin überhaupt auf das Hindernis hinweisen und damit riskieren, dass sie aktiv wurde? Oder sollten sie vorerst lieber schweigen und selbst versuchen, herauszufinden, wem der Strand gehörte?

Kims Gedanken rotierten.

Bisher wusste niemand, ob es überhaupt noch irgendwelche Nachfahren der Familie von Schreckendorf gab, die rechtmäßig Ansprüche auf das winzige Flurstück hatten. Angenommen, sie fänden tatsächlich lebende Erben, wie würden die reagieren? Würden die ihren eigentlich wertlosen Besitz nicht schleunigst an den Meistbietenden, also den Investor, verkaufen und sich über ein hübsches Sümmchen freuen? Der alte Campingplatz wäre diesen Blaublütern doch vermutlich völlig gleichgültig – und somit auch seine Bewohner.

Kim seufzte frustriert auf.

»Was ist denn los mit dir, Kindchen?«, fragte Brigitte Fehrer besorgt. »Freust du dich denn gar nicht?«

»Doch schon … Aber noch ist ja nichts geklärt …«, murmelte sie. »Was sollen wir mit den neuen Informationen bloß anfangen?«

»Ach, darum kümmern wir uns morgen! Jetzt wird erst mal gefeiert! Komm, schließ dich an!« Die Rentnerin sang laut: »*O bella, ciao! Bella, ciao! Bella, ciao, ciao, ciao!*«, und legte sich Kims Hände von hinten auf ihre Schultern.

Sie machte ihren drei Freundinnen und den Müllers Zeichen, und schon formierte sich eine improvisierte

Polonaise durch den Gastraum, die weiter nach draußen zog. Über die Terrasse marschierte Brigitte Fehrer voran, mit im Takt des Partisanenlieds auf und ab schwingender Profi-Handballerinnenfaust. Laut singend führte sie die fröhliche Truppe hinunter zum See, wo sich die Reihe auflöste und alle ausgelassen an *ihrem* Strand miteinander tanzten.

8

Montag

Das Wochenende im *Campingparadies am Waldsee* war äußerst geschäftig gewesen, wie in jedem Hochsommer. Eberhard Baumann hatte alle Hände voll zu tun gehabt, die vielen Kurzzeitcamper unterzubringen, die mit Zelten, Wohnwagen und inzwischen immer öfter in Wohnmobilen anreisten. Kimberly hatte die beliebten Grillhähnchen, die es nur am Sonnabend bei ihr im Imbiss gab, gebrutzelt. Und am Sonntag hatte sie unzählige Currywürste, Schaschlikspieße, Buletten und Schnitzel mit Pommes, ein paar Salate und Falafel und jede Menge Eis verkauft. Dazu wurde literweise Cola, Limo und Bier ausgeschenkt. Das Geschäft brummte, und weder Vater noch Tochter hatten Muße gehabt, sich weiter Gedanken über irgendwelche Schritte zur Rettung des Campingplatzes zu machen.

Ganz anders die engagierten Dauercamper: Brigitte Fehrer und ihre Freundinnen hatten die Zeit genutzt, sich mit ihren Nachbarn und natürlich den Müllers zusammenzusetzen, um einen Plan zu schmieden. Sie hatten alle Aspekte kontrovers diskutiert und immer wieder die Chancen und Risiken der verschiedenen nächsten Schritte abgewogen. Schließlich beschlossen sie, auf eigene Faust Nachforschungen anzustellen, um mögliche Erben ausfindig zu machen, bevor die Bürgermeisterin in der Kreisstadt Wind von den neuesten Entwicklungen bekam.

Elke Müller hatte gleich am Montagmorgen mit Brigittes Handy eine Mitarbeiterin, mit der sie früher im Katasteramt zusammengearbeitet hatte, angerufen. Nachdem sie die ehemalige Kollegin überredete, sie in den alten Unterlagen im Keller stöbern zu lassen, erklärte Tobias Gerber sich bereit, die pensionierte Vermesserin zu ihrem vormaligen Arbeitsplatz zu chauffieren, da die Müllers kein eigenes Auto besaßen. Es wurde verabredet, sich am frühen Nachmittag auf der Terrasse vom Imbiss zu treffen, um zu hören, was bei der Recherche in den verstaubten Akten herausgekommen war.

Brigitte, Elisabeth, Margret und Bertha rückten schon um halb eins ein paar Tische und Stühle unter den Sonnenschirmen zusammen, damit später auch alle Platz finden würden.
   Um ein Uhr kam Sybille mit ihren Eltern Gunnar und Agnes im Schlepptau. Um keinen allzu großen Aufmarsch zu inszenieren, hatten sie die Kinder und Enkel nicht mitgebracht. Thorsten hatte anstelle von Jeanine, die zum Yogaunterricht nach Berlin musste, seine Gitarre dabei, als er kurz darauf etwas verschlafen auftauchte. Die Büchles erschienen mit Andromache und Hektor, und schließlich tauchten auch Tarek und Karim auf. Die beiden gewieften Spione hatten nicht auf ihre Großeltern warten, sondern die Neuigkeiten aus erster Hand erfahren wollen.
   Kim hatte alle mit kühlen Getränken versorgt und versprochen, sich dazuzugesellen, sobald Tobias und Elke Müller auftauchten. Zum Glück war an einem Montag um diese Zeit wenig los in ihrer Gaststätte. Sie hoffte, dass nicht ausgerechnet Leon Behrend jetzt hier auftauchen würde. Beim Brötchenholen am Morgen hatte sie ihn höflich bedient, aber erneut ein längeres Gespräch vermieden – aus Angst, sich womöglich zu verplappern. Nervös

hantierte sie hinterm Tresen und behielt den großen Tisch draußen im Auge.

»Sie sind unterwegs!«, verkündete Sybille plötzlich aufgeregt und schwenkte ihr Smartphone.

Alle starrten sie gespannt an.

»Und? Wie sieht's aus?«, fragte Brigitte begierig.

»Keine Ahnung. Das hat Tobias nicht geschrieben.« Sybille zuckte bedauernd mit den Schultern. »Aber in spätestens zwanzig Minuten müssten sie hier sein.«

Daraufhin entspann sich eine aufgeregte Diskussion, in der über das Ergebnis der Recherche im Katasteramt spekuliert wurde. Gerade noch rechtzeitig stießen Monika und Ulli Reimann um kurz vor zwei Uhr dazu. Und wenig später trabte auch Horst Müller als Letzter an und setzte sich schweigend in die Runde.

»Hasch du ebbes von dei Elke g'hört?«, fragte Ulrike Büchle ihn neugierig.

Horst schüttelte den Kopf. »Nö. Wie denn? Wir haben doch keine Handys. So was brauchen wir nicht. Sie kommt ja gleich. Das spüre ich.« Er lehnte sich entspannt zurück und bestellte bei Kim ein Glas Leitungswasser.

* * *

Als Leon Behrend vom Schwimmen und Sonnenbaden zurückkam, war er überrascht, dass sein Campingsessel ausnahmsweise mal nicht von Dieter Zach okkupiert wurde. Sophia hatte es sich mit einem Glas Chardonnay und ein paar Glamour-Magazinen vor dem Wohnmobil gemütlich gemacht. Ihr orthopädischer Stiefel lag unterm Tisch, und ihr nacktes Bein ruhte auf dem zweiten Sessel. Leon holte sich eine Flasche Bier und ein vom Frühstück übrig gebliebenes Käsebrötchen aus dem Kühlschrank.

Da seine Schwester keine Anstalten machte, den Stuhl frei zu geben, zog er sich einen der Hocker an den Tisch heran. Sophia beachtete ihn nicht weiter, sondern blätterte gelangweilt in dem Heft.

»Na, wo steckt denn dein Verehrer?«, fragte Leon nach einer Weile.

Ohne von ihrem Magazin aufzusehen, erklärte sie bedeutungsvoll: »Der hat einen wichtigen Termin. Er ist mit seinem Sohn im Porsche in die Kreisstadt gefahren. Geschäftliches Mittagessen mit der Bürgermeisterin.«

Leon runzelte die Stirn. »Wieso Bürgermeisterin? Ich denke, der macht hier Urlaub? Was hat der als Berliner denn Geschäftliches in Brandenburg zu tun?«

»Nun, *der* Mann hat Visionen – im Gegensatz zu dir«, antwortete sie abfällig und sah ihren Bruder vielsagend an. »Bevor er hier baut, muss er das doch alles mit den Zuständigen vor Ort klären. Du hast aber auch überhaupt keine Ahnung vom Geschäft, Brüderchen.« Sie lachte auf, amüsiert über seine Unwissenheit.

Wovon sprach seine Schwester? Leon konnte sich keinen rechten Reim darauf machen.

»Dann also jetzt noch mal für Ahnungslose, wie mich: Was will dieser Herr Zach in Brandenburg bauen? Geht es etwa um diese Terrassenhäuser am See, von denen er neulich rumgesponnen hat?«

»Aha, das hast du also doch mitbekommen«, sie sah ihn spöttisch an. »Von wegen, du spionierst mir nicht nach …«

»Ja … Nein … Also, nun sag schon, geht's darum?«

»Ja, natürlich! Seine *Zach Hoch- & Tiefbau* AG baut hier demnächst Luxuswohnungen mit unverbaubarem Seeblick! Sobald die Anlage fertig ist, ziehe ich hierher!« Sie blickte ihn triumphierend an.

»Du? Als eingefleischte Westberlinerin willst du nach Brandenburg?« Er lachte ungläubig auf. »Wohin denn genau?«

Sophia beschrieb mit beiden Armen, die in den weiten Ärmeln ihrer bunt gemusterten Seidentunika verborgen waren, sodass praktisch nur ihre goldberingten Hände hervorguckten, einen großen Kreis. »Na, hierher! Sobald dieser ganze Schrott verschwunden ist, wird das richtig schick! Mit *Marina*, Spa und Sterne-Küche.« Sie deutete mit einer nachlässigen Handbewegung hinter sich. »Das Restaurant kommt dahinten hin, wo dieser schreckliche Imbiss steht.« Zufrieden lächelnd, genoss sie den schockierten Gesichtsausdruck ihres Bruders.

Es brauchte ein paar Sekunden, bis Leon glauben konnte, was er gerade gehört hatte.

»Du meinst ... Im Ernst? Dieser Typ will genau *hier* bauen? Hier auf dem Campingplatz?«, fragte er fassungslos.

»Hier entsteht eine schicke *Gated Community*. Ohne diesen alten Ostmief. Nur Menschen, die sich einen gehobenen Lebensstandard leisten können, werden dann hier wohnen. Ohne irgendwelche Jammer-Ossis. Das wird herrlich«, schwärmte sie mit genussvoll geschlossenen Augen.

»Was ist denn das für eine Scheiße?!«, stieß er erregt aus.

»Leon!«, maßregelte sie ihn. »Mäßige deinen Ton. Sonst darfst du mich hier im künftigen *Waldsee-Paradies* – so wird die Anlage heißen – nicht besuchen.«

»Daran hab ich auch keinerlei Interesse!«, fauchte er aufgebracht. »Wie kommt dieser miese Typ überhaupt auf den Gedanken, das Gelände zu kaufen und den Campingplatz abzureißen? Außerdem gehört das Grundstück doch vermutlich der Gemeinde. Das kann man doch bestimmt nicht einfach so kaufen! Die Dauercamper sind seit Ewigkeiten hier ...«

»Dann wird's Zeit, dass sie sich woanders hin verziehen«, entschied Sophia gnadenlos. »Über dreißig Jahre nach der Wende kann man ja wohl erwarten, dass der Osten sich endlich an *unser* Niveau gewöhnt! Irgendwann muss auch mal Schluss sein mit diesem ewigen Lamentieren, von wegen: *Wir hatten ja nichts* ... Die hatten jede Menge Seegrundstücke, aber haben nichts daraus gemacht. Nur ihre hässlichen Datschen draufgestellt. Es wird Zeit, dass jemand wie Dieter da endlich mal Tabula rasa macht und das Ganze hier weiterentwickelt. Das wird auch der ganzen Gegend guttun.«

»Deine Arroganz ist wirklich unerträglich!«, schnaubte Leon. »Wie kann man nur so selbstverliebt und bösartig anderen Menschen gegenüber sein? Es ist doch ihr Land. Und wenn sie hier gerne campen oder in ihrer kleinen Datsche sitzen wollen, dann ist das doch ihr gutes Recht. Da kann doch nicht einfach so ein Finanzhai aus der Hauptstadt kommen und sie vertreiben!«

»Ach, Leon ...« Sophia seufzte theatralisch. »Du hängst immer noch in deinen lächerlichen Hippie-Träumen fest. *Gleiche Chancen und gleiches Recht für alle* – so ein Blödsinn! Wach endlich auf! Es waren schon immer einige gleicher als andere. So funktioniert nun mal unsere Welt. Für Gutmenschen wie dich ist darin kein Platz mehr.«

Sie stellte mit Genugtuung fest, dass es Leon die Sprache verschlagen hatte, schenkte sich Wein nach und blickte Richtung See, während sie dozierend fortfuhr: »Wenn sich eine Gelegenheit bietet, muss man zugreifen und sein Geschäft machen. Als Maklerin ist das mein tägliches Business.« Sie seufzte wieder. »Wenn ich diese albernen Anfragen von irgendwelchen Familien mit Kindern bekomme, die meinen, irgendwer würde ihnen noch eine bezahlbare Vierzimmerwohnung mitten in der Stadt vermieten …« Sie lachte hämisch auf. »Die Zeiten sind endgültig vorbei. Dieses Proletenpack soll irgendwo anders hinziehen. In Berlin und im sich ausbreitenden Speckgürtel ist kein Platz mehr für arme Schlucker.«

»Dein Zynismus ist unerträglich«, sagte Leon entsetzt. Er hatte gedacht, seine Schwester zu kennen, aber was sie hier absonderte, schlug dem Fass den Boden aus.

Sophia lächelte süffisant. »Was hat das mit Zynismus zu tun? Das sind Tatsachen. Die Welt ändert sich. Inzwischen ist es leider nötig, sich vor dem Pöbel zu schützen. Deshalb wird um die schicke Anlage ein hoher Zaun gezogen, und die Bewohner der Terrassenhäuser werden rund um die Uhr von Security bewacht. Kein Zutritt für Unbefugte. Woanders wohnen die Wohlhabenden schon lange so. Das wird auch hier bald ganz normal sein. Es muss nur mal jemand damit anfangen.«

»Ihr habt sie doch nicht alle!«, rief Leon aus und fügte hinzu: »Und ehrlich gesagt: Ich kann mir nicht vorstellen, dass sich diese brandenburgische Bürgermeisterin, die dein Dieter da heute über den Tisch ziehen will, sich das gefallen lässt. Ich wette, da wird es reichlich Widerstand geben. Natürlich vor allem von den Bewohnern des Campingplatzes. Warte ab, was passiert, wenn die das hören!«

Er sprang auf und wandte sich zum Gehen.

»Ach, du Träumer … Diese Camper hier haben doch da gar nichts zu melden. Das Gelände gehört zur Kreisstadt, und Dieterlein hat diese Bürgermeisterin längst mit seinem Charme und seinem Geld bezirzt …« Sophia lachte laut. »Das Ding ist in trockenen Tüchern. Es geht nur noch um Einzelheiten, dann stehen die Unterschriften auf dem Vertrag. Der Drops ist gelutscht.«

»Das werden wir ja sehen!« Leon war außer sich und eilte davon.

»Du kommst zu spät, falls du jetzt noch deine kleine Imbissmamsell aufhetzen willst …«, rief sie ihm hämisch grinsend nach.

* * *

In der Zwischenzeit saßen Dieter und Jonas Zach mit Kirsten Faber und ihrem Sekretär an dem verschwiegenen Ecktisch im *Schwarzen Schwan* und ließen sich die Vorsuppe schmecken. Die Bürgermeisterin wirkte nervös, und Kevin Hoffmann zerpflückte gedankenverloren ein Stück Weißbrot zwischen den Fingern.

Dieter Zach war bester Stimmung. Mit der Serviette wischte er sich die letzten Tropfen seiner Suppe von den Lippen und nahm einen Schluck Weißwein. Dann lächelte er sein charmantestes Lächeln und meinte: »So, meene liebe Kirsten, denn ma' Butter bei die Fische. Wie sieht's denn nu mit unser'm Vertrach aus? Mein Notar steht in den Startlöchern. Von mir aus können wir schon im Herbst mit den Abrissarbeiten loslejen, und im Frühjahr wird jebaut.« Sein Lächeln wurde noch breiter, während Kirsten Fabers rot geschminkte Lippen immer schmaler wurden. »Ick hab schon allet mit sämtliche Jewerke und Zulieferer jeklärt und anjeleiert. Die stehen alle Jewehr bei Fuß und warten nur uff meenen Startschuss.«

Kirsten Faber bemühte sich redlich, ebenso enthusiastisch zu wirken wie er, doch das gelang ihr nicht besonders überzeugend.

»Nun, da ist nur noch eine Kleinigkeit zu klären, bevor wir tatsächlich loslegen können.« Ihr aufgesetztes Lächeln verrutschte, als sie hektisch nach Worten suchte. »Also möglicherweise gibt es da ein klitzekleines Problemchen ...«

Dieter Zach zog augenblicklich die Augenbrauen zusammen, und sein fröhliches Grinsen verschwand wie ausgeknipst. Er sah die Bürgermeisterin mit durchdringendem Blick an.

»Hörte ick da jrade dit böse Wort ›*Problem*‹ ...?«, fragte er.

»Na ja, im Vergleich zum Volumen des Projekts ist es wirklich nur eine Winzigkeit.« Sie versuchte, ihn mit einem Kichern zu beruhigen. »Also ein Problemchen.«

»Dit würde ick jern selbst beurteil'n. Raus damit!«, forderte er kühl. »Was is los?«

Kirsten Faber warf dem Sekretär neben sich einen kurzen, feindseligen Blick zu.

»Ach, das kann der Herr Hoffmann dir viel besser erklären, Dieter. Schließlich trägt er dafür ja auch die Verantwortung ...«

Kevin Hoffmann lockerte mit einer fahrigen Bewegung seinen Krawattenknoten und fasste sich nervös in den Hemdkragen, den er zu lockern versuchte, als sei der ihm zu eng am Hals. Auf seinem Gesicht zeigten sich hektische, rote Flecken.

»Nun ...«, setzte er stockend an und musste sich räuspern. »Für den Fehler tragen ja eigentlich andere die Verantwortung, die da vor Jahrzehnten etwas übersehen haben ...«

»Jetzt spucken Sie's endlich aus«, verlangte nun auch Jonas Zach ungehalten und zerknüllte die Stoffserviette zwischen seinen Händen.

Der Sekretär starrte ängstlich auf die geballten Fäuste seines Gegenübers, die vor ihm auf dem Tisch lagen und genau auf ihn zeigten. Er stotterte: »Nun, es gibt da dieses winzige Flurstück auf Ihrem zukünftigen Grundstück, Herr Zach, das uns scheinbar nicht gehört und deshalb ...«

»Was?«, platzte Dieter Zach dazwischen.

»Na ja, damals ... Als der Grund und Boden in der DDR enteignet wurde ...«

»Kommen Se mir jetzt nich mit *damals*!«, polterte der Baulöwe. »Ick will wissen, was *jetzte* mit meenem Jrundstück is!«

»Wie gesagt ...«, setzte Kevin Hoffmann vorsichtig wieder an. »Dieses kleine Flurstück müssten Sie dann nur noch separat von den heutigen Besitzern erwerben. Dann kann es direkt losgehen ...«

»Wie bitte? Um wie viele Quadratmeter handelt es sich denn dabei?«, erkundigte Jonas sich verdattert.

»Ach, das sind nur so knapp zweihundert ...«

»Na, dann ist es doch Wurscht!« Jonas lachte erleichtert auf. »Bei den mehr als *sechstausend* Quadratmetern Grundfläche, auf denen wir bauen wollen, macht das den Kohl ja nun wirklich nicht fett.«

Sein Vater war nicht so leicht zufriedenzustellen und hakte nach: »Wo jenau liegt denn dieset ominöse Flurstück? Irjendwo am Rand oder mittendrin?«

»Am Rand!«, versicherte Kirsten Faber, wie aus der Pistole geschossen.

»Wo jenau?« Zach ließ nicht locker. »Zeich mir dit mal uff die Karte.« Er deutete unwirsch auf den Stapel Unterlagen, der neben Kevin Hoffmann auf dem Tisch lag, und machte eine fordernde Geste mit der Hand.

Sofort fischte der Sekretär ein zusammengefaltetes

Stück Papier aus dem Haufen und begann umständlich, es auseinanderzufalten.

»Lassen Se das!«, fauchte Dieter Zach und sprang genervt auf. Seine Geduld war eindeutig am Ende. »Dit passt hier doch sowieso nich uff'n Tisch. Außerdem isset hier in der Ecke viel zu düster. Da erkennt man ja nüscht. Geben Se her!« Er entriss Kevin Hoffmann das halb auseinandergefaltete Dokument und marschierte damit in den vorderen Bereich des Restaurants, wo nur ein Pärchen beim Essen saß. An einem leeren Tisch direkt am Fenster breitete er die Katasterkarte aus. Die anderen waren ihm gefolgt.

»So!« Dieter Zach strich das dicke Papier glatt. »Denn zeigen Se uns mal dit *Corpus Delicti*!«

Die Bürgermeisterin hielt sich im Hintergrund und überließ es ihrem nervösen Sekretär, dem Investor das Drama zu offenbaren.

»Man erkennt es nur schwer«, druckste der herum und fuhr mit zittrigem Finger über die vielen schwarzen Linien auf dem Flickenteppich, der das Gelände des Campingplatzes darstellte. »Wie Sie wissen, setzt sich Ihr Grundstück aus ursprünglich mehreren einzelnen Flurstücken zusammen …«

»Ja, verdammt!«, polterte Dieter Zach. »Halten Se mich für blöd? Welches davon isset denn nu?«

Der Finger des Sekretärs rutschte langsam zum unteren Rand der Karte und fuhr endlich entlang des Uferstreifens.

»Dieses hier …«, murmelte er.

Jonas Zach lachte auf. »Aber das ist doch nur der See! Den wollen wir ja nicht auch noch kaufen. Den gibt's doch gratis dazu!«

Sein Vater sah genauer hin. Wie versteinert stand Dieter

Zach mit gebeugtem Rücken da, stützte sich mit geballten Fäusten auf den Tisch und starrte auf die vom Sonnenschein erhellte Karte. Plötzlich schoss seine Pranke vor, und mit seinem dicken Zeigefinger zeichnete er die dünne schwarze Linie nach, die sich entlang des gesamten Seeufers schlängelte. Er schnappte aufgebracht nach Luft.

»Der Strand …«, hauchte er tonlos.

»Was?« Jonas klang erschrocken.

»Der verdammte Strand is een eijenet Flurstück!« Dieter Zach hämmerte mit dem Finger auf die Markierung. »Da steht die Nummer!« Wütend richtete sich der Koloss zu seiner vollen Größe auf und brüllte die Bürgermeisterin an: »Wollt ihr mir erzählen, ausjerechnet dit da jehört nich die Jemeinde?«

Das Pärchen am Tisch weiter vorne blickte sich ängstlich nach dem tobenden Mann um. Auch Kirsten Faber war erschrocken zurückgewichen.

»Das konnte doch niemand ahnen«, versuchte sie, sich zu verteidigen. »Das scheint bei den vielen Enteignungen nach dem Krieg wohl übersehen worden zu sein. Es gab damals ja so viele Grundstücke, die …«

»Hör uff, mir mit dem Quatsch zu langweilen! Ick hab mit dir verhandelt, nich mit irjendwelche Jenossen von früher! Du bist dafür verantwortlich, det der Verkauf reibungslos über die Bühne jeht! Und zwar am Stück! Is mir völlig ejal, wie du dit anstellst. Sorch einfach dafür, det die Besitzer dieses lächerlichen Streifens ihre Ansprüche an mich abtreten!«

»Ja, wir sind ja schon dabei, herauszukriegen, ob es überhaupt noch irgendwelche Nachfahren der früheren Waldbesitzer gibt. Das war eine alte Grafenfamilie. Von denen wohnt keiner mehr in Brandenburg. So weit sind wir schon«, erklärte sie mit einem gewissen Stolz in der

Stimme. »Vielleicht könnten wir … Also bis die Besitzverhältnisse endgültig geklärt sind, könnten wir doch vielleicht schon mal den Vertrag über das eigentliche Grundstück …« Sie verstummte, als sie dicht vor sich in das hochrote Gesicht von Dieter Zach blickte. Seine Augen sprühten vor Wut.

»Oder wenigstens einen Vorvertrag …?«, murmelte sie.

»Ohne Seezujang is dit Grundstück wertlos!«, brüllte er fuchsteufelswild. »Kapierste dit nich?!«

Das Pärchen am Nebentisch zog die Köpfe ein und versuchte, sich unsichtbar zu machen.

»Ja, aber das wird sich doch sicher ganz bald klären«, bemühte Kirsten Faber sich, den Baulöwen zu beruhigen. »Sobald wir irgendwelche Erben finden, werden die doch einsehen, dass sie mit diesem Flurstück überhaupt nichts anfangen können. Die haben ja nicht mal einen Zugang von Land aus. Deshalb *müssen* die das doch verkaufen. Das ist nur eine Frage der Zeit. Früher oder später gehört das alles ganz offiziell Ihnen, Herr Zach.« Eingeschüchtert war sie sicherheitshalber wieder zum formellen Sie übergegangen.

»Du jloobst doch nich, det ick dit koofe, ohne jesicherten Seezujang! Nee! Bis ihr dit nich endjültig jeklärt habt, wird nüscht aus unser'm Jeschäft!« Er drehte sich zu seinem Sohn um. »Jonas, wir geh'n!«

»Aber, Herr Zach …« Kirsten Faber schnappte nach Luft. »Bitte, bleiben Sie doch«, flehte sie, als die beiden Männer Richtung Ausgang marschierten. »Lassen Sie uns doch reden. Wir finden sicher einen Weg – und bestimmt auch bald die Erben des Flurstücks!«

Als sie ihre Berliner Investoren aus dem *Schwarzen Schwan* entschwinden sah, sank die Bürgermeisterin kraftlos auf einem Stuhl zusammen.

Ihr Sekretär setzte sich ihr gegenüber, seufzte tief und murmelte schließlich, mehr zu sich selbst: »Ich hab da ja gestern diese Spur nach Niedersachsen gefunden … Vielleicht sollte ich da einfach mal anrufen …?«

»Wie bitte?!« Seine Chefin hob abrupt den Kopf und starrte Kevin Hoffmann mit einer Mischung aus Ungläubigkeit und Wut an. Hektisch sprang sie auf, drehte sich zur Tür um und rief laut: »Herr Zach?! Dieter! Warte doch!«

Draußen heulte der Motor des Porsche auf.

* * *

»Tobias!« Sybille Gerber sprang auf und eilte ihrem Mann entgegen, der mit Elke Müller am Arm um kurz nach zwei Uhr die Terrasse betrat.

»Und?«, fragte Brigitte Fehrer sofort.

»Nun lasst sie doch erst mal ankommen«, mahnte Beate Vogt, rutschte aber selbst nervös auf ihrem Stuhl hin und her.

Die Campergruppe hatte unter den ausgeblichenen Sonnenschirmen ein paar Tische und Stühle zusammengeschoben und schwitzte in der Mittagshitze. Der leichte Wind auf der Terrasse kühlte kaum. Und für den herrlichen Blick auf den See hatte keiner von ihnen ein Auge. Stattdessen hatten sie angespannt gewartet und hin und her spekuliert, wie das Ergebnis der Recherche im Grundbuchamt wohl ausgegangen war. Hatte Elke Müller nach so langer Zeit tatsächlich noch die alten Akten aufstöbern können?

Tobias setzte sich schweigend zu seiner Frau. Seine Miene ließ keine Rückschlüsse auf das Ergebnis des Ausflugs zu.

»Na, nu setzet Se sich erscht amol hierher zu Ihr'm Mo.« Alexander Büchle stand auf, um Elke Müller höflich den Plastikstuhl neben ihrem Horst zurechtzurücken. »Möchte Se ebbes zum trinke?«

»Ja, danke«, erwiderte die alte Frau lächelnd. Sie schien die Aufmerksamkeit, die ihr zuteilwurde, zu genießen. »Eine Tasse Bohnenkaffee wäre schön.«

»Kommt sofort.« Alexander lächelte seine Tochter an. »Wärscht du so lieb, mein Schatzamoggele, und sagscht der Kim Bescheid, des die Frau Müller jetzt do wär und en Kaffee möcht?«

Andromache rutschte seufzend von ihrem Stuhl. »Aber nichts verraten, bis ich wieder zurück bin!«, forderte sie Elke Müller ernst auf.

»Keine Sorge, Kleine. Erst wenn auch Kimberly hier ist«, erklärte die alte Frau freundlich.

Alle warteten gespannt, bis Kim kurz darauf mit einer Tasse Kaffee und Andromache, an einem Eis leckend, herauskam.

»So, jetzt spannt uns nicht länger auf die Folter«, forderte Brigitte ungeduldig. »Habt ihr was rausgefunden?«

Elke Müller pulte konzentriert das Döschen Dosenmilch auf, schüttete den Inhalt in ihren Kaffee, rührte gründlich um, pustete ausgiebig, nahm einen Schluck und stellte ihre Tasse umständlich wieder auf den Tisch. Dann lehnte sie sich zurück, blickte zufrieden in die Runde und sagte: »Ja!«

Verschmitzt lächelnd fuhr sie fort: »Es war gar nicht so einfach … Aber meine Kollegin Erika kennt sich inzwischen mit diesem ganzen modernen Computerkram aus. Das war wichtig. Ich hab die alten Unterlagen entziffert, und sie hat die Namen, die ich da gefunden hab, in dieses Internetz eingetippt«, erklärte sie und blickte wissend in die Runde. »Kennt ihr das eigentlich schon? Dieses *Guugel*?«

»Natürlich!«, warf Brigitte selbstbewusst ein und ignorierte den erstaunten Blick ihrer Freundin Margret.

»Prima Sache!«, begeisterte sich Elke Müller. »Da kann man praktisch *alles* eingeben und fragen, und das Ding spuckt dann die Antworten aus.«

»Ja, ja, nun komm auf den Punkt«, verlangte Brigitte gereizt. »Was hat der *Guugel* dir verraten?«

»Nun …« Elke Müller setzte sich aufrecht hin und verkündete: »Es gibt nur noch eine einzige lebende, mündige, direkte Nachfahrin der Familie von Schreckendorf – mütterliche Linie.« Sie machte wieder eine Pause und vergewisserte sich, dass alle ganz Ohr waren. »Es handelt sich um eine Johanna Meyer, Jahrgang 1987, verheiratet, zwei Kinder, wohnhaft in Gehrden bei Hannover.«

»Alle Achtung!«, stieß Gunnar ungläubig aus. »Und das hast du alles einfach so mit dem Computer herausgefunden? Zusammen mit deiner ehemaligen Kollegin?«

Elke nickte. »Für so eine Recherche hätten wir Anfang der Neunziger Wochen gebraucht. Und jetzt gibt man einfach ein paar Informationen in so ein kleines Fenster auf einer weißen Seite ein …« Sie sah ihren Mann auffordernd an. »Horst, wir brauchen jetzt auch so eine Maschine!«

»Was? Wozu?«, fragte er verständnislos.

»Du wirst schon sehen. Damit kann man alles Mögliche machen. Sogar Schach und Sudoku. Die Erika hat versprochen, mir das dann alles mal in Ruhe zu erklären.«

»Hm …«, machte er unbestimmt.

»Wie seid ihr denn nun auf diese Frau gestoßen? Eine Frau Meyer aus irgendeinem Kaff bei Hannover«, fragte Monika Reimann ungläubig.

»Ohne meine Recherche in den alten Papieren hätten wir die Erbin niemals gefunden. Wenn man kein Sütterlin lesen kann, nützt einem auch so ein moderner Computer nichts«, stellte Elke selbstbewusst fest. »Der braucht ja auch anständiges Futter, damit hinten was Ordentliches rauskommt.« Sie kicherte. »Die Mutter dieser Johanna war die Enkelin einer Schwester vom letzten Grafen von Schreckendorf und verheiratet mit einem Herrn Sebaldt, mit dem sie Anfang der Achtziger nach'm Westen rübergemacht hat. Deren einzige Tochter Johanna hat dann einen Kay Meyer geehelicht. Zwei Kinder, zwölf und sieben. Das hat alles Herr *Guugel* und irgendwas mit *Fääßbuck* verraten. Keine Ahnung, was das ist, aber die Erika hat das alles da im Internetz rausgesucht und mir ausgedruckt. Moment …« Sie grub umständlich in ihrer tiefen Handtasche herum.

Kimberly beobachtete die alte Frau fasziniert. Was für eine rasante Veränderung war mit Elke Müller in den letzten paar Tagen vor sich gegangen. Es war verblüffend. Noch erstaunlicher als die Informationen, die der Computer ausgespuckt hatte, fand sie.

Doch auch das Ergebnis der Recherche gefiel ihr. Jetzt wussten sie, dass es da eine Frau in Niedersachsen gab, die vermutlich nicht ahnte, dass sie die stolze Besitzerin eines schmalen Uferstreifens an einem See mitten in Brandenburg war, von dem das Schicksal so vieler Menschen abhing. Wie würde diese Frau reagieren, wenn sie davon erführe? Würde sie den Campern zur Seite stehen oder froh über eine unerwartete Finanzspritze sein, die sicherlich recht ordentlich ausfallen würde, sobald die Bürgermeisterin und der Investor von Johanna Meyers Existenz wüssten.

»Sollten wir diese Erbin dann vielleicht mal kontaktieren?«, fragte sie unsicher in die Runde. »Oder lieber nicht?«

Bevor ihre Mitstreiter antworten konnten, hörte Kim jemanden alarmierend laut ihren Namen rufen. Irritiert sah sie sich um und erkannte Leon Behrend, der, als wäre der Teufel hinter ihm her, wild mit den Armen winkend, sich akrobatisch zwischen den Zelten auf der Wiese hindurchschlängelnd, direkt auf sie zu rannte.

»Kim! Kimberly!«, rief er immer wieder, wie von Sinnen.

Irritiert drehten sich auch alle anderen am Tisch nach ihm um und starrten ihn mit offenen Mündern an. Was wollte denn der miese Berliner Baulöwe hier? Ausgerechnet jetzt, wo sie gerade beratschlagten, wie sie ihm das Handwerk legen konnten, tauchte der Typ wie aufs Stichwort hier auf. Das durfte doch nicht wahr sein! Hatte er Wind von ihrer Aktion bekommen und wollte sie stoppen? Sprachlos blickten sie ihm entgegen.

Als Leon endlich, völlig aus der Puste, auf der Terrasse ankam, beachtete er die große Gruppe gar nicht. Er hatte nur Augen für Kimberly Baumann, schleppte sich atemlos bis zu ihr, ging schnaufend vor ihr auf die Knie und griff nach ihrer Hand. Sie sah ihn entsetzt an.

»Kim«, keuchte er, ihre Hand umklammernd. »Ich ... Ich muss ...«

»Was ist denn los?!«, fragte sie ärgerlich. »Was soll dieser lächerliche Auftritt? Willst du mir einen Heiratsantrag machen, oder was soll der Quatsch?« Sie entzog ihm gereizt ihre Hand.

Er kam langsam wieder zu Atem, blickte sich irritiert nach den vielen Menschen, die ihn ungläubig anstarrten, um und wurde sich bewusst, was für eine alberne Figur er gerade abgab.

»Entschuldige«, murmelte er, stand aber nicht auf, sondern ließ sich erschöpft auf seinen Hintern plumpsen. Noch immer schwer atmend, stieß er hervor: »Kim, ich muss dir ... was Wichtiges sagen ...«

Sie gab sich große Mühe, mit ungnädig zusammengezogenen Augenbrauen, möglichst arrogant auf ihn herabzublicken.

»Ach, willst du mir endlich die famosen Baupläne für den Campingplatz enthüllen?«, fragte sie herablassend, obwohl sie mit Brigitte und den anderen abgesprochen hatte, vorerst niemandem, und schon gar nicht Leon, zu verraten, dass sie längst Bescheid wussten. Doch angesichts seines völlig erstaunten Blicks konnte sie in diesem Moment nicht anders, als ihn direkt mit ihrem Wissen zu konfrontieren.

Triumphierend schleuderte sie ihm entgegen: »Du kommst ein bisschen spät!« Kim deutete auf die Camper-Runde, die das Schauspiel gespannt verfolgte. »Wir wissen längst Bescheid über eure miesen Machenschaften.«

Er starrte sie fassungslos an.

»Du ... ihr ... Ihr wisst es schon?«, fragte er ungläubig. »Das von den Bauplänen? Und dem Abriss und allem?«

»Allerdings!« Sie warf mit einer lässigen Geste ihre blonden Haare nach hinten. »Wenn ihr geglaubt habt, dass die dummen Ossis nichts von eurem Treiben mitbekommen, liegst du falsch.« Kämpferisch setzte sie hinzu: »Wir werden uns wehren! Und jetzt wissen wir auch wie!«

Er starrte sie weiter mit aufgerissenen Augen an und schüttelte verständnislos den Kopf. »Wieso sprichst du immer von mir? Was hab ich denn damit zu tun? Nur weil das unsere Nachbarn sind? Oder weil meine dämliche Schwester sich von dem Kerl hat einwickeln lassen? Dafür kann ich doch nichts! Im Gegenteil!«

Die anderen Camper und besonders die Mau-Mau-Runde verfolgten den Schlagabtausch gebannt. Man merkte Brigitte Fehrer an, dass sie kurz davor war, sich einzumischen, doch ihre Freundin Bertha legte ihr warnend die Hand auf den Arm, als Leon frustriert ergänzte: »Ich wollte euch doch vor denen warnen. Aber wenn ihr eh schon alles wisst und mich mit diesen Arschlöchern in einen Topf schmeißt ... Tut mir leid ...«

Leon ließ deprimiert den Kopf hängen und machte mühsam Anstalten, aufzustehen.

Jetzt war es Kim, die ihn verwirrt anstarrte.

»Moment!« Sie stupste ihn impulsiv gegen seine rechte Schulter, sodass er zurück auf seinen Hintern plumpste. »Wovon genau redest du da?«

Er antwortete seufzend: »Na, von den Terrassenhäusern, die dieser Dieter Zach und sein feiner Herr Sohn hier hinklotzen wollen. Wovon sonst?«

»Zach?«, fragte Kim ungläubig zurück.

»Das sind die aus dem *Volkner Mobil 800*«, warf Tarek erklärend ein.

»Pscht!«, machte Brigitte Fehrer.

»Was haben denn Jonas und sein Vater damit zu tun?«, stieß Kimberly erregt aus und wurde lauter. »Willst du denen jetzt die Schuld für deine miesen Machenschaften in die Schuhe schieben? So läuft das nicht, Herr Behrend!« Sie stach mit ihrem Zeigefinger wie mit einem Messer mehrfach gegen Leons Brust. »*Du* bist doch dieser schweinereiche Investor, der hier alles plattmachen will! *Du* willst uns doch von hier vertreiben!«

»Wie bitte?!« Leon riss ungläubig die Augen auf und brach dann übergangslos in irres Gelächter aus. Er ließ sich auf den Rücken rollen und hielt sich den Bauch vor Lachen. »Ich ...«, stieß er hervor. »Investor ...« Er kriegte sich nicht wieder ein.

Bis Kim ihn anschrie: »Machst du dich über mich lustig? Das ist überhaupt nicht witzig!«

»Nein ... Doch ...«, keuchte er kichernd und versuchte, sich wieder in den Griff zu kriegen.

Vor lauter Lachen brachte er kein Wort mehr heraus, machte eine verneinende Geste mit seinen Händen, richtete sich dabei mühsam auf und sah Kim mit einem breiten Grinsen direkt in die Augen. Er holte tief Luft und sagte einigermaßen ernst: »Für einen Millionär hältst du mich also.« Er lachte wieder auf. »Danke für das Kompliment, wenn man es denn so nennen darf, aber sorry, da muss ich dich enttäuschen. Ich betreibe nur ein kleines Restaurant in Schöneberg. Frag meine schreckliche Schwester. Die ist reich, und in ihren Augen bin ich ein armer Schlucker, ein absoluter Loser, der es nie zu etwas gebracht hat. Aber bestimmt kein reicher Investor. Guck mich doch an!«

Er deutete mit beiden Händen auf sein verwaschenes T-Shirt, auf dem das zerknautschte Gesicht von Keith Richards mit coolem Piratentuch auf dem Kopf und Kippe im Mundwinkel grinste.

Kim starrte ihn mit offenem Mund an.

In die angespannte Stille hinein sagte Andromache trocken: »Ich finde, das klingt plausibel.«

»Aber seine Schwester, die Goldtussi, steckt mit dem dicken *Volkner*-Typ eindeutig unter einer Decke«, meinte Karim zweifelnd. »Das haben wir genau gesehen ...«

»... und notiert«, ergänzte Tarek heftig nickend.

Leon sah die beiden Jungs an. »Wenn ihr das alles so genau beobachtet habt, dann solltet ihr auch wissen, dass ich mit denen nichts zu tun hab. Und für meine doofe Schwester kann ich schließlich nichts.«

»Auch wieder wahr«, meinte Tarek verständnisvoll und

sah zu seinem großen Bruder rüber. »Geschwister kann man sich nicht aussuchen.«

Er grinste breit, und Karim knuffte ihn spielerisch in die Seite.

»Also, jetzt noch mal zum Mitschreiben«, mischte sich Brigitte Fehrer ein und sah Leon zweifelnd an. »Du behauptest also, dass du nicht derjenige bist, der unseren Campingplatz plattmachen will ...«

»Auf keinen Fall!«, bestätigte Leon energisch. »Ich hab eben gerade erst von Sophia erfahren, was dieses Vater-Sohn-Gespann hier plant. Soweit ich das verstanden hab, sitzen die Typen in diesem Moment in der Kreisstadt mit der Bürgermeisterin zusammen, um den Kaufvertrag zu unterschreiben. Und deshalb wollte ich Kim sofort Bescheid sagen, falls man da noch irgendwie dazwischengehen kann. Keine Ahnung ... Habt ihr schon irgendeinen Plan? Auf jeden Fall muss es wohl schnell gehen, sonst ist das Ding gelaufen ...«

»O Gott ...«, stieß Kim bestürzt aus. »So weit ist das Ganze schon?« Sie ließ sich geschockt in ihrem Plastikstuhl zurücksinken und seufzte: »Da nützt uns unsere Entdeckung wohl nichts mehr. Womöglich haben die diese Johanna längst kontaktiert ...« Ihr stiegen die Tränen in die Augen. »Es ist zu spät ...« Sie sank deprimiert in sich zusammen.

»Kimberly!«, ermahnte Brigitte sie streng. »Zum Jammern haben wir echt keine Zeit! Wir müssen die Frau sofort kontaktieren und klären, ob sie schon an den Zach verkauft hat oder nicht. Ich ruf da jetzt an! Los, Elke! Hast du die Nummer?«

Elke Müller, die noch immer gedankenverloren in ihrer Handtasche herumkramte, als ginge das ganze Drama sie nichts an, schreckte zusammen, als Brigitte sie derart zackig anfuhr. Hektisch zog sie einen Packen zusammengefalteten Zettel aus den Tiefen ihrer Tasche hervor und reichte sie über den Tisch.

Brigitte Fehrer blätterte ungeduldig durch die Papiere. »Wo steht die Nummer?«

»Ich weiß nicht ... Da müsste irgendwo Johannas Adresse und auch die Telefonnummer stehen. Sie hat sogar zwei verschiedene«, erklärte Elke beeindruckt.

»Ah, da!« Die Rentnerin zog energisch ihr Smartphone aus der Kittelschürze.

»Aber was willst du ihr denn sagen?«, fragte Kimberly zweifelnd.

»Wer ist Johanna?«, erkundigte sich Leon, doch niemand beachtete ihn.

* * *

Es war ein kurzes Telefonat gewesen, weil ans Handy niemand ranging und beim Festnetz nur die Mailbox angesprungen war, woraufhin Brigitte gleich wieder aufgelegt hatte, um es später noch mal mit einem persönlichen Gespräch zu versuchen. Unverrichteter Dinge hatte man danach die Versammlung aufgelöst. Bis sie diese Johanna Meyer nicht erreicht hatten, konnten sie nichts weiter tun.

Kim hatte sich in all der Aufregung nur kurz für ihren falschen Verdacht entschuldigen können und Leon schließlich erklärt, dass sie jetzt erst mal ihre Gedanken sortieren müsse. Sie war nach diesem Rückschlag nicht in der Stimmung, länger mit ihm zu sprechen. Mit Hinweis auf die Arbeit und die Stammgäste, die zu ihrem nachmittäglichen Kaffee und Kuchen auf der Terrasse eintrudelten, hatten sie verabredet, sich am Abend am See zu treffen. Sie versprach ihm, dort sämtliche Missverständnisse und Hintergründe in Ruhe aufzuklären.

Brigitte Fehrer hatte den Zettel mit Johanna Meyers Daten eingesteckt, um später zu versuchen, die Frau persönlich ans Telefon zu kriegen und ihr die Lage ausführlich darzulegen. Ihren Mitstreitern hatte sie versichert, ihnen sofort Bescheid zu geben, falls es etwas Neues gäbe. Dann war auch sie, samt Eierlikör und Geleebananen, zurück zu ihrem Wohnwagen gegangen.

Bis zum Abend hatte sie es noch zigmal auf beiden Leitungen versucht, doch Johanna Meyers Handy schien tot zu sein, und am Festnetz hatte Brigitte immer nur die Mailbox dran, auf der sie mehrere Nachrichten hinterließ.

Als ihre Damenrunde pünktlich um halb acht zum Mau-Mau erschien, schimpfte Brigitte: »Die geht einfach nicht ans Telefon!« Sie klang sehr genervt. »Dabei hab ich ihr genau erklärt, dass es um Leben und Tod geht!«

»Sie wird bestimmt zurückrufen, sobald sie kann«, versuchte Margret ihre Freundin zu beruhigen.

»Wahrscheinlich ist die sich längst mit dem Zach einig geworden«, unkte Bertha düster.

»Oder ihr Akku ist leer«, spekulierte Elisabeth.

»Aber ihre Mailbox wird sie doch wohl inzwischen abgehört haben. Da hab ich doch heute Nachmittag meine Nummer hinterlassen und danach noch mehrfach dringend um Rückruf gebeten. Da meldet man sich doch mal!«, empörte sich Brigitte. »Aber vermutlich ist sich diese *Frau von und zu* auf ihrem Landsitz da drüben in Niedersachsen zu fein, mit dem gemeinen Volk zu reden!«, schnaubte sie.

»Sie heißt Frau Meyer«, warf Elisabeth kopfschüttelnd ein. »Von Adel ist da nix mehr zu merken. Sie wird einfach keine Zeit haben. Vielleicht arbeitet sie lange.« Sie versuchte, möglichst optimistisch zu klingen. »Bestimmt ruft sie bald zurück.«

»Na, hoffentlich!« Brigitte knallte ihr Mobiltelefon so heftig auf den Campingtisch, dass die Eierlikörgläser einen Hopser machten. Bevor etwas überschwappen konnte, griffen die Damen geistesgegenwärtig danach.

»Wahrscheinlich meldet sie sich erst morgen«, meinte Margret und trank einen Schluck. »Jetzt lasst uns endlich spielen. Bertha, du gibst.«

* * *

Leon saß schon an dem großen, dunklen, runden Holztisch direkt am Ufer, als Kimberly um kurz nach acht Uhr hinunter an den See kam. Er blickte ihr entgegen und sprang auf, als sie näher kam.

»Hallo …«, begrüßte er sie unsicher.

»Hallo …« Sie hatte Rotwein und zwei Gläser dabei. »Ich hab leider keinen Südafrikaner mehr, aber dieser hier ist auch ganz passabel«, erklärte sie entschuldigend und stutzte, als sie auf dem Tisch bereits eine Flasche Wein samt Gläsern entdeckte. Daneben eine Schale Pistazien, ein Brotkorb und eine köstlich aussehende Käseplatte. »Oh, du hast ja schon …«

»Ja, ich dachte, heute bin ich mal dran …« Er lächelte sie zaghaft an. »Den Käse hab ich aus dem Restaurant mitgebracht. Und diesen *Rioja Crianza*. Meine Hausmarke, bio«, erklärte er zögernd. »Hoffentlich magst du den. Ich finde ihn ganz lecker. Aber wir können natürlich auch deinen trinken. Wie du willst. Ich bin da …«

»Alles gut«, unterbrach sie ihn lächelnd. »Lass uns zuerst deinen probieren.«

Sie konnte deutlich spüren, wie nervös er war. Ihr ging

es nicht anders, doch sie schien sich besser im Griff zu haben und setzte sich neben ihn auf die schmale Bank. Durch den dünnen Stoff ihres Sommerkleids nahm sie seine Körperwärme überdeutlich wahr.

Leon öffnete die Flasche und schenkte ein. Er reichte ihr ein Glas, sah ihr in die Augen und stieß mit seinem an.

»Schön, dass du gekommen bist.«

»Ich freu mich auch, wieder hier mit dir zu sitzen.« Sie versank förmlich in seinen strahlend grünen Augen, in denen sich die Abendsonne spiegelte. »Prost«, murmelte sie, noch immer ein wenig angespannt, und nahm einen Schluck.

»Schmeckt er dir?«, fragte er sofort.

»Ja, der ist sehr rund und kräftig. Passt bestimmt perfekt zum Käse.«

Er strahlte erleichtert. »Genau.« Er rückte das Brett heran. »Bedien dich.« Er zeigte nacheinander auf die verschiedenen Sorten. »Ich hab hier Camembert de Normandie, Brie de Meaux, spanischen Manchego, halbgereiften Ziegenkäse mit Rosmarin, einen würzigen Bleu d'Auvergne, und die Röschen da sind vom Tête de Moine.«

»Beeindruckende Auswahl.« Kim brach ein Stück Brot ab, schnitt etwas vom Ziegenkäse ab und steckte sich den Bissen in den Mund. Genießerisch schloss sie die Augen. »Sehr lecker!« Hungrig probierte sie gleich den Brie daneben, der ebenso köstlich schmeckte. »Und so was servierst du in deinem Restaurant?«

»Ja, immer mal andere Sorten. Aber eigentlich nur zum Dessert. Bei mir gibt's auch richtige Hauptgerichte«, antwortete er lachend und freute sich über ihren augenscheinlichen Appetit.

»Toll! Ich werde auf jeden Fall irgendwann mal ins *Chino* kommen, wenn da alles so lecker ist wie der Käse zum Abschluss«, versprach sie kauend.

Leon freute sich, dass sie sich den Namen seines Lokals gemerkt hatte, und fragte verhalten: »Irgendwann? Wann denn?«

Sie sah ihn verschmitzt an. »Na, solange der Chef nicht in Berlin ist, macht das ja wohl wenig Sinn.« Sie stockte und fragte: »Wie lange bleibst du denn noch hier?«

Er zuckte mit den Schultern.

»Eigentlich hatten wir ja zwei Wochen geplant, aber wenn ich ehrlich bin, halte ich es mit meiner Schwester nicht mehr so lange aus. Zumal nach den neuesten Entwicklungen ...«

Kim schluckte. Sie war sich bewusst, dass sie selbst mit schuld daran war, dass er sich hier nicht mehr wohlfühlte. Sie ärgerte sich über die verschenkten Tage, an denen sie Leon so mies behandelt hatte, und schämte sich für ihr dummes Geflirte mit diesem Jonas Zach. Ausgerechnet mit dem! Wie hatte sie nur so blind sein können? Und nun war es vermutlich zu spät, Leon besser kennenzulernen, weil er verständlicherweise baldmöglichst von hier abhauen wollte.

Sie nahm einen Schluck Wein und murmelte: »Das kann ich gut verstehen ...« Ihre Stimme klang hörbar enttäuscht.

Sofort beeilte sich Leon zu sagen: »Aber ein paar Tage halte ich schon noch in dem Wohnmobil durch. Bevor nicht geklärt ist, wie es mit dir und dem Campingplatz weitergeht, reise ich auf keinen Fall ab.« Er sah sie aufmunternd an. »Vielleicht kann ich dir ja doch irgendwie helfen. Wenn du mir erklärst, was eigentlich genau los ist und wieso du mich verdächtigt hast ...«

Kim seufzte erleichtert. Er würde nicht sofort verschwinden, und er machte sich tatsächlich Gedanken um ihre Zukunft hier.

Sie lehnte sich zurück und blickte hinaus auf den Waldsee. Die langsam hinter den Bäumen am gegenüberliegenden Ufer untergehende Sonne färbte die dünnen Wolkenschleier, die sich auf dem dunklen Wasser spiegelten, kitschig rosa. Eine leichte Brise trieb ein paar sanfte Wellen über den See und kühlte angenehm Kims Haut. Beim Anblick dieser Idylle wurde ihr wieder schwer ums Herz. Der Gedanke, von hier vertrieben zu werden, war äußerst schmerzhaft. Aber vielleicht hatten sie ja noch eine Chance, hoffte sie inständig, holte tief Luft und erzählte Leon die ganze verworrene Geschichte.

9

Dienstag

Als Johanna Meyer im Morgengrauen in Gehrden die Haustür aufschloss, freute sie sich nach dem Urlaub vor allem auf ihr eigenes Bett. So gemütlich es im Wohnmobil auch gewesen war, mit zwei kleinen Kindern war es doch recht eng in dem alten, selbstumgebauten Transporter.

Sie waren von Italien aus die ganze Nacht durchgefahren, um die Autobahnstaus zu vermeiden. Ihr Mann Kay und sie hatten sich mit dem Fahren abgewechselt, während ihre Töchter beinahe durchgeschlafen hatten. Jetzt war Johanna reichlich erschöpft, aber gleichzeitig auch hellwach. Ihr ging durch den Kopf, was sie heute alles zu erledigen hatte, bevor sie ab morgen wieder am Schreibtisch saß. Kay und die Kinder hatten den Rest der Woche noch frei, aber für sie, als selbstständige Webdesignerin, wurde es höchste Zeit, sich nach zwei Wochen Auszeit bei ihren Kunden zurückzumelden, um neue Aufträge anzuleiern und andere abzuarbeiten. Doch vorher stand eine Menge Hausarbeit an. Ihr gemütliches Bett musste noch etwas warten.

»Julia, Jana, wascht euch das Gesicht und die Hände, gibt gleich Frühstück«, rief sie ihren Töchtern nach, die die Treppe hoch in ihre Zimmer stürmten. »Das Gepäck bringst du am besten gleich runter in den Keller, Schatz. Das muss eh alles in die Maschine«, bat sie ihren Mann Kay, der die Koffer hereinschleppte. »Und bring den eingefrorenen Toast aus der Kühltruhe mit hoch. Ich hab Hunger.« Sie lächelte ihm zu und ging mit der

Kühltasche, in der die Reste ihrer Vorräte waren, in die Küche.

Während sie Kaffee kochte und den Tisch deckte, stöpselte sie ihr Smartphone zum Aufladen ein. Sie hatte es genossen, mal eine Weile ohne Telefon und Computer zu leben. Um sich selbst zu disziplinieren, zwischendurch keine geschäftlichen Dinge zu erledigen, hatte sie ihr Handy ausgeschaltet. So waren sie im Urlaub nur über Kays Smartphone zu erreichen gewesen, was kein Problem war, denn außer ihren Freundinnen riefen bei Johanna sowieso nur ihre Kunden an. Eigene Verwandte hatte sie ja keine mehr.

Kay kam mit dem Toast in die Küche und steckte vier Scheiben in das Gerät. Nebenbei berichtete er: »Auf dem Anrufbeantworter sind übrigens eine ganze Menge Nachrichten gespeichert, hab ich gerade gesehen. Komisch. Wartest du auf irgendwelche Anrufe?«

Johanna verdrehte die Augen. »Dabei hatte ich doch allen Kunden gesagt, dass ich erst ab morgen wieder erreichbar bin. Und auch dann nur mobil.« Sie seufzte. »Das höre ich mir erst nach dem Frühstück an.« Dennoch weckte sie neugierig ihr minimal geladenes Handy aus dem Tiefschlaf und stellte überrascht fest: »Hier werden auch einige verpasste Anrufe angezeigt.« Sie stutzte. »Von zwei unbekannten Nummern. Komisch ... Vielleicht sollte ich doch mal ...«

»Nein, das hat bestimmt noch Zeit. Lass uns erst mal in Ruhe einen Kaffee trinken.« Kay gab ihr einen Kuss, nahm die Espressokanne vom Herd und schenkte ihnen ein, als Jana und Julia hereinkamen und sich hungrig über ihr Müsli hermachten.

Nach dem Frühstück räumte Johanna den Kühlschrank ein, erstellte eine Liste mit den nötigen Einkäufen, sortierte die Wäsche und schmiss die erste Waschmaschine an. Während Kay und die Kinder zum Supermarkt fuhren, machte sie es sich mit dem Rest Espresso, einem Notizblock und dem Festnetztelefon in ihrem Lesesessel bequem, um die Nachrichten auf dem Anrufbeantworter abzuhören. Das konnte dauern, denn es waren eine Menge. Komischerweise alle von gestern Nachmittag. Sie drückte neugierig den Startknopf.

»Guten Tag Frau Meyer, mein Name ist Kevin Hoffmann«, tönte es an ihr Ohr. »Ich rufe Sie im Auftrag von Bürgermeisterin Faber an. Wir haben eine wichtige, sehr persönliche Nachricht für Sie, die ich hier auf der Mailbox nicht hinterlassen kann. Aber es wird Sie sicher interessieren. Daher ... also ... Ich versuch's gleich mal auf Ihrem Handy und melde mich ansonsten dann später noch mal ... also hier ... Festnetz ... Falls ich Sie auf dem Handy nicht erreiche ... dann ... sonst nicht ... äh ... Wiederhören.«

Piep.

Johanna runzelte die Stirn. Was war das denn für ein seltsamer Anruf? Auf dem Display hatte statt der Nummer nur »Anonym« gestanden. Wer war dieser Kevin Hoffmann? Warum hatte er keine Rückrufnummer hinterlassen, und was faselte er da von einer Bürgermeisterin? Sehr merkwürdig.

Sie drückte die Taste für die nächste Nachricht. Ebenfalls ein anonymer Anruf mit unterdrückter Nummer, doch diesmal hörte sie nur jemanden schwer atmen, niemand sprach. Im Hintergrund war das Gemurmel mehrerer Leute zu hören und kurz vor dem Auflegen eine Frau, die sagte: »Mist, keiner da ...«

Dann piepste es wieder und die nächste Nachricht wurde abgespielt.

»Hallo Johanna Meyer! Hier spricht Frau Fehrer. Sie kennen mich nicht, aber ich kenne Sie! Ich weiß etwas über Ihre Familie, das Sie wahrscheinlich selber nicht wissen. Rufen Sie mich dringend unter folgender Nummer zurück: Nulleinssiebenzweidreihundertfünfundachtzigsiebzich ... äh ... nee ... siebenachtzig. Und dann ... Moment ... ach ja ... siebzichneunsfchnschkrzschn.«

Piep.

Verwirrt drückte Johanna die Wiederholungstaste, versuchte die Nummer zu notieren, konnte jedoch auch beim zweiten Mal die letzte Ziffer, die in einem lauten Rascheln unterging, nicht verstehen. Konsterniert starrte sie das Telefon in ihrer Hand an. Was hatte das zu bedeuten? Völlig irritiert lauschte sie der nächsten Nachricht von derselben Frau: »Fehrer noch mal. Wir haben eine wichtige Mitteilung für Sie! Sie haben geerbt. Rufen Sie uns umgehend zurück, damit wir die daraus entstehenden Folgen besprechen können. Die Nummer ham Se ja.«

Piep.

Sie haben geerbt ... Johanna lachte auf. Das musste einer dieser Fake-Anrufe sein. Jetzt versuchten die es sogar mit alten Frauen, um glaubwürdiger zu erscheinen. Aber nicht mit ihr! Sie hatte schon von diesen Kriminellen gehört, die naive Menschen mit der Aussicht auf ein riesiges Erbe von einem unbekannten Onkel aus Afrika oder Amerika dazu bringen wollten, zurückzurufen, und sie damit in eine teure Telefonfalle locken. Sie grinste amüsiert. Dafür mussten die sich eine andere Doofe suchen. Bei einer IT-Fachfrau wie ihr waren die Ganoven an der falschen Adresse. Nein, sie kannte sich mit solchen Geschichten aus und wäre nicht so dämlich, unbekannte Nummern anzurufen. Aber warum sprach diese Frau die Rückrufnummer derart undeutlich aus ...?

Sehr merkwürdig. Johanna schüttelte den Kopf, drückte wieder auf Start und lauschte weiter.

»Kevin Hoffmann noch mal. Leider sind Sie auch auf dem Handy nicht zu erreichen … Schade … Tja … Na ja … Ich versuch's morgen noch mal. Jetzt hab ich Feierabend. Wiederhören.«

Piep.

Welche Rolle spielte dieser Typ bei dieser merkwürdigen Betrugsmasche?, fragte Johanna Meyer sich. Sie trank ihren Espresso aus und versuchte vergeblich, sich einen Reim auf dieses Hin und Her zwischen einer – der Stimme nach – recht alten Frau und diesem jungen Kerl zu machen. Beide hatten keinen verdächtigen ausländischen Akzent, wie sie es bei einer international agierenden Verbrecherbande erwartet hätte, sondern klangen irgendwie seltsam vertraut … Ein bisschen so wie ihre verstorbene Mutter – berlinerisch oder brandenburgisch … Sehr, sehr merkwürdig.

Aber vielleicht war sie nur völlig übermüdet und kapierte deshalb nicht, was das Ganze zu bedeuten hatte, sagte Johanna sich. Vernünftigerweise sollte sie einfach die gehörten und auch gleich die folgenden Mitteilungen löschen. Allerdings hatte sie mittlerweile der Ehrgeiz gepackt, dieses Rätsel zu lösen. Also drückte sie wieder die Starttaste.

Inzwischen klang die Frau am anderen Ende richtig sauer.

»Frau Meyer! Fehrer hier! Es geht um Ihre Familie. Wir wissen etwas, das Sie ganz sicher interessieren wird. Melden Sie sich endlich bei mir!«

Nach dem nächsten *Piep* war die Stimme regelrecht wütend: »Rufen Sie endlich zurück!!! Wenn Sie sich nicht rechtzeitig melden, wird das schreckliche Folgen haben.

Es geht um Leben und Tod für viele Menschen. Das war eine dringende Nachricht von Frau Fehrer. Nummer is bekannt. Los! Rufen! Sie! Mich! An!«

Piep.

Danach herrschte Ruhe. Das war die letzte Mitteilung gewesen, von gestern Abend um kurz vor halb acht. Johanna Meyer lehnte sich erschöpft zurück. Was, um Himmels willen, hatten all diese kryptischen Nachrichten zu bedeuten? Wollte jemand sie in den Wahnsinn treiben? Ein Telefon-Stalker? Im Duett mit einer alten Stalkerin?

* * *

»Los, Kim, wir probieren es jetzt parallel. So lange, bis wir die Dame endlich an der Strippe haben«, forderte Brigitte Fehrer energisch.

Es war halb zehn und der allmorgendliche Ansturm auf den Imbiss war vorbei. Jetzt saßen die meisten Camper vor ihren Zelten oder Wohnwagen und frühstückten. Kim streifte sich ihre Plastikhandschuhe, mit denen sie die vielen Brötchen eingetütet hatte, ab, nahm die beiden fertigen Cappuccini und setzte sich zu Brigitte.

»Komm schon, nimm dein Handy, und dann versuchen wir's«, forderte die Rentnerin sie auf. »Hier ist die Mobilnummer. Stell auf Lautsprecher, damit ich mithören kann, falls sie rangeht. Ich versuch's gleichzeitig auf dem Festnetz – mit der blöden Mailbox hab ich ja Übung.«

»Okay.«

Kim tippte die Nummer ein, Brigitte musste nur die Wiederholungstaste drücken. Beide hörten ein Freizeichen, doch während bei der Rentnerin nach viermaligem Läuten die Mailbox ansprang und sie, ohne eine neue

Nachricht zu hinterlassen, seufzend wieder auflegte, ließ Kim es klingeln – fünfmal, sechsmal, siebenmal, achtmal …

»Ja?!«, meldete sich nach dem neunten Klingeln eine genervte Frauenstimme und schimpfte übergangslos: »Verdammt noch mal! Wer ist denn da?! Probieren Sie's jetzt auf allen Leitungen gleichzeitig? Zur Abwechslung mal mit einer angezeigten Nummer? Pech gehabt! Die wird gespeichert und sofort zur Anzeige gebracht, wenn Sie noch mal …«

»Frau Meyer?«, rief Kim dazwischen. »Johanna Meyer?«

»Wer will das wissen?«, kam es ungehalten zurück.

»Mein Name ist Kimberly Baumann. Entschuldigen Sie die Störung, aber ich muss Sie ganz dringend sprechen …«

»Ach ja?!«, fragte Johanna Meyer brüsk zurück. »Stecken Sie mit diesem Kevin und dieser Fehrer unter einer Decke?«

»Was? Ja … Also nein … Kevin kenne ich nicht, aber Frau Fehrer sitzt hier neben mir und hört zu. Sie hatte wohl gestern schon mal versucht, Sie zu erreichen«, erklärte Kim, während sie Brigitte, die ansetzte dazwischenzureden, mit entschieden erhobener Handfläche stoppte und mit strengem Blick zum Schweigen brachte.

»Schon *mal*?!«, schimpfte Johanna gleichzeitig aus dem Lautsprecher. »Ich hatte mindestens fünf wirre Anrufe von dieser unmöglichen Frau auf meiner Mailbox und eben hat's schon wieder auf dem Festnetz geklingelt. War sie das auch? Oder dieser Kevin?«

»Ich kenne keinen Kevin«, sagte Kim möglichst ruhig. »Darf ich Ihnen kurz erklären, warum wir Sie angerufen haben?«

»Wollen Sie mir was verkaufen?«

»Nein, ganz im Gegenteil …«

»Ach, kommt jetzt wieder die Nummer mit dem Erbe? Ich leg jetzt auf ...«

»Warten Sie bitte!«, rief Kim panisch. »Geben Sie mir nur zwei Minuten ... Oder besser drei ... Dann erzähle ich Ihnen, worum es geht, und dann können Sie immer noch auflegen. Und wenn Sie mich für eine Betrügerin halten, haben Sie ja zur Not meine Handynummer, um mich anzuzeigen oder so ...«

Es war einen Moment lang still in der Leitung. Johanna schien zu überlegen. Schließlich seufzte sie laut und sagte: »Na gut. Zwei Minuten! Dann schießen Sie mal los.«

Kimberly holte tief Luft und erklärte Johanna Meyer möglichst glaubwürdig und knapp, dass sie die Besitzerin von zweihundert Quadratmetern Ufergelände auf einem Campingplatz am Waldsee im brandenburgischen Dorf Seelinchen war, und warum das so wichtig für die dortigen Camper war. Als sie geendet hatte, herrschte Schweigen in der Leitung.

»Frau Meyer? Sind Sie noch dran?«

»Ja ... Ich ... Also ...« Sie räusperte sich. »Und das ist wirklich wahr?«

»Ja, laut offiziellen Unterlagen im Katasteramt sind Sie die letzte lebende Nachkommin der Grafenfamilie von Schreckendorf und daher die alleinige Erbin dieses vergessenen Flurstücks.«

»Das ist ja ein Ding!«

»Ja, deshalb wollten wir mit Ihnen sprechen.«

»Hm. Und Sie betreiben da in Seelinchen diesen Campingplatz?«, hakte Johanna Meyer nach.

»Der gehört der Gemeinde. Mein Vater ist seit Ewigkeiten Platzwart, und ich betreibe hier auf dem Gelände seit einer Weile die Gaststätte, die ich eigentlich gerade renovieren wollte. Aber nun will dieser Berliner Baulöwe hier alles aufkaufen, abreißen und Luxuswohnungen hinbauen.«

»Hm … Was denken Sie denn, was diese paar Quadratmeter wert sind?«

Vor dieser Frage hatte Kimberly Angst gehabt. Sie schluckte.

»Kommt auf die Perspektive an … Für den Investor sicher einen Haufen Geld … Ohne Ihr kleines Seegrundstück ist das Projekt nämlich hinfällig … Für ein paar Hundert Dauer- und Kurzzeitcamper, für unsere Gemeinde und mich persönlich ist das Ganze nicht mit Geld aufzuwiegen.« Leise schob sie hinterher: »Wir würden sehr gerne hierbleiben …«

»Das kann ich verstehen. Wir sind selbst eingefleischte Camper. Wir waren gerade mit dem Wohnmobil am Gardasee.«

Kim war erleichtert, dass die Stimme von Johanna Meyer endlich nicht mehr so ungehalten klang, sondern sie jetzt normal mit ihr sprach. Und dann war sie auch noch Camperin! Kim spürte ihr Herz aufgeregt klopfen.

»Mit dem Gardasee kann der Waldsee zwar nicht ganz mithalten, aber bei uns ist es auch sehr schön«, meinte sie zaghaft.

»Vielleicht sollten wir mal vorbeikommen und uns unseren neuen Grundbesitz persönlich ansehen.« Johanna lachte entspannt auf.

»Sehr gerne!«, erwiderte Kim sofort. »Für Sie halten wir immer einen Stellplatz frei! Von Gehrden aus ist es ja nicht besonders weit hierher. Und in Seelinchen feiern wir am nächsten Wochenende unser jährliches Sommerfest mit Bootsparade, Kinderfest und abends Disco im Partyzelt. Kommen Sie doch vorbei.«

»Das klingt ja toll... Da hätten Julia und Jana bestimmt auch Spaß dran. Und das Wohnmobil ist ja praktisch sowieso noch reisefertig...« Johanna schien nachzudenken. »Wissen Sie was? Ich bespreche das Ganze mit dem Grundstück und so mal in Ruhe mit meinem Mann. Der ist ja Anwalt«, sagte sie fröhlich, was allerdings sowohl Kim als auch Brigitte einen gehörigen Schreck versetzte. »Ich melde mich dann morgen oder übermorgen wieder und sage Ihnen, ob wir übers Wochenende zum Campen kommen.«

»Natürlich! Sehr gerne«, erwiderte Kimberly. »Wir würden uns freuen, Sie kennenzulernen. Schließlich gehen wir hier an *Ihrem* Strand schwimmen...« Sie bemühte sich um ein möglichst lockeres Lachen, doch innerlich bebte sie.

* * *

»Was ist denn jetzt schon wieder?«, fragte Kirsten Faber genervt, als ihr Sekretär kurz nach der Mittagspause in ihr Büro stürmte.

»Ich hab sie endlich erreicht!«, stieß er mit stolzgeschwellter Brust aus.

»Wen?« Sie seufzte desinteressiert, ohne von den Papieren vor sich aufzublicken.

»Na, die Frau Meyer...«

»Meyer?« Gelangweilt sah sie von ihrem Schreibtisch auf. »Welche Frau Meyer?«

»Die mit dem Flurstück in Seelinchen. Sie wissen doch, der Campingplatz, beziehungsweise die künftigen Terrassenhäuser«, erklärte er eilfertig.

Jetzt hatte Kevin Hoffmann die volle Aufmerksamkeit der Bürgermeisterin.

»Und? Nun sagen Sie schon, Hoffmann! Verkauft sie?«, fragte sie aufgeregt.

Er wand sich und druckste herum.

»Das kann ich Ihnen noch nicht bestätigen. Sieht aber gut aus. Sie war gar nicht so überrascht, wie ich erwartet hatte. Vielleicht hatte sie doch geahnt, dass da noch was ist. Na ja, jedenfalls war sie sehr interessiert an dem, was ich ihr zum möglichen Verkauf des Grundstücks zu sagen hatte. Jetzt will sie das erst mal mit ihrem Mann besprechen. Der ist Anwalt …«

»Ach herrje …«

»Na ja, ich hab ihr ziemlich deutlich gemacht, dass sie sich dieses Bombengeschäft nicht entgehen lassen sollte.«

»Sie haben hoffentlich keine Summen genannt?!« Kirsten Faber sah ihn scharf an.

»Nein, nein, nur, dass wir sicher einen anständigen Betrag zahlen könnten.«

»Gut gemacht!« Die Bürgermeisterin klatschte in die Hände. »Wie sind Sie mit dieser Frau Meyer verblieben? Wann entscheidet die sich?« Sie klackerte ungeduldig mit ihren langen, roten Fingernägeln auf das polierte Holz ihres Schreibtischs. »Wir haben keine Zeit zu verlieren. Das muss ruckzuck über die Bühne gehen, bevor uns dieser Zach tatsächlich noch abspringt.«

»Ja, natürlich … Hab ich ihr auch gesagt. Also nicht das von Zach, sondern nur, dass wir ein mögliches Angebot nicht ewig aufrechterhalten können …«

»Und?!«

»Also, sie will übers Wochenende wohl nach Seelinchen kommen, um sich selbst ein Bild davon zu machen …«

»Ach?«

»Ja, sie sagte was von Wohnmobil. Damit will sie wohl auf den Campingplatz und sich alles vor Ort ansehen. Ich hab vorgeschlagen, sie und ihren Mann dann gleich am Samstagmittag im *Schwarzen Schwan* zu treffen, um den Kaufvertrag für das Flurstück zu unterschreiben.«

»Am Sonnabend? Sie wissen doch, dass ich da beim Golf bin!« Kirsten Faber sah ihn entrüstet an.

»Tut mir leid, aber ich dachte, da es ja eilt und die Gelegenheit so günstig ist …«

»Ja, ja, schon gut«, grummelte sie. »Bestellen Sie einen Tisch um halb eins. Dann schaff ich danach noch neun Loch.« Sie beugte sich wieder über den Schreibtisch.

Kevin Hoffmann räusperte sich.

»Was ist denn noch?«, fragte sie genervt.

»Soll ich Herrn Zach und seinen Sohn gleich informieren, dass wir kurz vor dem endgültigen Abschluss stehen?«

»Nein! Erst mal muss das alles unter Dach und Fach sein. Wenn alles gut geht, werde ich Dieter dann selbst davon in Kenntnis setzen.« Sie lächelte in sich hinein, warf ihrem Sekretär einen kurzen Blick zu und blaffte: »Und jetzt verschwinden Sie, Hoffmann. Ich hab zu tun! Und Sie auch! Setzen Sie den Vertrag auf!«

*　*　*

Seit sie so heftig aneinandergerasselt waren, gingen sich Leon und Sophia Behrend aus dem Weg. Sie hatte ihren Lebensmittelpunkt gleich nach dem Streit demonstrativ hinüber ins Wohnmobil von Dieter Zach verlegt. Sein Sohn Jonas kümmerte sich inzwischen in Berlin wieder ums laufende Geschäft der *Zach Hoch- & Tiefbau* AG, und so genossen die beiden Turteltäubchen die sturmfreie Bude im *Volkner Mobil 800c*. Sophia hatte heute Vormittag von Leon den umfangreichen Weinvorrat, ihre Sachen aus dem Bad und die bunten Seidentuniken dorthin schleppen lassen. Ihren hinderlichen Orthopädiestiefel hatte sie zurückgelassen. Den schien sie nicht mehr zu brauchen. Mittlerweile tänzelte sie verblüffend leichtfüßig um ihren neuen Liebhaber herum.

Leon beäugte ihre erstaunliche Spontanheilung und die innige Zweisamkeit voller Abscheu und war froh, dass sich dieses aufgesetzte Geturtel nicht mehr direkt vor seiner Nase abspielte, sondern ein paar Meter weiter. Immerhin hatte er jetzt wenigstens Ruhe vor seiner anstrengenden Schwester. Letzte Nacht war er zum ersten Mal in diesem Urlaub nicht von ihrem Schnarchen gestört worden. Dafür hatte er sich allerdings sein Kissen über die Ohren ziehen müssen, als ihn von nebenan Sophias unverkennbares Stöhnen, im Takt mit einem tiefen männlichen Grunzen, am Einschlafen gehindert hatte. Leon hatte versucht, die Bilder in seinem Kopf zu verdrängen, doch das hatte nicht recht klappen wollen.

Die nächsten Tage verbrachte er tagsüber meist mit Lesen und Schwimmen oder brauste mit seiner *Moto Guzzi* durchs südliche Brandenburg. Abends saß er lange mit Kim am See – sie hatten sich viel zu erzählen und kamen sich langsam immer näher. Gestern hatten sie sich sogar geküsst … Leon schwebte auf Wolke sieben.

Alles wäre perfekt gewesen, wenn da nicht ständig dieses Damoklesschwert eines möglichen Verkaufs des Campingplatzes über ihnen geschwebt hätte. Dauernd spekulierten sie darüber, wie diese Erbin sich am Ende entscheiden würde, und ob der Baulöwe inzwischen auch von deren Existenz wusste. Ob dieser Kevin, von dem Johanna Meyer gesprochen hatte, einer von Zachs Mitarbeitern war? Was womöglich bedeutete, dass sein Sohn Jonas deshalb so plötzlich nach Berlin verschwunden war, um den Deal umgehend einzutüten. Hofften sie vergeblich auf eine positive Antwort der Meyers, die am Samstag nach Seelinchen kommen wollten?

Von seiner Schwester konnte Leon dazu keinerlei Neuigkeiten in Erfahrung bringen, da sie ihrem Bruder die kalte Schulter zeigte.

Kimberly blieb daher nichts anderes übrig, als zu warten und zu hoffen. Zum Glück lenkten die Vorbereitungen für das bevorstehende Sommerfest sie ein bisschen von ihren sorgenvollen Gedanken ab – und natürlich die Abende mit Leon am See …

10

Sonnabend

Am Samstagmorgen öffnete Kimberly Baumann bei strahlend blauem Himmel ihren Imbiss. Sie war bester Laune und hatte beschlossen, den Laden heute gleich nach dem Brötchenverkauf wieder zu schließen. Wenn Johanna Meyer und ihre Familie mit dem Wohnmobil ankamen, wollte sie sie persönlich in Empfang nehmen. Hoffentlich würde das Gespräch mit der Erbin des Ufergeländes zu einem guten Ergebnis führen, schließlich hing davon ihrer aller Zukunft ab.

»Guten Morgen!«

Der ungewohnt laute, fröhliche Gruß einer ihr inzwischen wohlbekannten Stimme riss sie aus ihren Grübeleien.

»Was machst du Langschläfer denn schon so früh hier?«, fragte Kim erstaunt, als sie Leon hereinkommen und sich in der noch kurzen Brötchenschlange anstellen sah.

»Heute ist doch der große Tag. Da stehe ich gerne mal etwas eher auf.« Er zwinkerte ihr über die Köpfe der anderen zu. »Das Sommerfest und vor allem – hoher Besuch ...« Er deutete mit den Fingern grinsend eine Art Krönchen auf seinen verwuschelten dunklen Locken an.

Sie musste grinsen, weil das eher nach einem Hirschgeweih aussah. Dennoch wusste sie sofort, was er meinte, war doch die Anreise von Johanna Meyer aus Gehrden, Nachfahrin der Grafen von Schreckendorf, seit Dienstag Dauerthema zwischen den in die geheimen Vorgänge um die Zukunft des *Campingparadieses* Eingeweihten.

»Sie will gegen zehn hier sein, hat sie heute Morgen geschrieben«, gab Kim verschwörerisch zurück, bediente und kassierte gewohnt zügig die Kunden, die vor ihm dran waren, und strahlte Leon an, als er schließlich direkt vor ihrem Tresen stand. »Naaaaa …?«

Er lächelte zurück, legte dabei den Kopf ein wenig schief und antwortete: »Na, du …?«

»Gut geschlafen?«, erkundigte sie sich.

»Geht so, aber zumindest süß geträumt …« Er sah ihr verzückt in ihre braunen Augen. Leicht über den Tresen geneigt, flüsterte er: »Von dir …«

Verlegen lächelnd strich sie eine Haarsträhne hinters Ohr. Sie musste an den innigen Kuss denken, den sie gestern Abend am See ausgetauscht hatten. Das war ein sehr vielversprechender Anfang gewesen. Flirtend fragte sie ihn: »Was kann ich denn heute für dich tun?«

»Wie wär's mit Brötchen?«, gab er verschmitzt zurück.

»Da muss ich mal gucken, ob ich noch welche dahabe«, erwiderte sie kichernd.

»Falls du noch ein Mohnbrötchen und eine knusprige Schrippe findest, wäre ich begeistert«, säuselte er.

»Jeht dit ooch bisken schneller da vorne?«, polterte es von weiter hinten, wo die Schlange immer länger wurde.

»Nu mal keene Hektik«, rief Kim hinüber, tütete in aller Ruhe die Brötchen ein und fragte Leon mit einem kecken Unterton: »Darf's vielleicht sonst noch was sein …?«

Sie sah seine grünen Augen aufblitzen, als er ihr ebenso keck antwortete: »Da würde mir eine Menge einfallen … Aber für den Moment bin ich auch mit den Brötchen zufrieden.«

Beide grinsten sich wissend an.

»Mach hinne Mann«, kam es wieder aus der Warteschlange. »Andere haben ooch Hunger!«

Kim beachtete den Einwurf nicht, kassierte und flüsterte Leon zum Abschied zu: »Um zehn unten am Strand. Wir treffen uns alle bei unserem Tisch.«

»Okay! Bis später.« Er verabschiedete sich mit einem angedeuteten Luftkuss und marschierte vergnügt an der Schlange vorbei nach draußen.

* * *

»Jeht dit ooch bisken leiser?«, pflaumte Dieter Zach die beiden Mädchen an, die auf dem Schotterweg vor seinem Domizil fröhlich quietschend mit einem Fußball kickten.

Er kam mit freiem Oberkörper und nasser Badehose vom Schwimmen zurück zu seinem Wohnmobil, wo Sophia Behrend gerade den Tisch für das zweite Frühstück deckte.

»Das geht schon die ganze Zeit so«, maulte sie und schenkte ihm Kaffee ein. Sie deutete mit einer abfälligen Handbewegung auf den angejahrten, weißen Transporter, der direkt hinter dem riesigen, schwarzen *Volkner Mobil 800c* an dem schmalen Weg parkte und sich in dessen Schatten wie ein Matchbox-Auto ausnahm. Ihre neuen Campingnachbarn, die erst vor einer halben Stunde angekommen waren, bauten gerade das Vordach auf.

»Jana, Julia, geht doch schon mal runter zum See, schwimmen. Wir kommen dann nach«, forderte Johanna Meyer ihre Töchter entspannt auf und grüßte zu ihren Nachbarn hinüber. »Sorry, wir sind heute Morgen sehr früh aufgestanden, und die Mädchen sind nach der langen Fahrt ein bisschen aufgedreht. Sie brauchen nur etwas Bewegung. In einer Stunde hat sich das alles wieder beruhigt.« Sie lächelte verbindlich.

»Dit will ick hoffen«, grummelte Dieter und setzte sich an den Tisch.

»Sagen Sie ruhig Bescheid, wenn es Ihnen zu laut wird«, rief Johanna rüber. »Wir sind übrigens die Familie Meyer«, stellte sie sich vor.

»Zach! Dieter Zach«, erwiderte er grimmig, ohne sich zu seiner neuen Nachbarin umzudrehen. Während er Milch und Zucker in seinen Kaffee rührte, fügte er noch beiläufig hinzu: »Und keene Sorje, ick melde mir, wenn uns dit zu ville wird.«

Johanna wandte sich schulterzuckend wieder dem Aufbau ihres Vorzelts zu.

»Wieso dieser Campingplatzwart denen ausgerechnet direkt neben uns einen Stellplatz gegeben hat, würde mich mal interessieren«, mokierte sich Sophia verächtlich. »Ich dachte, hier stehen nur Wohnmobile in *unserer* Klasse. Ohne schreiende Kleinkinder!«

Sie gab sich keine Mühe, leise zu sprechen. Diese Leute sollten ruhig wissen, dass sie hier nicht hergehörten, fand sie.

»Soll ick mir den Heini anner Rezeption mal vorknöpfen? Der hat doch hier bald eh nüscht mehr zu melden«, schlug Dieter vor und schaufelte sich eine Gabel mit Rührei in den Mund.

»Ach, lass mal. Das ist die Mühe nicht wert. Die bleiben nur für eine Nacht, hab ich mitgekriegt, als die angekommen sind.«

»Hm, hm«, murmelte er kauend.

»Immerhin sind das keine Ossis, sondern Hannoveraner.« Sie deutete auf das H-Kennzeichen am Bus.

»Na, denn. Eine Nacht werden wir dit mit die verzogenen Blagen wohl aushalten«, meinte er mit kritischem Blick auf die beiden Mädchen, die voller Vorfreude an ihnen vorbei Richtung Strand liefen.

***

»*Wo* hast du die Meyers untergebracht?«, fragte Kimberly schockiert, als ihr Vater um zehn Uhr zum Imbiss kam und berichtete, dass die Familie pünktlich angekommen war. »Dahinten, ausgerechnet direkt neben diesem Baulöwen?!«

»Ich dachte, die Mädchen von denen könnten doch schön mit der kleenen Jala und den Jungs von Katja spielen. Die stehen doch mit ihrem ollen Transporter jetzt direkt gegenüber von Gunnars Sippe. Ist doch super«, verteidigte er sich.

»Aber auch direkt neben Zach …«, murmelte sie zweifelnd.

»Ach, nun komm, mach dich nicht verrückt. Gleich lernst du sie ja kennen. Scheinen ganz vernünftige Leute zu sein.«

Kim schloss ab, und gemeinsam gingen sie hinunter zum Treffpunkt am See.

Aus der anderen Richtung sahen sie die Camper kommen: Sybille Gerber führte ihre Familie an, die in voller Mannschaftsstärke anrückte. Zu ihnen gesellten sich Brigitte und ihre Mau-Mau-Truppe, Thorsten samt Gitarre und Jeanine aus dem VW-Bulli, Elke und Horst Müller, die Reimanns aus Charlottenburg und die Büchles mit Hektor und Andromache.

Der imposante Aufmarsch bewies Kimberly und Eberhard Baumann, dass sie nicht allein waren. Es gab ein großes Hallo und aufgeregtes Durcheinandergeschnatter, als sie aufeinandertrafen, sich begrüßten und gemeinsam weiter zum See gingen. Dort unten, direkt am Strand, empfing Leon sie winkend, mit einem strahlenden Lächeln. Er deutete auf das Paar, das bei ihm am Tisch auf einer der Bänke saß.

»Das sind Johanna und Kay Meyer«, stellte er sie vor, als die Gruppe näher herangekommen war.

Margret Schmitz blieb beim Anblick der jungen Frau wie angewurzelt stehen, betrachtete das Paar eingehend und raunte Elisabeth Möhlke verschwörerisch zu: »Mit ihren langen, braunen Haaren erinnert mich die Gräfin an unsere Königin Silvia.«

»Gräfin?« Elisabeth lachte leise und flüsterte zurück: »Die heißt jetzt Meyer.«

»Aber ein Rest blaues Blut fließt ja immer noch in ihren Adern«, hauchte Margret fasziniert und starrte die Fremde mit glänzenden Augen an. »Eine echte Adelige … Und sieht aus wie unsere Silvia Sommerlath, als sie damals bei der Olympiade ihren Carl Gustaf von Schweden getroffen hat …«, murmelte sie ergriffen.

»Pscht, Grete!«, brachte Brigitte Fehrer ihre Freundin zum Schweigen, während Leon erklärte: »Die Meyers stehen mit ihrem Wohnmobil ja fast neben mir, deshalb hab ich sie gleich mitgebracht.« Er nickte Kim beruhigend zu. »Ihre beiden Töchter planschen übrigens schon im See.« Er zeigte Richtung Wasser, wo Julia und Jana im Nichtschwimmerbereich vergnügt mit ihrem Ball spielten.

Sofort rief die kleine Jala begeistert: »Oh, toll, dann geh ich auch schwimmen!« Sie sah sich um. »Kommst du mit?«

Die angesprochene Andromache zog kurz kritisch ihre winzigen, blonden Augenbrauen zusammen, lächelte dann und sagte: »Klar. Cool!«

Beide Mädchen streiften T-Shirts und Shorts ab und rannten in ihren Badeanzügen ins flache Wasser zu den Töchtern der Meyers.

»Na, die Kinder haben sich ja scheinbar schon ohne viel Tamtam gefunden. Dann sollten wir uns wohl auch mal kennenlernen«, sagte Frau Meyer, stand entschlossen auf und ging auf Kim zu, die ihr mit einem unsicheren Lächeln entgegenblickte. »Sie müssen Kimberly Baumann sein. Wir haben telefoniert. Ich bin Johanna. Freut mich, Sie persönlich kennenzulernen.«

»Ganz meinerseits«, antwortete Kim ein wenig steif und schüttelte die ausgestreckte Hand. Sie war furchtbar nervös und hoffte, dass man ihr das nicht anmerkte. »Nennen Sie mich doch einfach Kim. Machen hier alle«, meinte sie, versuchte ein Lächeln und machte eine ausladende Handbewegung. »Das ist der harte Kern unserer Dauercamper, die sich um ihre Zukunft hier sorgen und natürlich sehr gespannt sind, zu erfahren, wie Sie sich entschieden haben. Also, ob wir hier noch eine Zukunft haben, oder …«

Sie verstummte erschrocken, als sie merkte, dass sie vor lauter Aufregung weit übers Ziel hinausgeschossen war. Wie hatte sie diese Fremde nur derart ungeschickt direkt nach dem ersten Beschnuppern mit dem Problem überfallen und unter Druck setzen können? Eine gute Taktikerin war sie eindeutig nicht, erkannte Kim am zweifelnden Gesichtsausdruck von Johanna.

Hilfe suchend blickte sie zu Leon rüber, der sofort reagierte.

»Machen wir's uns doch erst mal nett«, schlug er eilig vor. »Vielleicht setzen wir uns gleich hier im Kreis hin. Um diesen Strand geht's ja schließlich, und am Tisch ist es eindeutig zu eng.« Leon lächelte Kim ermutigend zu und wandte sich Johanna und Kay Meyer zu. »Wäre das in Ihrem Sinne?«

»Gute Idee«, antwortete Johanna erleichtert. Sie hatte

sich tatsächlich etwas überrumpelt und bedrängt gefühlt. »Vielleicht sollten wir uns erst mal besser kennenlernen, bevor wir über wichtigere Dinge sprechen.«

»Unbedingt!«, stimmte Kim sofort zu und ließ sich im Schneidersitz in den weichen Sand plumpsen.

Leon und die Meyers setzten sich dazu. Auch Kims Mitstreiter nahmen einer nach dem anderen Platz und bildeten einem großen Kreis. Brigitte Fehrer hockte sich, trotz Ischias und Arthrose, ganz ohne ihr übliches Stöhnen, direkt neben Kim.

»Lassen wir jetzt die Friedenspfeife kreisen?«, fragte Karim grinsend.

»Nicht nötig«, beeilte Kim sich, festzustellen. »Zum Glück gibt's ja keinen Krieg.«

»Nein, absolut nicht«, stimmte Johanna zu und lächelte sie an. Dann blickte sie in die Runde und fragte: »Und wer ist jetzt Frau Fehrer?«

Ertappt meldete Brigitte sich, mit hochgerecktem Arm und ausgestrecktem Zeigefinger, wie in der Schule. »Das bin ich. Nennen Sie mich doch einfach Brigitte. Und überhaupt … Warum duzen wir uns nicht einfach? Wir sind doch hier unter Campern.«

»Sehr gerne. Dann schnackt es sich auch einfacher«, stimmte Johanna zu.

»Genau!«, meinte Brigitte. »Und tschuldigung, wenn ich mit meinen vielen Anrufen genervt hab. Ich war so aufgeregt«, gestand die Rentnerin und machte ein zerknirschtes Gesicht.

»Kein Problem, aber beim nächsten Mal solltest du deine Nummer verständlich hinterlassen.« Johanna zwinkerte ihr freundlich zu, und Brigitte musste kichern.

Kimberly bat die anderen Camper, sich ebenfalls vorzustellen, obwohl klar war, dass die Meyers sich die vielen

Namen sicher nicht würden merken können. Da sie sich darauf geeinigt hatten, dass Kim die Verhandlungen führen sollte, war das jedoch unwichtig. Wichtig war nur, dass der Erbin dieses kleinen Stücks Strand bewusst wurde, dass es hier nicht bloß um ein anonymes Flurstück ging, sondern dass damit das Schicksal vieler Menschen verknüpft war.

Nachdem die lange Vorstellungsrunde beendet war, ergriff Kimberly wieder das Wort. Möglichst locker sagte sie: »Schön, dass ihr so kurzfristig herkommen konntet, Johanna. Dann sag doch mal: Wie gefällt euch denn das *Campingparadies am Waldsee*? Habt ihr euch schon einen ersten Eindruck vom Platz und dem Spirit hier verschaffen können?«

Das Ehepaar Meyer sah sich unschlüssig an, bevor Johanna zögernd antwortete: »Na ja ... Also der Platz unter den hohen Bäumen, quasi im Wald, und direkt am See ist wirklich wunderschön ...« Sie stockte und schien nach den richtigen Worten zu suchen.

Kim hielt erschrocken die Luft an. Sie hatte das zwangsläufig nachfolgende »aber« schon deutlich in dieser recht unbestimmten, nicht gerade begeisterten Antwort mitschwingen hören. Ihr Herz krampfte sich zusammen, und ihre Gedanken überschlugen sich.

Den Meyers gefiel es hier nicht! Damit war alles entschieden. Johanna würde ihr nutzloses Flurstück an die *Zach Hoch- & Tiefbau* AG verkaufen und morgen schleunigst aus Seelinchen verschwinden.

Wahrscheinlich waren die Webdesignerin und der Anwalt aus Niedersachsen Besseres gewöhnt. Schließlich kamen sie gerade vom schicken Gardasee zurück. Dagegen war ein brandenburgischer Waldsee natürlich nur eine braune Pfütze. Und der Campingplatz hier in Seelinchen war ja tatsächlich schon recht angejahrt. Die sanitären Anlagen waren gepflegt und sauber, aber nicht gerade *State of the Art*. Ganz zu schweigen von der winzigen vollgestopften und dunklen Rezeption mit dem Büro ihres Vaters. Und dann *Elli's Imbiß*, der beim letzten Unwetter zwar sein Schild und somit seinen alten Namen eingebüßt hatte, aber auch ohne die jüngst entsorgte, hässliche Eckbank drinnen, mit den billigen Plastikstühlen und ausgeblichenen Sonnenschirmen auf der Terrasse, immer noch nach spießiger DDR-Gaststätte aussah.

Kim ließ den Kopf hängen. Sie hatte gekämpft und verloren. Das *Campingparadies am Waldsee* würde schon bald Geschichte sein.

Sie bemühte sich, auch etwas Gutes in all dem Frust zu erkennen. Wahrscheinlich würde sie selbst schnell wieder einen gut bezahlten Job in ihrer alten Branche bekommen, und ihr Vater würde endlich seine längst überfällige Rente genießen können. Einige der Dauercamper würden hoffentlich irgendwo anders ein Plätzchen für ihre Wohnwagen finden oder das Campen ganz aufgeben. So war er eben, der Lauf der Welt – das schicke Neue löste das verbrauchte Alte ab.

Sie konnte Johanna Meyer keinen Vorwurf machen, dass sie lieber einen Batzen Geld für ein nicht zu nutzendes Erbe annahm. Schließlich hatte sie bis vor ein paar Tagen noch nichts von der Existenz dieses Campingplatzes geahnt. Wie sollte sie da plötzlich irgendeine Bindung hierher aufbauen können? Nur weil ihre Adelssippe früher hier zur Jagd durch ihre riesigen Wälder geritten war, hatte diese Frau doch keinerlei persönlichen Bezug zu diesem Landstrich.

Und irgendwie war es ja nur folgerichtig, überlegte Kim mit einem zynischen Lächeln, dass der alte Adel, der seinen Besitz als Volkseigentum hatte abgeben müssen, nun vom neuen Geldadel entschädigt wurde, der hier das Zepter übernahm. Graf Zach und Gräfin Sophia würden perfekt hierher passen und den Ausblick über den Waldsee von ihren Terrassenwohnungen aus hoffentlich zu schätzen wissen.

Kim seufzte leise auf und hörte nur mit halbem Ohr hin, als Johanna Meyer weitersprach.

»Also, das Ambiente gefällt uns echt gut, aber die Atmosphäre ist nicht wirklich optimal für eine Familie mit Kindern …« Sie stockte wieder. »Der Ton, den hier manche Camper anschlagen, gefällt uns gar nicht …«

Sofort fühlte Brigitte Fehrer sich angesprochen.

»Aber das war doch ein Missverständnis! Ich wollte doch nur …«

»Nein, nein, damit meine ich doch nicht dich!«, unterbrach Johanna sie lächelnd. »Ich spreche von diesem arroganten Pärchen in dem protzigen Wohnmobil neben uns. Die scheinen sich für was Besseres zu halten …« Sie verdrehte die Augen.

Leon wusste sofort, von wem sie sprach, und seufzte laut.

»Du meinst meine schreckliche Schwester und ihren Galan …«

Irritiert blickte Johanna ihn an.

»Das ist deine Schwester?«

»Moment«, ging Kim dazwischen. »Der schwarze *Volkner* gehört Dieter Zach …«

»Stimmt, so hat er sich vorgestellt …« Johanna verdrehte wieder die Augen.

Kim und Brigitte lachten gleichzeitig auf.

»Was hat dieser Herr denn getan, dass du so schlecht auf ihn zu sprechen bist?«, fragte Kimberly neugierig.

»Er hat gleich mal unsere Mädchen angepampt, weil sie ein bisschen lauter Ball gespielt haben«, erklärte Kay Meyer genervt. »Und ein paar andere abfällige Bemerkungen über uns gab es danach auch noch. Sehr von oben herab. Dabei waren wir noch nicht mal richtig angekommen. Ziemlich unangenehm, der Typ.«

»O ja, wir wissen, was ihr meint ... Oder?« Kim sah sich zu ihren Mitstreitern um, die alle wissend vor sich hin schmunzelten.

»Findet ihr das witzig?«, fragte Johanna angesichts der grinsenden Runde verständnislos.

»Nur insofern, als genau dieser feine Herr Zach derjenige ist, der scharf auf dein Grundstück ist. Dieter Zach ist der Baulöwe, der uns hier vertreiben will ...«, erklärte Kimberly, immer noch breit grinsend.

»Nein!«, stieß Johanna ungläubig aus.

»Doch«, erwiderte Kim lächelnd.

»Dieser Typ will hier bauen?«

»Genau. Und dafür braucht er dein Flurstück. Ohne Seezugang kriegt er seine schicken Terrassenwohnungen nämlich nicht verkauft.«

Kim hielt gespannt die Luft an und beobachtete, wie Johanna und Kay sich durch Blicke verständigten. Auch die anderen murmelten leise miteinander. Es klang fast, als würden sie für ein Wunder beten.

Nach einer Weile, die Kim wie eine Ewigkeit vorkam, nickten sich die Meyers schließlich zu. Johanna holte tief Luft und sagte entschieden: »Ich schätze, daraus wird wohl nichts ...«

»Wie jetzt?«, hakte Brigitte aufgeregt nach. »Woraus wird nix?«

»Aus den hochtrabenden Plänen dieses widerlichen Kerls und seiner arroganten Tussi«, erwiderte Johanna, nun ebenfalls breit grinsend. »Denen überlassen wir unser Erbe ganz bestimmt nicht!«

Es brauchte eine Sekunde, bis alle im Kreis die Konsequenzen ihrer Worte begriffen hatten. Dann brach lauter Jubel aus.

Karim und Tarek riefen: »Jippie!«

Die überzeugte Atheistin Brigitte Fehrer stieß ein erleichtertes »Gott sei Dank!« aus und wischte sich mit dem Handrücken imaginären Schweiß von der Stirn.

Ulrike Büchle jubelte: »Ha noi! Heilig's Blechle! Des isch ja suppr!«, und umarmte ihren Mann.

Die Müllers sahen sich tief in die Augen, und Horst flüsterte: »Jetzt, wo wir bleiben können, schaffen wir uns doch einen neuen Dackel an.«

»Ja, und einen Computer!«, fügte Elke Müller schnell hinzu.

»Na, wenn das so ist, dann können wir den neuen Stellplatz in Bad Saarow am Scharmützelsee ja wohl wieder absagen«, entschied Ulli Reimann seufzend. »Hätte sowieso zu lange gedauert, bis ich da neuen Golfrasen angesät hätte …« Seine Frau Monika warf ihm einen wenig begeisterten Blick zu.

»Dann könnten wir ja eventuell doch noch einen eigenen Wohnwagen für Murat und mich auf unseren Familienstellplatz quetschen«, schlug Katja Aydin vor und zwinkerte ihren Eltern Sybille und Tobias zu.

»Ich klär das mit Ebi«, meinte ihr Großvater Gunnar zufrieden und grinste zum Campingplatzwart rüber.

»Kriegen wir hin«, brummte Eberhard Baumann.

Kim lächelte ihren Vater aufmunternd an, suchte dann den Blick von Leon und seufzte erleichtert: »Jetzt wird vielleicht doch noch alles gut.«

Er nickte ihr zu, wandte sich an Johanna Meyer und sagte: »Ich möchte mich übrigens in aller Form für meine schreckliche Schwester entschuldigen.«

»Dafür kannst du ja nichts«, erwiderte diese verständnisvoll. »Du scheinst ja ganz in Ordnung zu sein, obwohl du auch in so einem Luxus-Wohnmobil residierst ...«

»Das ist wirklich schick, aber gehört nicht mir, sondern Sophia!«, verteidigte er sich entschieden. »Und jetzt, wo er seinen Plan nicht verwirklichen kann, verschwinden sie und ihr neuer Freund Dieter Zach hoffentlich bald ganz von hier.«

»Das wird dem Klima auf unserem Campingplatz bestimmt guttun«, meinte Brigitte trocken. »Ohne fiese Bonzen wird es hier sicher wieder gemütlicher!«

Ehe sie auch noch ihre Profi-Handballerinnenfaust recken konnte, hielt Margret ihren Arm fest. Und so klatschte sie einfach zustimmend mit den anderen, während Jeanine ihrem Partner Thorsten seine Gitarre reichte. Ohne lange zu überlegen, stimmte dieser einen leicht abgewandelten, passenden Song von Woody Guthrie an: »*This land is your land and this land is my land, from the luxury Wohnmobil-Stellplatz to the common Grillplatz, from the Rezeption to the Meyer-beach at the Waldsee! This land was made for you and me!*«

Lachend hakten sich alle unter, schunkelten spontan im Kreis und summten im Chor die Melodie. Den Refrain schmetterten auch Johanna und Kay Meyer, die sich inmitten dieser aufgekratzten Truppe sehr wohlzufühlen schienen, dann ebenfalls lauthals mit: »*This land is your land and this land is my land ...*«

* * *

»Sollen wir vielleicht doch etwas zu essen bestellen?«, fragte Kevin Hoffmann zaghaft.

»Nee, noch 'ne Pulle Wein! Rechnung geht wie immer aufs Rathaus«, lallte Kirsten Faber reichlich angetrunken und schwenkte die leere Flasche Richtung Kellner, damit dieser Nachschub lieferte.

Die Bürgermeisterin und ihr Sekretär saßen seit gut zwei Stunden im *Schwarzen Schwan* und warteten vergeblich auf die Erbin des Flurstücks am Waldsee. Der Ankauf der lächerlichen zweihundert Quadratmeter wäre das letzte Mosaiksteinchen gewesen, um letztendlich nicht nur das Steuersäckel der Kreisstadt, sondern auch das private Portemonnaie von Kirsten Faber zu füllen.

Doch langsam reifte in ihr die Erkenntnis, dass die sehnsüchtig erwartete Glücksbringerin wohl nicht mehr auftauchen würde. An ihr Handy ging diese Johanna Meyer ärgerlicherweise auch nicht ran. Es war zum Haareraufen.

»Los, schenk ein!«, wies sie ihren Sekretär unwirsch an, als die neue Flasche serviert wurde. »Jetzt is sowieso alles egal. Auf'n Golfplatz komm ich heute auch nich mehr ...« Sie erhob ihren Hintern schwankend ein Stückchen vom Stuhl und machte mit zusammengelegten Armen, als habe sie einen Schläger in der Hand, eine ausholende Schwingbewegung. Dabei riss sie fast ihr volles Weinglas vom Tisch. Kevin Hoffmann konnte es gerade noch retten.

»Sie meinen also wirklich, das Geschäft ist damit endgültig geplatzt?«, fragte er vorsichtig.

»Ja, was denks'u denn?«, fauchte sie genervt. »Die kommt nich mehr. Die Alte will nich verkaufen. Wahrscheinlich hat die dumme Pute sich von diesen Deppen auf'm Campingplatz einwickeln lassen. Pech gehabt!« Sie griff nach dem Smartphone, das vor ihr auf der weißen Tischdecke lag. »Ich ruf jetzt Dieter an und sach's ihm!«

»Was?«, fragte Kevin Hoffmann erschrocken. »Sollten wir damit nicht lieber noch ein bisschen warten? Vielleicht kann man da ja noch was dran drehen.«

»Quatsch! Der Drops is gelutscht. Dit wird nüscht mehr. Kapier dit endlich!«

Sie wischte unkoordiniert mit dem Finger auf dem Display herum, fand schließlich die gesuchte Nummer und ließ es läuten.

Nach dreimaligem Klingeln meldete sich zu ihrer Überraschung eine Frauenstimme:

»Hier bei Zach. Wer ist denn da?«

Kirsten Faber stutzte. Hatte Dieter ihr nicht erzählt, er wäre Single? Hatte er nicht angedeutet, mit ihr in eine seiner schicken Terrassenwohnungen ziehen zu wollen? Wer war dann verdammt noch mal diese Frau an seinem privaten Telefon?

»Faber!«, meldete sie sich zackig. »Ich muss Herrn Zach sprechen. *Privat*!«, setzte sie garstig hinzu.

»Mein Dieterlein duscht gerade«, zwitscherte die andere unbeeindruckt. »Kann ich was ausrichten?«

»Wer sind Sie überhaupt?«, giftete Kirsten Faber.

»Mein Name ist Behrend, Sophia Behrend. Eine ... sehr *enge* Freundin von Dieter.« Ihr Unterton ließ keinen Zweifel daran zu, welcher Art diese Freundschaft war.

Kirsten Faber kochte innerlich. All ihre schönen Träume von einem sorgenfreien Luxusleben an der Seite eines Millionärs zerplatzten in diesem Moment. Sie war einem miesen Betrüger aufgesessen. Er hatte sie nur ausgenutzt für seine geschäftlichen Pläne. Sie fühlte sich hintergangen und benutzt. Was für ein Mistkerl!

Plötzlich war sie gar nicht mehr enttäuscht, dass aus seinem geplanten Deal nichts werden würde. Ganz im Gegenteil! Selbst wenn sich diese Erbin irgendwann doch noch melden würde und verkaufen wollte – nicht mit ihr! Dieser treulose Dieter Zach würde das Grundstück auf keinen Fall bekommen! Und diese Frau Meyer konnte sich ebenfalls gehackt legen! Als Bürgermeisterin würde sie diesen blöden Campingplatz ein für alle Mal aus ihrem Kopf und den Akten streichen. Sollten die da drüben in Seelinchen doch zusehen, wie sie allein klarkamen. Ein neues, lukratives Bauprojekt würde ihre Kreisstadt jedenfalls nicht mehr für dieses undankbare Pack anleiern. Damit war Schluss! Endgültig!

Kirsten Faber nahm noch einen tiefen Schluck und genoss den berauschenden Geschmack süßer Rache auf ihrer Zunge. Vielleicht war auch nur der halbtrockene Weißwein ein bisschen zu süß, aber das war ihr in diesem Moment völlig egal. Sie war eine Rachegöttin!

Sie holte tief Luft und blaffte möglichst arrogant ins Telefon: »Richt'n Se Ihr'm fei'n *Dieterlein* von mir aus, dass aus unser'm Geschäft nüscht wird. Jar nüscht! Die Chefin einer *Kreisstadt* kann mit ei'm derart unsös ... sersös ... unseriös'n Bauunternehmer, der offen Bestechungsgelder anbietet, kei'n Vertrach machen. Für so'n wichtiges Projekt ...«

»Sprechen Sie von dem Terrassenhaus-Projekt?«, fragte Sophia ungläubig zurück.

»N'türlich! ... Aber der Drops is gelutscht. Sa'en Se ihm det.« Sie holte noch mal Luft und ergänzte: »Das war eine Nachricht vonner Bür'ermeisterin Faber. Tschüssikowski!« Mit einem entschiedenen Klackern ihres langen, roten Fingernagels aufs Display beendete sie das Gespräch abrupt und warf das Handy vor sich auf den Tisch.

Grinsend erhob sie ihr Glas und säuselte: »Prost, Kevin, mein kleiner Schnuckel!«

Sie sah ihren Sekretär mit verklärtem Blick an, stellte fest, dass ihr Glas leer war, und pflaumte ihn direkt wieder an: »Los! Schenk ein!«

Dann kippte plötzlich ihr Kopf nach vorne und knallte auf die Tischplatte. Übergangslos brach sie in hysterisches Schluchzen aus.

»Frau Faber? Alles in Ordnung mit Ihnen? Frau Faber …?«

11

Sonntag

Ziemlich verkatert, nach der wilden Disco-Nacht im Partyzelt am Strandbad, stolperte Kimberly, auf der Nase eine große, dunkle Sonnenbrille, um kurz vor sieben aus dem Haus, um sich, deutlich später als sonst, auf den Weg zum Campingplatz zu machen. Vermutlich hatte sich der Bäcker, der um diese Zeit längst die frischen Brötchen für ihren Imbiss angeliefert hatte, gewundert, dass er sie nicht in ihrer Gaststätte angetroffen hatte, doch das war ihr im Moment völlig gleichgültig. Viel wichtiger war, dass Leon hier neben ihr ging.

Der blinzelte in die strahlende Sonne und kniff die Augen krampfhaft zusammen. Leider hatte er keine Sonnenbrille dabei, als er gestern Nacht, nach dem Sommerfest, bei dem die Camper ausgelassen mit den Meyers gefeiert hatten, Arm in Arm mit Kim gegangen war – zu ihr nach Hause.

Während sie jetzt von dort die Seestraße in aller Ruhe entlangschlenderten, hielten Kim und Leon Händchen und blickten sich immer wieder selig lächelnd an. Die Nacht war recht kurz gewesen, aber lang genug, um festzustellen, dass sie sich nicht nur großartig verstanden, sondern dass auch ihre Körper perfekt miteinander harmonierten.

Sonst brauchte Kimberly morgens nur gut fünf Minuten bis zu ihrem Arbeitsplatz, doch obwohl sie es eigentlich eilig gehabt hätte, dauerte es heute länger, wesentlich länger. Verliebt blieben sie und Leon alle paar Schritte stehen, um sich innig zu küssen. Es fühlte sich wunderbar an, einander in den Armen zu halten, zu schmusen und sich kleine Neckereien und Zärtlichkeiten ins Ohr zu flüstern. Laut zu sprechen, vermieden beide, denn sie teilten, aufgrund ihrer empfindlichen Katerschädel, das Schicksal, absolut keinen Lärm ertragen zu können.

Trotzdem verspürten beide eine ungekannte Leichtigkeit, fühlten sich beide beschwingt und hatten das Gefühl, es sei ihnen noch nie besser gegangen in ihrem Leben. Kim und Leon waren rundum glücklich und schwer verliebt.

An der Rezeption angekommen, wo Kim kurz ihren Vater begrüßen wollte, der auch am Sonntagmorgen schon längst an seinem Schreibtisch saß, verabschiedeten sie sich mit einem langen, innigen Kuss. Und mit noch einem. Und dann noch einem Kuss.

»Ich muss jetzt wirklich ...«, murmelte Kim lächelnd und wand sich halbherzig in seiner Umarmung. »Die ersten Brötchenkunden stehen bestimmt schon an.«

»Ja, gleich ...« Leon ließ sie nicht los und küsste sie erneut auf den Mund.

»Nein, jetzt ...«, flüsterte sie und küsste ihn wieder.

»Gleich ...«, murmelte er, schob seine Nase in ihre duftenden Haare, fuhr mit seinen Lippen ganz zart ihren Hals hinauf, liebkoste ihr Ohrläppchen und hauchte nah an ihrem Ohr: »Ich liebe dich.«

»Ich dich auch ...«

Er drückte Kim zärtlich an sich und blickte mit verklärtem Blick über ihre Schulter Richtung See – als direkt vor ihm das Gesicht seiner großen Schwester auftauchte, die ihn verächtlich ansah.

»Was ist hier denn los?!«, entrüstete sich Sophia Behrend lautstark, mit empört zusammengezogenen Augenbrauen.

Kim wollte sich erschrocken losmachen, als sie die Stimme erkannte, doch Leon hielt sie fest.

»Wonach sieht's denn aus?«, fragte er breit grinsend zurück.

Hinter seiner Schwester tauchte nun auch Dieter Zach auf, warf nur einen abfälligen Blick auf das Pärchen, blaffte »Sodom und Gomera« und marschierte mit strammem Schritt zielstrebig weiter zur Rezeption. Abgestoßen vom Anblick ihres Bruders mit dieser Frau vom Imbiss, kräuselte Sophia Behrend verächtlich die Lippen, reckte das Kinn und lief kopfschüttelnd hinter ihrem Dieter her.

Leon prustete angesichts der absurden Situation los.

»Pssst, nicht so laut«, bat Kim mit schmerzverzerrtem, aber dennoch grinsendem Gesicht. »Was machen die beiden denn hier um diese Zeit?«

»Vielleicht wollen sie sich über die Ruhestörung von der Party letzte Nacht beschweren?«, mutmaßte Leon schulterzuckend.

»Ich geh mal horchen, was da los ist«, beschloss Kim und gab ihm einen schmatzenden Abschiedskuss.

»Sehen wir uns später?«, fragte er.

»Ja, lass uns mittags ein bisschen mit meinem SUP-Board raus auf den See paddeln.«

»Sehr gerne. Und um vier treffen wir dann Johanna und Kay bei dir auf der Terrasse, um sie zu verabschieden, richtig?«

»Genau. Da kommen dann auch Brigitte und die anderen, um zu beratschlagen, wie das nun mit dem Flurstück geregelt wird.«

»Fein. Dann leg ich mich jetzt noch ein Stündchen hin.«

»Ich beneide dich«, seufzte Kim.

»Du bist meine Brötchenheldin«, säuselte er, zog sie wieder an sich und küsste sie.

Kichernd befreite sie sich aus seiner Umarmung.

»Schluss jetzt. Sonst krieg ich echt Ärger mit meiner Stammkundschaft.«

»Na, gut ...« Er ließ sie schweren Herzens los, hielt aber noch einen Moment länger ihre Hand, während er mit sehnsüchtigem Blick einen Schritt rückwärts machte. »Bis nachher, mein Schatz.«

»Bis nachher ...« Sie warf ihm eine Kusshand zu und ging dann auf Zehenspitzen auf die halb offen stehende Tür der Rezeption zu.

»Und der *Hymer* soll dann also hier stehen bleiben? Sie wollen nur mit dem *Volkner* weg?«, erkundigte sich Eberhard Baumann gerade stirnrunzelnd.

»Jenau!«, bestätigte Dieter Zach. »Wir fahr'n zusammen mit meinem Wohnmobil.«

Er zwinkerte Sophia vielsagend zu. »Mehr brauchen wir beede nich, wa?!«

»Nein ...«, hauchte sie verzückt.

»Okay, aber der *Hymer* läuft ja auf Sie, Frau Behrend. Der muss hier dann auch weg, wenn Sie abreisen«, erklärte der Platzwart.

»Wie bitte?!« Sie sah ihn genervt an. »Was soll ich denn damit machen? Den kann ich doch gar nicht fahren! Und in Berlin finde ich für so ein großes Wohnmobil sowieso keinen Parkplatz. Da müsste ich ja irgendwo extra was anmieten ...« Sie blickte ratlos ins Leere. »Darüber hab ich mir bisher noch gar keine Gedanken gemacht. Ging ja alles so schnell. Das Ding hatte ja noch mein Ex für mich bestellt und bezahlt. Ich hab den bloß beim Händler abgeholt, beziehungsweise Leon. Also eigentlich will ich mit dem Wohnmobil gar nix mehr zu tun haben ...« Sie kicherte albern und meinte schulterzuckend: »Von mir aus kann die Karre hier verrotten.«

»Wenn er hier steht, kostet der Stellplatz Sie zwölf Euro pro Tag«, stellte Baumann ungerührt fest. »In diesem Falle im Voraus zu zahlen – bis Saisonende.«

»Pffff …«, machte Sophia und überlegte einen Moment. »Wissen Sie was? Ich überschreib das Ding einfach meinem kleinen Bruder. Soll der sich doch drum kümmern und zusehen, wie er den hier wegkriegt. Ich brauch ja wohl zukünftig kein eigenes Wohnmobil mehr …« Sie strahlte ihren Begleiter an. »Oder hab ich dich falsch verstanden, mein Dieterlein?«

»Nee!«, donnerte er grinsend. »Als meene Herzensdame reist du ab sofort nur noch mit mir und uff meene Kosten durchs Leben, meen Püppchen!« Er gab ihr einen vertraulichen Klaps auf den Hintern, und Sophia juchzte auf.

Kimberly, die hinter den beiden an der offenen Tür stand und lauschte, verdrehte die Augen bei dem Geplänkel und versuchte, trotz Brummschädel, dem Gespräch zu folgen. Hatte sie das richtig verstanden? Wollte Sophia das schicke, neue Wohnmobil tatsächlich Leon schenken? Das war ja irre.

»Na, denn machen Se dit mal mit Ihrem Bruder klar, Werteste«, meinte Eberhard Baumann unbeeindruckt. »Ick brauch denn wat Schriftlichet, det der junge Mann den Stellplatz nach Ihrer Abreise übernimmt und ab morgen dafür zahlt.«

»Ja, ja, darum kümmert sich meen Anwalt«, erwiderte Dieter Zach ungeduldig. »Jetzt woll'n wir beede hier aber mal flott auschecken. Die Côte d'Azur erwartet uns!«

Sophia strahlte ihr Dieterlein an. »Ja, endlich! Das ist so süß von dir, mein Dieterlein, dass du mir meinen Traum erfüllen willst.«

»Na, logo, mein Sophilein. Dein Wunsch is mir Befehl!« Er pampte den Platzwart an: »Nu mach hinne!«

Wieder zu seiner Begleiterin gewandt flüsterte er: »Mit die Ossis kannste eben doch keene vanünftijen Jeschäfte machen. Die kriegen dit einfach nich jebacken. Ick bin janz froh, det dit nüscht jeworden is mit die Terrassenhäuser. Jetze ham wa Zeit für uns und hier nüscht mehr verlor'n.«

Eberhard Baumann reichte ihm die beiden ausgedruckten Rechnungen, und Dieter Zach zückte seine Platin-Kreditkarte.

»Nee, hier is nur Bares Wahres«, erklärte der Campingplatzwart kopfschüttelnd. »Steht auch draußen dran.«

»Was sind die rückschrittlich, hier im tiefen Osten«, mokierte sich Sophia Behrend, während Dieter Zach mit grimmiger Miene die benötigten Scheine in seiner Brieftasche abzählte.

»Hier! Stimmt so!«, blaffte er, als er die Stellplatzmiete mit einer abfälligen Handbewegung auf den Schreibtisch warf.

»Die Firma dankt.« Der Platzwart schob das Geld ungezählt in seine Schreibtischschublade. »Sie können dann um siebzehn Uhr rausfahren.«

»Wie bitte?!«, schrillte Sophia. »Wir wollen sofort los!«

»Tja, das wird schwierig ...« Er wiegte mit bedauerndem Gesichtsausdruck den Kopf.

»Wieso?«, fragte Dieter Zach hörbar erzürnt.

»Na, weil der weiße Transporter vor Ihnen da noch so lange steht. Die Meyers fahren ja erst um fünfe raus. Ursprünglich wollten Sie ja auch noch 'ne Woche bleiben. Denn hätte dit problemlos geklappt. Nu wird's schwierig ...« Er hob in scheinbarer Hilflosigkeit die Arme.

»Aber wieso müssen wir denn auf die und deren kleene Mistkarre warten?« Zach starrte ihn wütend an.

»Na, weil Ihre Riesenkarre da sonst nicht rauskommt. Der Weg is zu eng zum Drehen. Und vorbei kommen Se da ooch nich.«

Der Platzwart zuckte bedauernd mit den Schultern, doch Kim konnte selbst aus der Entfernung und trotz des ernsten Gesichts, das ihr Vater sich sichtlich bemühte zu machen, rund um seine Augen ein kleines heimliches Grinsen erkennen. Auch sie verspürte eine tiefe Genugtuung.

»Vielleicht bitten Sie die Meyers, Sie schon etwas früher rauszulassen?«, schlug Eberhard Baumann entspannt vor.

»Wieso icke? Dit müss'n Sie doch machen!«, forderte Dieter Zach ungehalten. »Jehört dit nich zu Ihre Aufjaben als Platzwart?«

»Nö, mein Vater hat dafür leider keine Zeit. Wir haben heute wahnsinnig viel zu tun. Sonntags ist ja Hauptabreisetag«, warf Kim von hinten locker ein.

Sophia Behrend und Dieter Zach, die sie bisher nicht bemerkt zu haben schienen, drehten sich überrascht zu ihr um.

Kim lächelte die beiden entschuldigend an und freute sich riesig, sie so zappeln zu lassen. »Da müssten Sie wohl selbst das Gespräch mit Ihren Nachbarn suchen«, meinte sie in verbindlichem Ton. »Vielleicht schenken Sie den Kindern ein Eis? Oder zeigen sich anderweitig erkenntlich? Dann tut Ihnen die Familie vielleicht den Gefallen.« Sie guckte, als wenn sie kein Wässerchen trüben könnte. »Sind ja sehr nette Leute, die Meyers …«

Mit einem unschuldigen Lächeln, das sich in ein breites Grinsen verwandelte, als sie sich abwandte, verschwand sie schleunigst aus der Rezeption, um endlich hinüber zur wartenden Brötchenschlange zu eilen.

* * *

»Und die hundert Euro, die er uns aufgedrängt hat, damit wir unser Vorzelt schon mal abbauen und den Transporter kurz raus- und wieder reinfahren, haben wir natürlich angenommen«, berichtete Kay Meyer lachend, als seine Frau und er mit den anderen Campern nachmittags gemütlich beim Kaffee auf der Terrasse saßen. Die Kinder spielten währenddessen unten am See.

»Richtig so! Dem tut's nicht weh! Diesem miesen Kapitalisten!«, stimmte Brigitte Fehrer begeistert zu.

»Jetzt sind sie endlich weg!«, seufzte Kim zufrieden und kuschelte sich in Leons Arm, den er liebevoll um ihre Schultern gelegt hatte.

»Und was passiert nun mit diesem Flurstück?«, fragte Monika Reimann barsch.

»Genau, solange das nicht abschließend geklärt ist …«, unterstrich ihr Mann Ulli den skeptischen Einwurf seiner Frau.

»Entspannt euch mal, ihr ollen Miesmacher«, unterbrach Sybille Gerber die Charlottenburger ungehalten. »Solange die beiden nicht vorhaben, das irgendwem anders zu verkaufen, ist doch alles gut.« Sie sah Johanna Meyer fragend an. »Und das hast du doch nicht vor, oder?«

»Nein, auf keinen Fall!«, bestätigte diese und tauschte einen langen Blick mit ihrem Mann. »Wir haben überlegt, dass es am besten wäre, wenn wir es dem Camping-Verein überlassen …«

»Was?«, stieß Ulrike Büchle ungläubig aus. »Des isch ja … oiso … des …«

»Ja, dann ist es in den besten Händen, und niemand kann euch zukünftig einfach so von hier vertreiben – mit dem Trumpf in der Hand«, meinte Kay Meyer zufrieden.

»Aber wir können den Grundstückswert doch gar nicht aufbringen, um euch das abzukaufen«, erwiderte Kim zweifelnd. »Weder die Gemeinde noch der Verein hat dafür in diesem Jahr noch ein Budget …«

»Kein Problem, wir haben's damit nicht eilig. Als Anzahlung haben wir ja schon die hundert Euro von Dieter Zach bekommen.« Johanna lachte auf.

»Das wird aber wohl nicht ganz reichen … Das ist doch bestimmt mehr wert …«, seufzte Bertha Vogt und überlegte kurz. »Vielleicht sollten wir unter den Dauercampern sammeln?«

Ihre Mitstreiter sahen sie skeptisch an und schienen im Kopf zu überschlagen, von welcher Summe sie hier eigentlich sprachen – für ein immerhin zweihundert Quadratmeter großes Seegrundstück. Ob sie dafür wirklich genügend würden zusammenkriegen können?

In die gespannte Stille hinein meldete sich Leon.

»Ich hätte da vielleicht noch eine andere Idee …« Alle blickten ihn erwartungsvoll an, als er sich verschmitzt lächelnd zurücklehnte und die Meyers harmlos fragte: »Wie findet ihr eigentlich mein neues Wohnmobil?« Sie sahen ihn irritiert an, als er fortfuhr: »Ich hab das Ding ja gerade aus heiterem Himmel von meiner großen Schwester geschenkt gekriegt. Es ist echt ziemlich cool, also mal abgesehen davon, dass es natürlich viel zu groß für einen alleine ist und vielleicht auch ein bisschen zu viel Schnickschnack eingebaut hat. Ach, und ein Loch fürs Antennenkabel fehlt ja auch …« Er seufzte, als wenn das ein wirklich schwerwiegendes Problem wäre, musste allerdings gleich wieder grinsen, als er in die ungläubigen Gesichter von Johanna und Kay blickte. »Nun?«

»Hm … zugegeben …«, meinte Kay, mit einem kleinen Leuchten in den Augen. »Das Riesending ist schon ganz schön schick. Ein bisschen komfortabler als unser alter Transporter ist es vermutlich auch …«

»Das kann ich bestätigen«, meinte Leon lächelnd. »Es ist wirklich toll für einen bequemen Campingurlaub. Mein Problem ist nur …« Er krauste demonstrativ die Stirn. »Auch wenn ich mit dieser Ansicht hier sicher ganz alleine stehe …« Er zuckte bedauernd mit den Schultern. »Um ehrlich zu sein: Ich bin eigentlich überhaupt kein Campingtyp, nicht mal in einem so luxuriös ausgestatteten Wohnmobil. Eigentlich hoffe ich, zukünftig gar keine Unterkunft mehr auf dem Campingplatz zu brauchen …«

Kim und er grinsten sich verschwörerisch an. Sie ahnte, was er meinte, und ging auf sein Spiel ein.

»Nun, ja …«, erwiderte sie verschmitzt. »Wenn's nach mir geht, hast du in Seelinchen ab sofort tatsächlich ein festes Dach über dem Kopf – drüben bei mir.«

»Darauf hatte ich sehr gehofft …« Er strahlte sie verliebt an.

»Ich auch …«, flüsterte sie und versank in seinen grünen Augen.

»Nu kommt mal zurück auf die Erde, ihr zwei Turteltauben«, mischte sich Brigitte Fehrer energisch ein. »Was soll das alles bedeuten?« Sie sah Leon streng an.

Der gluckste: »Na ja, mein Problem ist, dass ich gar nicht weiß, was ich mit diesem überflüssigen, riesigen Wohnmobil machen soll … Wenn es weiter hier rumsteht, muss ich ja Platzmiete dafür zahlen. Oder …« Er hielt kurz inne und fragte dann die Meyers grinsend: »Hättet ihr da vielleicht eine Idee, wo der *Hymer* gut untergebracht wäre?«

Johanna lächelte ihn an. »Na ja, wir haben in Gehrden auf unserem Grundstück einen für den Transporter etwas überdimensionierten, überdachten Stellplatz. Eventuell könnte man das Wohnmobil erst mal da unterstellen …«

Leon klatschte in die Hände. »Perfekt! Und wenn ihr euer altes Gefährt entsorgt, könnte der *Hymer* vielleicht auf Dauer bei euch bleiben. Was meint ihr?«

Johanna und Kay konnten noch nicht recht fassen, was sie da hörten.

»Meinst du das ernst?«, fragte sie ungläubig.

»Ja!«, bestätigte Leon. »Sobald ich nächste Woche die Papiere bekomme, gebe ich euch das Wohnmobil – im Tausch gegen das Flurstück.«

»Wow«, hauchte Johanna fassungslos. »Aber das ist doch viel zu viel ...«

»Moment, was willst *du* denn dann mit *unserem* Flurstück?«, ging Monika Reimann gereizt dazwischen.

»Keine Sorge, Monika! Ich will das nicht behalten. Genauso wenig wie das für mich völlig überdimensionierte Wohnmobil meiner Schwester! Deshalb lautet mein Vorschlag: Wenn ich auch ohne Dauerstellplatz hier Mitglied in eurem Verein werden darf, übergebe ich das eingetauschte Flurstück als eine Art vorausgezahlten Mehrjahresbeitrag, in den Besitz des *Campingparadieses am Waldsee e. V.*«, erklärte Leon den überwältigten Campern.

Elke Müller erholte sich als Erste von dem Schock. »Alles klar! Ich kümmer mich dann um den Papierkram. Die Erika wird schon dafür sorgen, dass der korrekte Eintrag im Grundbuchamt zügig über die Bühne geht«, bot sie kurzerhand ihre praktische Hilfe an.

»Und von mir kriegt ihr einen Traumfänger«, erklärte Thorsten Nielsen den Meyers. »Der wird im Wohnmobil die *bad vibrations* von dieser grässlichen Sophia neutralisieren.«

Ulrike Büchle war von der überraschenden Entwicklung so überwältigt, dass sie wieder in tiefstes Schwäbisch verfiel, als sie mit ungläubig aufgerissenen Augen stammelte:

»Oiso, des isch ja … Heilig's Blechle! Dankschee, Leon, des isch oifach suppr …!«

»Fantastische Idee, mein Schatz!«, freute sich auch Kim und gab dem stolz grinsenden Leon einen dicken Schmatzer auf den Mund.

»Und wisst ihr, was das Beste an der Sache ist …?« Leon lachte laut auf. »Durch den Tausch zahlen am Ende eigentlich meine doofe Schwester und ihr *Dieterlein* doch noch für das Seegrundstück – ohne etwas davon zu haben.«

Alle brachen in lauten, erleichterten Jubel aus, und Brigitte Fehrer rief lachend: »Ha! Wir haben die Kapitalisten aufs Kreuz gelegt! Das *Campingparadies am Waldsee* bleibt Volkseigentum!«

Ehe Margret sie daran hindern konnte, reckte sie triumphierend ihre Profi-Handballerinnenfaust in die Höhe.

Epilog

Ein Sommer später

Nach den aufwendigen Renovierungsarbeiten im Herbst und Frühjahr erstrahlte die Campinggaststätte in neuem Glanz. Leon Behrend probierte in der Küche gerade ein Rezept mit frischen Zutaten aus dem Kräuter- und Gemüsebeet, das er im Garten seines neuen Zuhauses angelegt hatte, aus. Kim und er bewohnten inzwischen gemeinsam die größere, untere Etage der reichlich angejahrten, aber hübschen Gründerzeitvilla am See, während ihr Vater nach oben, in die Wohnung mit Seeblick, gezogen war. Er genoss es, als Rentner nicht mehr jeden Tag an der Rezeption sitzen zu müssen.

Den Job als Campingplatzwart hatten mittlerweile Sven und Amandla Gerber übernommen, die mit ihren Kindern Jala und Matayo in Seelinchen ein hübsches Häuschen gefunden hatten. Ihren Wohnwagen hatten sie Katjas und Murats Söhnen Karim und Tarek überlassen.

Eberhard Baumann hatte sich in seiner neuen Wohnung mit Brigitte Fehrers Hilfe wohnlich eingerichtet, und die Rentnerin kam seitdem häufiger zu Besuch. Obwohl sie immer noch im Morgengrauen heimlich aus dem Haus schlich, wussten Kim und Leon längst, dass sie des Öfteren bei ihrem Eberhard übernachtete. Eigentlich wusste darüber jeder im *Campingparadies* Bescheid, aber Bertha, Elisabeth und Margret, die sich inzwischen nur noch jeden zweiten Abend an Brigittes Wohnwagen zu Mau-Mau, Eierlikör und Geleebananen trafen, taten so, als wenn nichts wäre. Hinter vorgehaltener Hand amüsierten sich die drei alten Frauen jedoch köstlich über den heimlichen, dritten Frühling ihrer Freundin.

Leon hatte sein Restaurant in Berlin verkauft und das Geld, ebenso wie Kim ihre Ersparnisse, in den Umbau der Campinggaststätte gesteckt. Dem Lokal hatten die beiden mit großem Spaß noch ein zusätzliches Doofen-Apostroph verpasst. Es hieß jetzt *Kim's & Leon's Paradies*. Das verbliebene Schild mit der Aufschrift *Elli's Imbiß* hatte drinnen an der Wand einen Ehrenplatz bekommen. Doch ansonsten erinnerte nichts mehr an eine muffige DDR-Kneipe oder simple Pommes-Bude. Alles war hell gestrichen, und die Holzbohlen auf dem Fußboden verliehen dem stylischen Ambiente mit den schicken neuen Möbeln und einem ausgeklügelten Beleuchtungskonzept ein gemütliches Flair, mit dem sich mittlerweile auch die Stammgäste wohlfühlten.

Nach dem Abriss der hohen, klobigen Holztheke war die Küche, in der Leon nun als Koch werkelte, deutlich vergrößert und zum Gastraum hin geöffnet worden. So konnte Kim zwischendurch immer einen Blick mit ihm wechseln, wenn sie ihre altbekannten, aber auch viele neue Kunden aus Berlin und Brandenburg bediente, die inzwischen extra wegen des Restaurants mit den pfiffigen Speisen zu moderaten Preisen den Weg auf den Campingplatz fanden.

An lauen Sommerabenden wie diesem traf man sich auf der Terrasse mit dem neuen, blau-weißen Mosaikboden. Die Gäste genossen den Blick auf den Waldsee von den schicken Lounge-Chairs aus, die um flache Glastische, mit romantischen Windlichtern darauf, standen. Hier erinnerte nichts mehr an die angegammelten Plastikstühle auf grauem Betonboden.

Heute Abend traf sich dort die ganze verschworene Camper-Gemeinschaft, die dafür gesorgt hatte, dass es diesen Platz überhaupt noch gab.

Sogar Johanna und Kay Meyer waren gekommen und saßen bei köstlichem südafrikanischen Rotwein und leckeren Häppchen, die Leon extra für sie angerichtet hatte, mit einem Teil der Großfamilie Gerber zusammen. Die beiden waren erst heute mit ihrem schicken *Hymer* angekommen und wollten ein paar Tage bleiben.

Sybille und Tobias hatten spannende Neuigkeiten von den Reimanns. Sie berichteten mit großer Genugtuung, dass die ungeliebten Charlottenburger, auf Monikas Drängen hin, im Winter doch den Stellplatz in Seelinchen gekündigt hatten und mit ihrem Wohnwagen samt Metall-Kranich-Skulptur ins deutlich vornehmere Bad Saarow gezogen waren.

»Dort hat man Ulli allerdings verboten, seinen schicken Golfrasen anzusäen«, erzählte Sybille Gerber hämisch grinsend. »Stattdessen muss er ausgerechnet auf dem schnieken Platz am Scharmützelsee die dort vorgeschriebene, robuste Grassorte benutzen.« Sie lachte laut auf. »Er ist darüber außer sich und würde am liebsten zurückkommen, aber seine Monika will nicht.«

»Na, inzwischen haben sich auf seinem alten Stellplatz ja auch die Gänseblümchen prächtig entwickelt. Ulli würde bei dem Anblick vermutlich der Schlag treffen«, meinte Murat Aydin und grinste seine Frau Katja an. »Wir dagegen finden das ganz hübsch und freuen uns sehr über unseren eigenen, größeren Platz in der ersten Reihe.«

»Solange du deine Kebab-Rauchwolken da weiterhin nur mit dem Gasgrill produzierst, ist alles in Ordnung«, meinte Amandla Gerber, und der kleine Matayo auf ihrem Schoß kicherte mit ihr, obwohl er nicht verstand, worum es ging.

»Genau, offenes Feuer nur am Grillplatz!«, bestätigte ihr Mann Sven und gab Murat einen freundlichen Klaps auf die Schulter. »Du weißt, als Platzwarte achten wir akribisch auf die Einhaltung der Campingplatzregeln.«

»Gibt's nicht eine kleine Ausnahme für deine Familie?«, fragte Katja amüsiert.

»Keine Chance, Schwesterlein. Bei unserer großen Sippe hätten wir sonst viel zu tun …«, erwiderte er mit gespielter Strenge und sah vielsagend zum Nebentisch.

Dort fläzten sich die Kinder der Camper: Die inzwischen achtjährigen Mädchen Jana Meyer und Jala Gerber spielten völlig versunken mit ihren Barbiepuppen, während der dreizehnjährige Tarek Aydin schweigend seine Cola trank und ausschließlich Augen für die gleichaltrige Julia Meyer hatte, was sein großer Bruder Karim amüsiert beobachtete.

Nur der Waldorfschüler Severin Wagner hatte noch immer keinen rechten Anschluss an die fröhliche Truppe gefunden und nuckelte etwas abseits von den anderen an seinem laktosefreien Milkshake herum – bis Andromache auftauchte. Sie schien einen Narren an dem stillen Jungen gefressen zu haben und redete ohne Punkt und Komma auf ihn ein, was ihn sichtlich irritierte.

Ihre Eltern, Ulrike und Alexander Büchle, setzten sich mit Hektor zu Severins Mutter, Frauke Wagner, die sich gerade interessiert bei Jeanine Mertens nach den passenden Yoga-Übungen gegen ihre Verspannungen im Nacken erkundigte, während deren Partner Thorsten Nielsen leise auf seiner Gitarre vor sich hin klimperte. Als auch noch

Gunnar und Agnes Witte, Bertha Vogt, Elisabeth Möhlke und Margret Schmitz auftauchten, mussten weitere Lounge-Sessel herangerückt werden.

Elke und Horst Müller kamen ein paar Minuten später, wie üblich, in Begleitung von Kalle.

»Mach Sitz, Kalle«, bat Elke freundlich, als sie sich auf den niedrigen Zweisitzer plumpsen ließ.

Horst hockte sich neben sie, zog an der Leine und forderte etwas strenger: »Platz, Kalle!«

Doch der alte Rauhaardackel blieb vor den beiden stehen und sah nur verständnislos zwischen ihnen hin und her.

»Vielleicht hört er nicht mehr so gut?«, mutmaßte Margret, die sich sofort lächelnd zu dem Hund hinunterbeugte. »Haben die im Tierheim euch was dazu gesagt?«

Elke und Horst schüttelten die Köpfe.

»Nun leg dich schön hin, Schätzchen«, säuselte sie, während sie das Tier zwischen den Ohren kraulte, und augenblicklich ließ Kalle sich der Länge nach zu Boden fallen und drehte ihr seinen dicken Bauch zum Streicheln zu. »Na, der hört doch aufs Wort«, stellte Margret erfreut fest.

»Hm ... Dackel machen nur das, was sie wollen«, meinte Horst seufzend und kraulte Kalle liebevoll unter dem Kinn. »Die haben eben einen starken Charakter.«

»Sprichst du von mir?«, fragte Eberhard Baumann, der mit einem seligen Grinsen erschien und stolz eine verblüffend scheu in die Runde blickende Brigitte Fehrer in einem schicken, sommerlich geblümten Kleid am Arm führte.

Sie lächelte ihren Begleiter, der heute Abend ein elegantes, blaues Hemd zu hellen Chinohosen trug, bewundernd an. Brigitte und Ebi sahen beide um Jahre jünger aus, seit er auf seine ausgebeulten Trainingshosen und die Schiebermütze und sie auf ihre Kittelschürzen verzichtete. Das augenscheinlich verliebte Pärchen wurde von allen mit großem Hallo begrüßt.

Von drinnen hatte Kimberly beobachtet, dass ihre sämtlichen Freunde sich inzwischen auf der Terrasse versammelt hatten. Sie freute sich, dass heute Abend tatsächlich alle gekommen waren, und machte Leon ein Zeichen, der daraufhin seinem *Souschef* den Herd überließ, die große Vorspeisenplatte nahm und Hand in Hand mit Kim hinaus zu ihren Gästen ging.

»Na, schmecken euch meine Häppchen?«, fragte er in die fröhliche Runde. »Hier sind noch welche, und ich mache auch gleich noch ein paar mehr«, versprach er. Man hörte die Aufregung in seiner Stimme.

»Die sind sehr lecker, aber zwei, drei Flaschen Wein und Wasser könnten wir auch noch gebrauchen«, meinte Sybille.

»Kommt sofort«, erwiderte Kim lächelnd. »Doch zuvor ...« Sie tauschte einen tiefen Blick mit Leon.

»Ja, also, Folgendes ...«, setzte er nervös an.

Jetzt spürten alle, dass etwas Außergewöhnliches in der Luft lag. Selbst die Kinder am Nebentisch verstummten und blickten gespannt herüber.

»Also ... Leon und ich freuen uns sehr, dass ihr alle an diesem Wochenende nach Seelinchen kommen konntet. Dass sogar Johanna und Kay dafür ihre Tour an der Ostseeküste unterbrochen haben ...« Kim stockte und sah sich Hilfe suchend zu Leon um.

»Meine Güte, nun macht's doch nicht so spannend!«, forderte Brigitte Fehrer und rutschte aufgeregt an die Kante ihres Lounge-Chairs. »Raus damit! Was ist los?«

Kim und Leon strahlten sich an, nickten einander zu, holten tief Luft und verkündeten dann gleichzeitig: »Wir beide werden morgen ...«

Der Rest ging im ohrenbetäubenden Jubel und begeisterten Applaus ihrer Freunde unter, denn alle hatten bereits geahnt, dass es in diesem Sommer etwas ganz Besonderes zu feiern gab – im *Campingparadies am Waldsee*.